C0-DKO-255

# LA ESTRATEGIA DEL PEQUINÉS

Primera edición: febrero de 2013
Segunda edición: junio de 2013


© Alexis Ravelo, 2013
© de la presente edición: Editorial Alrevés, 2013

Diseño e ilustración de portada: Mauro Bianco


Editorial Alrevés S.L.
Passeig de Manuel Girona, 52 5è 5a • 08034 Barcelona
info@alreveseditorial.com

Impresión:
Ulzama Digital

ISBN: 978-84-15098-81-2
Depósito legal: B. 34601-2012
Código IBIC: FF

*Printed in Spain*

Queda rigurosamente prohibida, sin la autorización por escrito de los ti-
tulares del «Copyright», la reproducción total o parcial de esta obra por
cualquier medio o procedimiento mecánico o electrónico, actual o futuro,
comprendiendo la reprografía y el tratamiento informático, y la distribu-
ción de ejemplares de esta edición mediante alquiler o préstamo públi-
cos. La infracción de los derechos mencionados puede ser constitutiva de
delito contra la propiedad intelectual (Art. 270 y siguientes del Código
Penal). Diríjase a CEDRO (Centro Español de Derechos Reprográficos)
si necesita fotocopiar o escanear algún fragmento de esta obra. Puede con-
tactar con CEDRO a través de la web www.conlicencia.com o por teléfono en el 91 702 19 70 / 93 272 04 47.

# La estrategia del pequinés

## Alexis Ravelo

ALREVĒS

BARCELONA 2013

Una mala hierba es una planta que no está en su lugar. Si encuentro una amapola en un campo de trigo, es una mala hierba. Si la encuentro en mi jardín, es una flor... Está usted en mi jardín (...)

JIM THOMPSON,
*El asesino dentro de mí*

# Antes del comienzo

Pues claro que algo salió mal en la recogida, pero no fue el contacto. Ese había cumplido: había dicho dónde —el nombre del barco, el muelle de atraque, el número y la letra del contenedor— y había dicho cuándo —el miércoles, a las ocho en punto de la mañana—; así que lo que había salido mal era el Rata. Marcos el Rata. El bobomierda que se había corrido una marcha del carajo con la pasta que Júnior le había adelantado; que no se había presentado a su hora al día siguiente en su puesto de estibador, ese puesto en el que el contacto le había asignado el contenedor de frigoríficos donde iba el gancho perdido con los dos kilos de polvo; el jodido gilipollas irresponsable que no había llegado al muelle antes de que Aduanas hiciera el registro aleatorio; la misma carroña inmunda que en ese mismo instante llevaban en la caja de la Nissan Trade de Felo, comiéndose una ensalada de guantazos.

Felo conducía atento al tráfico, que comenzaba a ralear: once de la noche de un jueves en el barrio de Guanarteme. Júnior encendió un cigarrillo suponiendo, no sin cierto placer, que, tras la pared de chapa que había a sus espaldas, Coco y el Garepa le estarían dando la del pulpo a aquel hijo de la gran puta, mamón de mierda, isletero de los cojones. Tanto como presumía de que los tipos de la Isleta eran hombres de ley, gente en la que se puede confiar, una raza única, y el muy tarado no había sido capaz de hacer algo tan sencillo como madrugar y hacer bien su jodido trabajo. Y ahora lo pagaría.

Lo habían trincado cuando iba a entrar en casa de la Nati, templado como un requinto, dispuesto a rematar la farra echando un polvo. Pero no lo habían dejado llegar ni a la puerta. Le habían cortado el vacilón a cachetones, lo habían metido en el furgón y habían arrancado.

Coco y el Garepa eran de esos pibes jóvenes que se pasean por ahí envolviendo en ropas holgadas sus cuerpos fibrosos llenos de rabia; pibes de los que saben arrojársete encima e inflarte a patadas antes de que tengas tiempo de averiguar quién te las da. Así que Júnior contaba con que por el camino le pusieran bien las pilas.

Dejaron a su derecha la estatua que representaba a Alfredo Kraus a punto de arrancarse por bulerías ante la playa, y pasaron junto a los cientos de culturetas emperchados que salían del auditorio epónimo y se disponían a coger sus coches para regresar a casa, ignorando el recital ambulante de hostias que desfilaba ante ellos. Los miembros de la Congregación del Perifollo no podían enterarse de lo que sucedía dentro del furgón. Si hubieran podido verlo, sus correctas caras de acelga habrían pasado de la estupefacción al horror, pero no se hubieran atrevido a intentar nada, salvo llamar al 112 desde sus teléfonos móviles de última generación, y esto solamente cuando tuvieran sus blandos culitos a salvo. Algo así pensó Júnior mientras tomaban la salida hacia Bañaderos, la carretera que recorría la costa, agreste y asesina. El grandullón de cabeza afeitada contempló por la ventanilla el cielo de finales de junio, el blanco furor de las olas encrespando la superficie de pizarra del mar, el imposible horizonte. Más allá de ese horizonte, el Turco no tardaría en enterarse (si no se había enterado ya) y, esta vez, no lo dejaría pasar.

Se oyó un golpe seco en la caja de la furgoneta. Sonaba a cabeza estrellándose contra la chapa. Felo intercambió con él una mirada de reojo. Luego, cuando volvió a fijar la vista en la carretera, Júnior observó cómo se mordía el carrillo. Ya le conocía el gesto. Felo estaba acumulando nervio para hacer lo que tenían que hacer.

—Entonces, ¿qué? ¿A la cantera?

Júnior se pasó la mano por la calva antes de contestar.

—Sí, a la cantera. A esta hora y entre semana, es buen sitio.

Efectivamente, era un buen sitio. La marea estaba alta. Dejaron atrás la gasolinera situada junto al acceso y tomaron la carretera de tierra que descendía hasta la cantera abandonada. Una vez la dejaron atrás, pararon en la explanada, cerca del roquedal que dominaba el abismo, hacia donde orientaron la parte posterior de la Trade. Aunque algún conductor lograse ver el vehículo desde la carretera, no tendría ángulo para enterarse de lo que ocurría detrás. Se pensaría en alguien que pesca, en una pareja haciendo guarrerías, en cuatro mataos que paran a beber o a hacerse una raya sin que nadie los moleste.

Júnior y Felo bajaron y rodearon la furgoneta, cada uno por su lado. Llegaron a la parte de atrás a tiempo de ver cómo Coco y el Garepa arrojaban al suelo el guiñapo en el que habían convertido al Rata. Quedó allí, hecho un ovillo contra el suelo de tierra y picón, intentando cubrirse la cabeza para protegerse de los golpes.

Coco saltó desde la caja y aterrizó directamente sobre él, hundiéndole los pies en las costillas. Al rebotar, estuvo a punto de perder el equilibrio y, como si le echara la culpa al Rata, le propinó una patada en el riñón. El dolor hizo que el Rata se enderezara hacia atrás y la luz que la luna proyectaba sobre ellos permitió a Júnior adivinar la eficacia de los pibes: la antes blanca camisa de algodón ahora cubierta de sangre; la ceja derecha abierta; los ojos completamente amoratados; la nariz hecha una fuente, sangrando por los senos pero también por una fractura abierta en el hueso; el hilillo escarlata que había comenzado a brotar del oído izquierdo.

En pie, mirando de cuando en cuando alrededor, pendientes de rematar la faena, lo rodeaban con la inmovilidad de las hienas justo antes de abalanzarse sobre un ñu moribundo. Júnior le tiró de una oreja hasta que acabó de rodillas, entre quejidos parecidos a los de un cerdo.

—Cállate ya, maricona —gritó el Garepa mientras le daba una patada de propina en el costado—. Estoy hasta los huevos de ti.

El cuerpo de Marcos osciló, pero no llegó a derrumbarse de nuevo. Sus labios tumefactos murmuraron algo. Júnior acercó la cabeza y constató que, además de la sangre, el rostro estaba cubierto de una máscara de polvo y lágrimas. También apestaba a orín: el Rata se había meado encima.

—¿Qué? —preguntó.

Marcos volvió a decir lo mismo con más claridad.

—Perdón... Perdón...

Repitió la palabra una y otra vez entre sollozo y sollozo. La repitió con toda la claridad que pudo, intentando inspirar piedad. Último intento. Súplica inútil.

El resultado fue que la mano izquierda de Júnior le asió por el pelo de la nuca y su mano derecha se cerró en un puño que vino a estrellarse directamente contra su cara.

—¿Perdón? ¡¿Perdón?! Vuelve a pedirme otra vez perdón y te corto la polla y te la meto en la boca para que te asfixies con ella, hijo de la gran puta. —Antes de seguir hablando, Júnior repitió la operación tres o cuatro veces más. Los golpes ya no sonaban a puño contra carne, sino a puño contra el barro informe de la carne sanguinolenta, un ruido de aplastamiento de babosa entre la maleza—. En vez de pedirme perdón, ¿por qué no me das el dinero que acabo de perder por tu puta culpa, cagón de los cojones?

El Rata volvió a farfullar. Entre los quejidos y los sonidos guturales, Júnior distinguió algunas palabras: «No tengo», «das tiempo», «lo juro», «dinero». Marcos prometía solucionarlo. Conseguir la pasta. Cumplir. Si se le daba tiempo. Pero Júnior sabía que Marcos el Rata no era más que Marcos el Rata, un estibador de mierda, sin dinero, sin propiedades, sin contactos, sin ninguna posibilidad de reunir más de mil euros al mes. Incorporándose bruscamente, ordenó:

—Ya vale. De pie.

Marcos continuó de rodillas, inclinado hacia delante.

—¡De pie, coño! —repitió dándole un puntapié en la boca.

Los hombres estrecharon el círculo a su alrededor, Marcos el Rata se arrastró por el suelo hasta que por fin consiguió incorporarse.

Júnior señaló hacia el borde del precipicio.

—Vamos para allá, al fresquito.

Marcos hizo un amago de negar con la cabeza, pero, finalmente, dio un suspiro, se orientó hacia su izquierda y echó a caminar con dificultad, rodeado por los otros cuatro. Cuando llegaron al promontorio de piedra volcánica que dominaba el precipicio, se volvió. El mapa de dolor que era su rostro se enfrentó a Júnior con resignación, ineluctablemente consciente de la proximidad del fin. Dejó de suplicar. Ya ni siquiera pedía que lo dejaran libre, porque sabía que no lo harían. Ya, simplemente, quería que todo aquello acabara. Miró al mar, que se extendía allá abajo, los blancos dientes de las olas mordiendo el acantilado tras las decenas de metros de caída. Luego volvió a mirar a Júnior.

—Deja a mi familia, Júnior. No les hagas nada. Es lo único que te pido.

—Con tu familia no tengo nada, Rata —dijo Júnior, dando media vuelta y volviendo hacia la furgoneta.

Mientras Júnior bajaba hacia la explanada escuchó

los últimos golpes, un quejido sordo creciendo hasta convertirse en un grito breve y profundo que se truncó de pronto. Luego, solo el rugir del oleaje, los pies de tres hombres siguiéndolo con el paso triunfal de quien ha hecho bien su trabajo.

# Ganchos perdidos y sueños de palmera

## 1

Porque ahora flotan todos en una especie de nebulosa donde todo se vuelve blando, borroso, como el salón observado desde el otro lado de la pecera o como un jardín abandonado visto desde detrás del cristal en una tarde de lluvia, con sus estatuas mohosas, sus hierbas muertas pudriéndose en la humedad, sus tapias comidas por la lepra, su gravilla convirtiéndose en barro en parterres cenicientos. Y allí flotan ellos y hay que preguntarse qué hacía cada uno en esos momentos previos a la coincidencia. Entonces hay que pensar en Cora, arrastrando un *trolley* por una urbanización turística de Playa del Inglés, con un trozo de papel en el que lleva anotadas las señas de Iovana. Viste una camisilla y una minifalda vaquera. Tiene el rostro cansado y el pelo menos arreglado que de costumbre. Sigue resultando apetecible, aunque si uno se para a mirar en el fondo de sus ojos, hay una tristeza indefinible pero insoslayable. Quizá en ese momento Tito el Palmera acaba de comprar un cucharón, una escobilla para el váter, un juego de trapos de cocina en una de esas tiendas donde todo es casi a un euro. Lleva su compra de cambalache en una bolsa de plástico, a lo largo de la calle Veintinueve de Abril, desemboca en Juan de Miranda y entra en el edificio donde está el minúsculo apartamento al que acaba de mudarse. Poco más allá habita la ciudad del sol, el manso mar de Las Canteras, la gente que pasea por delante de la Clínica de San José o se sienta alrededor de la escultura que muestra a Mari Sánchez echándose mano a la cintura con vestido típico canario de bronce ajado. Pero aquí, en Juan de Miranda, son las calles del pan duro, con edificios demasiado cercanos entre sí que se hurtan la luz y el aire; son las calles que huelen a zotal y bajante tupido; son las calles que, por el día son la abulia y el vacío y, por la noche, la unánime sordidez del bajo fondo. Y quizá el instante en que Tito se introduce en el ascensor y pulsa el botón del tercero es el mismo en el que el Rubio aprieta el que silencia su despertador, allá, en el sudeste de la isla, en su casa de El Burrero. El Rubio se queda allí, tumbado boca arriba en la cama. Estela se remueve junto a él. Sabe que prácticamente no ha dormido. Dentro de poco, al Rubio le tocará levantarse, hacer el desayuno, obligarla a que tome la medicación que ya solo sirve para evitarle sufrimientos. Puede que antes deba acompañarla al baño. Al principio era humillante para ella y penoso para él. Ahora casi logran ignorarlo ambos. El desayuno, la medicación, el baño dentro de poco, sí, pero ahora el Rubio permanece ahí, mirando al cielorraso del dormitorio, con los ojos llenos de tierra y pensando en Estela, en un camino que lleve al final del sufrimiento de Estela y que no pase por la muerte. Pone en el suelo el pie izquierdo. Es el momento preciso en que en la ciudad, en una chocolatería cercana al Obelisco, Júnior toma posesión de una mesa, esperando a que llegue su hija, como cada viernes por la mañana, para desayunar con ella. Por eso Júnior se ha puesto unos pantalones de pinza, unos náuticos, la camisa violeta que ella le regaló por su cumpleaños. Es un ritual que celebran desde que Júnior se divorció de su madre. Él acude a esa chocolatería y ella sale del instituto y desayuna con él y charlan, simplemente charlan. Luego vuelve a clase. Es como si fueran novios. «Mi novia linda», le dice él a veces, sonriéndole, repentinamente tierno, intentando aprovechar los años perdidos, todos los momentos de su adolescencia que otro que no es el padre de Valeria está disfrutando en su lugar.

Cora, Tito, el Rubio, Júnior. Todos ellos ahí, pensando que la vida sigue como siempre, sin saber que todo va a cambiar de pronto, que en tan solo unos días la rabia y la sangre y el miedo y la muerte se habrán cernido sobre ellos, que ya nada volverá a ser igual.

Y acaso, solo acaso, ese momento coincida con el instante en que un parado que ha decidido pasar pescando la mañana de ese viernes observa entre las rocas unos bultos que no deberían estar ahí y que resultan ser solo uno. Al principio piensa en las bolsas de desperdicios que los desaprensivos suelen arrojar en el pesquero. No: ahí hay lo que parece una mano. Y aquello, seguro (parece increíble, pero seguro que sí), es una cabeza. Sí, eso es pelo. Coño, pelo. Eso es un muerto, joder. Sí, un muerto. Pero no es de los de las pateras. Este parece blanco y los de las pateras suelen aparecer en el sur. Podría acercarse más, intentar comprobar si el hombre está vivo. Aunque no lo estará. No puede estarlo. No soportaría los golpes que la cabeza se da contra las rocas a cada embate de las olas. El parado comprueba si tiene cobertura. Llama al 112 mientras, instintivamente, va recogiendo sus cosas para volver a subir el acantilado. Una operadora le contesta, posiblemente, en el instante preciso en que Tito Marichal entra a la soledad de su apartamento silbando un tango, mientras Cora aprieta el botón de un portero automático, al mismo tiempo que el Rubio le da los «buenos días, mi amor» a Estela, que se despereza e intenta sonreír, justo cuando Valeria entra en la chocolatería con su carpeta y un libro de matemáticas y la sonrisa del encuentro semanal con su padre, que se pregunta si el mar habrá devuelto ya el cadáver del Rata.

## 2

Desde el exterior llega de cuando en vez un ronroneo de coches subiendo o bajando por la carretera que serpentea hasta el pueblo, los pasos de turistas que regresan a su apartamento charlando en francés o en alemán. Los españoles no. Los españoles salen en ese momento. Son más ruidosos. Les cuesta divertirse sin testigos. Por eso se ríen más alto o sueltan algún gritito, para dejar claro que andan por allí, que están de vacaciones y tienen ganas de marcha. Un grillo indolente proporciona fondo constante a todos esos sonidos.

Dentro del cuarto, en cambio, solo se escucha la voz de Miralles, la respiración cada vez más profunda de la niña, que ha ido dejándose vencer por el sueño mientras él le contaba un cuento que ahora está a punto de finalizar.

—... Desde entonces, el dragón y la princesa se hicieron muy amigos. Si algún pretendiente molestaba a la princesa, el dragón acudía a espantarlos. Y cuando al dragón le costaba dormir, la princesa le cantaba la canción del cocodrilo hasta que él se dormía y se ponía a roncar. Y como tú ya estás roncando, este cuento se va a acabar.

Miralles el Turco mira en silencio a la niña. Sabe que ya lleva un buen rato dormida, pero la costumbre es que termine de contar el cuento porque, de lo contrario, la niña se despertará.

Deja encendida la luz de la mesilla, deposita un suave beso en su cabecita, se detiene un momento a olerle el pelo y sale sin hacer ruido.

En la cocina, Remedios corta queso.

—¿Se ha dormido?

—Sí. Antes de que la princesa se encontrara con el dragón.

—Estaba muy cansada. Hoy no ha parado.

Miralles mira por la ventana al porche del bungaló, donde Pepe Sanchís el Gordo permanece sentado; parece no haberse movido desde que él fue a acostar a la niña. Cruza con su mujer una mirada de complicidad. Ella dice:

—Si quieres, puede quedarse aquí.

—No hace falta. Habrá tomado una habitación en el hotel.

El Turco saca cervezas de la nevera.

—Voy con él.

Ella no tardará en ir. Quiere sacar también salami, paté, abrir alguna lata.

Cuando oye venir a su jefe, Pepe Sanchís continúa sentado, pero lo sigue con la mirada mientras este rodea la mesa y acaba sentándose al otro lado, mostrándole a la débil luz del porche sus rizos castaños, su piel cenicienta en un rostro alargado de labios finos y ojillos oscuros. El Gordo ha conducido todo el día. Lamenta haberse presentado así, sin avisar, pero hay cosas que no pueden decirse por teléfono, detalles demasiado comprometedores incluso para la línea segura. De cualquier modo, si él es uno de los pocos que saben dónde está Miralles en esos días, es precisamente para cosas así. Miralles le agradece el viaje, le agradece que haya esperado a que acostara a la niña y, por cortesía, vuelve a ofrecerle el sofá.

—No te preocupes, Turco, de verdad. Tuve la precaución de hacer una reserva antes de salir. Además, mañana aprovecharé para ver esto. Nunca he estado. ¿Qué hay bonito para ver aquí?

Miralles abarca con los ojos el paisaje que se domina desde la ladera en la que está situada la casa: el puerto, los yates fondeados enfrente, las cuatro o cinco pequeñas playas, el pueblecito iluminado alrededor de estas, ese Colliure nocturno, casi tan hermoso como el Colliure que él y su familia llevan ya una semana disfrutando cada día.

—Casi todo —responde—. El castillo y el puerto están muy bien. Y el pueblo tiene su encanto, para callejear. Se come bien y hay buenos vinos. Si quieres, mañana te llevo a una bodega cojonuda. Y, si te las quieres dar de cultureta cuando vuelvas, nos pasamos por el cementerio, que queda cerca de la bodega. Allí está la tumba de Antonio Machado.

—¿Ah, sí? ¿Murió aquí?

—Por lo visto.

El Gordo asiente. Hacen una pausa, que él aprovecha para levantarse, quitarse la americana y volver a hundirse en el asiento. La noche es demasiado cálida. Su tejido adiposo demasiado abundante. Justo entonces, aparece Remedios, con una bandeja en la que hay queso, patés, salami, aceitunas, algo de pan. Sanchís le sonríe con cortesía y agradecimiento. Le gusta esa mujer alta y delgada, de pelo negro cortado a la egipcia y ojos inteligentes, que viste unos *shorts* y una camisilla roja con más elegancia que muchas modelos un traje de Dior. Lleva diez años casada con Miralles. Él nunca se lo contó, pero Sanchís ha oído los rumores: que Reme era *escort* y Miralles la descubrió en un servicio; que la llamaban Reme la Bella porque alguien de la agencia que había leído a García Márquez había hecho la asociación de ideas; que no era una cualquiera, sino una universitaria, una chica fina, con estudios, de esas que andan en el asunto para pagarse un máster o un doctorado o alguna cosa de esas tan caras. Probablemente esos rumores mintieran y se debieran a la envidia. Pero, por lo que el Gordo sabe, lo de los estudios debía de ser cierto, porque es una mujer educada, habla tres idiomas y, además, lleva de forma impecable todo el asunto económico y administrativo de los negocios del Turco. También sabe que su nombre es Remedios Santos Leiva, que es la mujer perfecta y que está casada con Miralles. Con eso le basta.

Remedios se sienta frente a ellos, pero de perfil, un poco apartada, escuchando con la actitud de quien no entrará en la conversación.

—Bueno, Gordo, explícame.

—Era uno de los viajes que iban para Las Palmas. Tenía que recogerlo la gente del Júnior. Cayeron en un control rutinario.

—¿Seguro?

—Segura solo es la muerte, Turco. Pero no tiene pinta de que alguien se haya ido del pico. Más bien debe de haber sido un aduanero o un picoleto más eficaz de lo normal, alguno de esos que hacen su trabajo —especula el Gordo.

—De todo hay.

—De todo hay. El caso es que se podría haber evitado.

—A ver... —Miralles pide así, con esas dos palabras, una explicación, inclinándose hacia delante, pellizcándose la barbilla.

—Júnior y su gente lo tenían que haber recogido ayer por la mañana. Pero, vete a saber por qué, no entraron en el contenedor cuando estaba previsto. Así que el contenedor cayó en una inspección sorpresa que hicieron por la tarde.

—Joder.

—Son un par de kilos —continúa explicando Sanchís—. Y tenemos suerte de que fuera un envío pequeño.

—Suerte no. Listos que fuimos, gracias a ti. Esa idea de hacer el gancho perdido con muchos envíos pequeños en vez de uno grande nos ha ahorrado mucha pasta.

Sanchís asiente, pero orienta la mirada hacia el suelo, con modestia cordial. El Turco, en cambio, mira hacia arriba, abre una boca de mero, da un suspiro y dice a media voz, con más aburrimiento que rabia:

—Me cago en la puta. —Bebe un trago de su cerveza—. ¿Y al Júnior, lo han trincado?

—No. Ni al contacto en el puerto. Y aunque lo trincaran, es de confianza.

—No hay nadie de confianza cuando lo amenazan con una temporada en el talego.

—No te preocupes por eso. Por ahí la cosa está cubierta.

El Gordo se sirve un trozo de queso, un poco de pan. La mujer también come un bocado de vez en cuando. El Turco, en cambio, se limita a trasegar cerveza.

—Contento me tiene, el jodido Júnior de los huevos. El año pasado ya perdimos otra entrega que iba para él. —Reprime un eructo, se lleva la mano al vientre de abdominales precisos—. ¿Tú qué me aconsejas, Gordo?

—Yo te aconsejo que le pongas bien las pilas —dice lentamente el Gordo—. Nosotros organizamos los envíos correctamente, con todo bien atado, con discreción, sin peligro. Si él no anda fino a la hora de recibir el paquete, es problema suyo, porque nosotros, a los peruanos, les tenemos que pagar igual. El año pasado ya nos portamos bien: cubrimos las pérdidas, no se lo cobramos. Esta vez, que pague. Así tendrá más cuidado de ahora en adelante.

—¿Cuánta pasta?

—A ver: dos kilos... Sesenta... Sesenta mil euros.

—¿Cuándo le toca pagar?

—La semana que viene. Lo de dos meses. Seguramente, pretenderá rebajarlo del total.

Miralles ha escuchado con atención. Mira a su mujer. Ella ha subido hace rato los pies descalzos al borde del asiento y se abraza las rodillas mirando a Colliure, a la noche y al horizonte. Sin embargo, siente la mirada de su marido. Vuelve la cabeza y observa la pregunta que él le hace con los ojos. Lo piensa un instante, asiente con la cabeza y vuelve a contemplar el paisaje.

—Está bien. Avísa al Larry: paga Júnior. Hasta el último céntimo.

## 3

Una semana antes de mancharse las manos de sangre, el Palmera tenía un sueño. De no haberlo tenido, probablemente no se hubiera involucrado en algo tan feo. Pero lo tenía. Eso sí: el sueño del Palmera era un sueño pequeño, aunque sueño, al fin y al cabo.

Se topó con él por casualidad, si las casualidades existen, un domingo en que había llevado a sus nietos al parque de San Telmo. Recorriendo la calle Venegas para regresar a casa de su hija, pasó ante la puerta de la cafetería y se dejó interesar por el cartel que anunciaba el traspaso. Anotó el número de teléfono. La zona tenía posibilidades: cerca del Edificio de Usos Múltiples, de un colegio, de oficinas donde trabajaba gente que vivía en urbanizaciones de las afueras y, por tanto, desayunaba o almorzaba en el centro. Podría hacer una buena caja trabajando solamente de lunes a sábado por la mañana. Incluso puede que solo de lunes a viernes.

Al día siguiente pidió que se lo mostraran. No era demasiado grande: tenía seis mesas para cuatro comensales cada una y una barra de unos diez metros. La cafetera, los mantenedores, la cocina y el resto de la maquinaria no estaban en mal estado. Con un lavado de cara y nuevo menaje, quedaría perfecto. En principio, podría trabajarlo él solo. Una carta de bocadillos para el desayuno, menús a precios interesantes y algo de buena pastelería para las meriendas. Había otros locales por el barrio que funcionaban muy bien con ofertas similares.

El problema era el de siempre: los 40.000 del traspaso. Visitó banco tras banco: nadie le dio un crédito y, las cosas como son, nadie en su sano juicio se lo hubiera dado. Buscó alguien con quien asociarse, pero no corrían buenos tiempos para la liquidez. Y, sin embargo, él sabía que era buen negocio, que tenía que serlo. Si conseguía abrirlo tendría una vida digna, unos horarios a los que aferrarse, una actividad que justificara lo que ahora era simplemente un plúmbeo arrastrarse por la existencia, inexplicablemente avergonzado por no haberse muerto a tiempo.

Por supuesto, el Palmera recordaba mejores épocas. Sus años de reenganche en Regulares. Sus casi dos décadas en el Hespérides como Jefe de Sector del comedor principal. Ahora la cosa cada vez andaba peor. El hotel llevaba seis meses cerrado, los ahorros se iban acabando y él estaba demasiado gordo y mayor para que lo quisieran en algún otro lado. Los dinosaurios de la hostelería como él no tenían ya oportunidades: demasiada gente joven, suficientemente guapa y preparada y, sobre todo, dispuesta a trabajar por mucho menos que él. Quizá le quedara la posibilidad del bar de Lolo, o hablar con Fermín para ver si se colaba en el bingo. Al fin y al cabo, ambos eran gente de ley, le debían favores, estarían encantados de echar un cable a quien les enseñó el oficio. No obstante, Marichal no se sentía con fuerzas ni con ganas para tirar de un lado a otro de una bandeja, mendigando propinas de poligoneras y carcamales. Otra cosa sería aquella cafetería, su propio negocio. Una cosa limpia, alejada de los borrachos y la noche. Si llegaba el caso se tragaría el sapo y trabajaría con Lolo o en el bingo los años que necesitaba cotizar. Pero lo único que su orgullo podría ya soportar sería aquel traspaso, la cafetería que podría llamarse Cafetería Marichal. Sí. Cafetería Marichal. Allí se reunirían viejos amigos y antiguos clientes. Vendrían a verlo y harían tertulia. Quizá, por las tardes, organizaran partidas de envite o de subastao. Tendría que pensar en comprar barajas y juegos de dominó. Y una buena pantalla de plasma. Y pondría una gran foto de Roberto Goyeneche. Una en la que quizá apareciera actuando con Piazzolla. Las cuentas se las llevaría Plácido. Era alguien de fiar y a él le gustaría tener algo en lo que ocuparse.

Soñar es gratis. Cumplir los sueños no. Seguramente, no lograría reunir el dinero. O, si lo reunía, era más que probable que alguien se le adelantara. Había que ser realistas. Cuando le viera los dientes al lobo, hablaría con Lolo o con Fermín y haría de tripas corazón. Su autoestima acabaría de irse a la mierda de una vez por todas, pero al menos el alquiler y el plato de comida caliente estarían solucionados.

Lo que no tenía remedio era lo de Carmela. Ni siquiera le quedaba el bálsamo de la autocompasión, ni siquiera podía quejarse de un buen par de cuernos o una mezquindad de última hora; no disponía de una deshonestidad, de un ademán brusco que echarle en cara. Simplemente, una tarde, Carmela lo había sentado a la mesa del comedor y se lo había dicho. Con serenidad, sin dureza, casi con dulzura, le informó de que lo suyo se había acabado. Él, cosa lógica, se resistió: antes habían tenido ya malos momentos y siempre los habían pasado juntos. Porque lo quería, le había recordado ella; el problema era que ahora ya no lo quería. O, mejor dicho, lo quería, pero ya no estaba enamorada de él. El Palmera había contestado que después de veintisiete años era normal que ya no estuvieran enamorados, que las cosas no pueden ser tan intensas tanto tiempo y que ya estaban mayores para andar con cosas de chiquillajes. Que si ella necesitaba un tiempo a solas, o un cambio, o lo que fuera, él estaba ahí para lo que hiciera falta, pero que se lo pensara bien. Y ella había zanjado la discusión diciendo que lo había pensado bien, con mucha intensidad y mucho tiempo (desde antes, incluso, de que el hotel cerrara) y no encontraba más salida que esta, que ella no estaba tan mayor y precisamente ahí estaba el problema, en que él se sentía mayor y ella no; porque con cincuenta años solo eres mayor si tienes alma de viejo. «Y tú, mi amor, tendrás cincuenta y tres, pero tienes alma de viejo desde los treinta. Y yo no aguanto más esta vida de ancianitos.»

Carmela no había sido mezquina. No le había pedido un duro. Con la chiquilla haciendo su vida por su cuenta, ella se mantendría perfectamente con lo que ganaba. Solo le pidió que se fuera de casa. Le ofreció la posibilidad de ponerla en venta y repartirse el dinero, aunque no estaban los tiempos para vender con facilidad. Él declinó esa oferta. Ella podía quedarse con la casa. La habían pagado juntos pero él no quería nada. Buscaría un alquiler.

Pasó los primeros días en casa de su hija, quien, al parecer, ya sabía con anterioridad lo que iba a ocurrir y había arreglado el cuarto de invitados, y él podía quedarse todo el tiempo que quisiera y a ella hasta le vendría bien que le echara una mano con los niños. Pero las miradas de extrañeza de sus nietos (a quienes se les debió aleccionar acerca de actitudes discretas) y la impostada camaradería de su yerno (quien, por evitar la verdadera conversación, se empeñaba en invitarlo a ver con él retransmisiones de fútbol, baloncesto, motociclismo, Fórmula 1 y todo el resto del repertorio de deportes, incluidos el boxeo, el hockey y el snooker) le producían escozores en la boca del estómago y el metro noventa de corpulencia que le había valido el sobrenombre se quedaba ahí, lastimosamente parado, mientras sus ojos buscaban su dignidad por los rincones del parqué flotante de la casa de su hija.

Por eso había buscado rápidamente un piso. Algo sencillo: dormitorio, salón, cocina y baño. Sesenta metros cuadrados en la tercera planta de un edificio impersonal de la calle Juan de Miranda. Al menos era exterior, aunque daba a otro bloque igualmente anodino. Pero no estaba lejos de la playa de Las Canteras y quedaba razonablemente cerca del parque Santa Catalina, del Muelle, del Intercambiador de Guaguas. Barrio del Puerto. Ideal para jubilados, buscavidas y amigos de la playa. La zona idónea para llevar una vida de ancianito o para estar de paso, para ser extranjero, para irse pudriendo poco a poco entre las ruinas de los pasados esplendores portuarios.

## 4

Esos ojos de roedor que inspeccionan la explanada entre los altos edificios del polígono son los de Felo. Ahora se orientan hacia la esquina de uno de los bloques de viviendas, buscando entre el corrillo de jóvenes a aquel a quien deben encontrar. Tantos calzones caídos, tantos cuerpos nerviosos, oscurecidos por el sol, tantas camisetas anudadas a la cintura o hechas un ovillo bajo brazos tatuados, tantas cabezas rapadas e igualmente vacías. Cuando llega al grupo (serán unos siete u ocho, apoyados en la pared o sentados en el bordillo), su mirada identifica a Yerobe entre los pibes que hablan en camelo sobre una bronca que ha debido de producirse hace poco allí mismo.

—Chacho, si yo lo vi que se iba a vení pa'mí... Si te digo que lo vi, loco, le vi la mala idea, loco, y digo: «Baj, loco», y me fui pa'él y pimpán, pimpán —dice uno de ellos, ilustrando los pimpán con una combinación de *jabs* al aire.

Ahora se ha callado. Ahora todos se han callado. Miran a Felo y miden con los ojos su metro setenta, su mandíbula equina, su nariz chata sobre labios dibujados a tiralíneas. Saben quién es. Lo han visto otras veces. Para ellos es un poderoso y Felo nunca se ha preocupado por sacarles del error, porque la vida da muchas vueltas y nunca se sabe cuándo nos va a venir bien algo de prestigio. Yerobe, que es a quien ha venido a buscar, sale del corrillo. Algunos amagan un saludo mientras el pibe viene a su encuentro. Felo no responde más que con una inclinación de cabeza mientras cruza la acera con Yerobe y lo acompaña hasta el garaje comunitario. Allí se paran, uno frente al otro, en el hueco que hace la puerta del garaje a los pies del edificio. Un edificio de once plantas con seis viviendas por bloque, idéntico a los otros seis edificios del polígono, que lleva nombre cristiano y cuarenta años de historia a cuestas. Una historia en la que hay camellos, yonquis, chorizos, alcohólicos violentos, maltratadores habituales, un pederasta en serie o en grupo y hasta algún homicida ocasional. En esa historia también hay trabajadores y trabajadoras honrados, bibliotecarios y maestros, un club colombófilo, diversos músicos y un pintor de valía, pero esos no salen en los periódicos con la cara borrada y el nombre consignado en siglas o, al menos, no ocasionan tanto ruido cuando lo hacen.

Es el último de los barrios que a Felo le toca visitar hoy. En cada uno hay lo mismo: polígonos donde las flores se mezclan con la mierda, homenajes al *tunning* automovilístico aparcados frente a viviendas donde no se come caliente con regularidad, chiquillas que cambian pañales antes de haber dejado de jugar con muñecas o que sueñan con que las deje preñadas cualquiera de los chandalerillos que aburren a las esquinas con sus hurtos puntuales y el relato de sus dudosas hazañas pugilísticas. En cada uno de esos barrios hay, al menos, un Yerobe. Y en todos ellos es Felo quien suministra la mercancía y quien pasa regularmente a hacer caja.

Hay pocas palabras en el intercambio y no se refieren al asunto, sino a cómo quedó la Unión Deportiva Las Palmas en el partido del domingo pasado (jugamos como nunca, perdimos como siempre), el mamón de Simoncelli (es el jodido Actor Secundario Bob y tiene la misma mala hostia) y los planes de Yerobe para esa tarde (si sigue el solajero este, se pira para la playa, a ponerse ferrujiento). Todo esto, mientras Yerobe saca un fajo de billetes arrugados y se los entrega a Felo; mientras Felo estira con diestra eficiencia cada billete y los cuenta; mientras separa cuatro de los billetes y los devuelve a Yerobe, que vuelve a arrugarlos y a guardárselos en el bolsillo. Entonces callan, Felo guarda el dinero en su riñonera y saca de ella una bolsita de plástico llena de papelas y se la da a Yerobe.

—Veinte gramos —dice—. Si te falta para el fin de semana, me das un toque. Si no, paso el lunes que viene.

—De puta madre —contesta Yerobe, guardando la bolsa en uno de los bolsillones de su pantalón.

Felo le arroja una mirada reprobatoria. Niega con la cabeza y señala a su riñonera.

—Consíguete una de estas, melón.

Yerobe reprime la risa. Felo adivina lo que piensa.

—¿Qué? Te parece una horterada, ¿verdad? Lo mismo pensaba un colega mío que se está comiendo un marrón en el Salto del Negro. Cuando venga la madera, intenta quitarte los pantalones mientras corres y mandarlos a tomar por culo para que no te trinquen con todo el pastel encima, a ver si puedes, listillo.

Le da una palmada en el hombro a Yerobe y se aleja por donde vino. Antes de llegar a la furgoneta, donde lo espera el Garepa, adivina a sus espaldas a Yerobe volviendo hacia el corro, cuyos miembros han comenzado ya a buscarse dinero en los bolsillos. Felo ocupa el asiento del acompañante. La Trade es suya, pero sabe que el Garepa se siente importante conduciéndola, vaya usted a saber por qué.

—¿Y ahora? —pregunta el Garepa.

Felo consulta su reloj.

—Llévame para lo de Júnior —contesta—. Y ahora no le pises tanto, que es muy cantoso.

El Garepa se pone en marcha a velocidad moderada. Al pasar por la esquina, el corrillo ya se ha disuelto. Solo quedan allí Yerobe y dos de sus colegas, charlando animadamente, acaso sobre la utilidad de las riñoneras.

# Confecciones Mendoza e Hijo

## 1

«CONFECCIONES MENDOZA E HIJO»

Los caracteres del rótulo son casi tan casposos como la denominación, pero no tanto como el propio negocio, consistente en un almacén con minúscula oficina y cuarto de aseo, dos escaparates, un mostrador, tres cubículos con cortinas que sirven de probadores y noventa metros cuadrados de exposición de prendas de vestir que ya habían pasado de moda hace veinte años. El comercio está situado en la larga cuesta de la calle Pedro Infinito, la espina dorsal de Schamann, uno de los barrios construidos sobre las deslomadas que dominan la ciudad y que el franquismo eligió hace sesenta años para desterrar a las clases populares que estorbaban en las zonas más céntricas de la ciudad, confiriéndoles la eufemística pero exacta denominación de Ciudad Alta.

Confecciones Mendoza e Hijo (como la calle Pedro Infinito en general) fue un establecimiento comercial de prestigio entre los habitantes de esa Ciudad Alta. Eso ocurrió antes de que los centros comerciales aplastaran a todos aquellos medianos y pequeños empresarios que no se dieron prisa suficiente en arrendar franquicias de empresas foráneas, ocupando locales en alguno de los monstruos de cemento y metal que rodean la ciudad como si quisieran redoblar su aislamiento.

Ahora la tienda es un vestigio del pasado. A veces entra alguna clienta fiel (solo las clientas fieles continúan ya acudiendo a Mendoza e Hijo), deja que Pilar le muestre lo que ella denomina «novedades» e incluso adquiere alguna prenda para uso personal o *para hacer un detallito* a nietos, sobrinos, cuñados, sobrinos nietos o cualquier otro familiar político o consanguíneo el cual acabará escupiéndole secretamente en el nombre.

Pilar, como el letrero, el mobiliario y gran parte del *stock*, es una herencia de los tiempos de don Fulgencio Mendoza, para quien comenzó a trabajar a los veinticinco y, como el *stock*, el mobiliario y el letrero, ha continuado trabajando allí, tan fiel a Mendoza e Hijo como la parca congregación de clientas.

Ahora va para los sesenta, pesa el doble que entonces, viste discretos conjuntitos de chaqueta y falda que le confieren un aire de neutra seriedad y su melena castaña se ha convertido en un casquete redondo de resecos cabellos color vino. Pilar se ha adaptado a la TDT, al euro y al ordenador, pero le cuesta llamar Júnior a su jefe, en lugar de don Fulgencio, que es como llamó siempre a su padre, quengloriaesté.

Se pregunta cómo puede seguir a flote el negocio; cómo puede ser que la empresa sobreviva a la que está cayendo sin dejar de pagar ni una factura; cómo puede ser que, con cajas que a veces no llegan ni a los cien euros, ella cobre puntualmente su mensualidad y sus pagas.

No lo dice, por supuesto, pero sospecha que Júnior (don Fulgencio Hijo) tiene otros negocios, negocios que a don Fulgencio Padre, quengloriaesté, lo volverían a llevar a la tumba si alguna vez le diera por levantar la cabeza.

Esos deben de ser los negocios que le hacen mantenerse encerrado en la oficina las pocas horas que pasa en Confecciones Mendoza e Hijo; los que hacen que responda con cordial indolencia, con diplomático desinterés a cualquier duda o petición relacionada con la empresa; los que provocan las visitas de esos amigos tan raros que de vez en cuando vienen a verlo y se reúnen con él allí, en su oficina, durante un rato, para después salir y, tal y como hicieron al llegar, saludar con una educación a la que se nota que no están acostumbrados, antes de arrojarse al tráfico de Pedro Infinito y perderse tal y como han venido.

Ahora mismo, por ejemplo, mientras Pilar atiende a la señora que busca fajas, ha dado los buenos días ese hombre horrible de la cara de caballo, ese bajito y delgado que siempre lleva una riñonera y camina como si perdonara la vida a quien se cruza con él. El individuo ha dado los buenos días intentando que le saliera una sonrisa, pero le salió esa mueca siniestra que hace que las clientas se aferren a sus bolsos. Después ha preguntado por el jefe, como si él fuera un proveedor, y casi no ha esperado a que doña Pilar responda antes de caminar hasta el fondo del local y abrir esa puerta que hay junto a los probadores y lleva escrito: «Prohibido el paso a toda persona ajena al personal».

Pilar, entretanto la clienta se decide entre la faja color carne y la faja color *beige*, menea la cabeza y suspira, preguntándose cuáles serán esos negocios, si serán asuntos limpios. Seguro que no, teniendo en cuenta cómo fue la juventud de ese muchacho, siempre metido en problemas, siempre trayendo a su padre de cabeza entre comisarías y juzgados. Cuando se casó y tuvo la niña y empezó a trabajar en la tienda pareció enmendarse, pero luego, con la enfermedad de don Fulgencio, quengloriaesté, con el divorcio y la muerte del padre, a Pilar le da la impresión de que ha vuelto a las andadas, aunque ahora más discreto, más astuto, más peligroso. Sin embargo, es mejor callarse. Es mejor mirar para otro lado. Es mejor hacer como que no se sabe nada, que se ignora completamente de dónde viene realmente el dinero que una cobra cada mes. Eso, más o menos, es los que piensa Pilar en el momento en el que la clienta alza finalmente la vista hacia ella desde las fajas y le pregunta si las tienen en marrón.

## 2

El despacho de Júnior es más bien un cubículo formado por dos tabiques que hacen ángulo recto con las paredes del último rincón del almacén. Hay apenas espacio para dos archivadores, un escritorio minúsculo ocupado casi por completo por un ordenador y dos sillas, aparte de la de Júnior, para que los visitantes puedan sentarse. Sobre la mesa hay un dietario, facturas, rollos de caja registradora usados, impresos para declaraciones trimestrales. De una de las paredes pende un calendario con la reproducción de un espeluznante Sagrado Corazón de Jesús. De otra, un corcho donde chinchetas de colores fijan notas en las que hace meses Júnior se recordaba a sí mismo obligaciones que jamás cumplió.

Todo huele a polvo, a rancia humedad, a senectud demorada. Felo entra. Júnior está leyendo el periódico en Internet.

—Cierra con el fechillo.

Sin pronunciar palabra, Felo cierra la puerta, echa el pestillo y se asegura innecesariamente de que la puerta no podrá abrirse. Luego toma asiento y espera a que Júnior vuelva a hablar. Este despega los ojos de la pantalla y lo mira fijamente.

—Ya lo encontraron. Hace un par de horas —dice Júnior.

—¿Y?

—Y nada. Por ahora, en lo que se piensa es en un borracho que se cae por la mar fea.

—Pero, la paliza...

—Puede haberse hecho todo eso al desriscarse, ¿no? Hay riscos de sobra en toda la costa. Además, apareció en Tinocas, pero pudo haber caído por cualquier lado. Al fin y al cabo, era de la Isleta y lo vieron de farra por el Puerto. Seguramente piensan que se cayó por La Puntilla, tajado. Ya sabes la fama que tenía.

—Ganada a pulso.

—Sí. Y las mareas son muy malas, ¿no?

Felo ensaya una posible explicación oficial:

—Entonces, el Rata se cogió la marimorena y, de camino a la Isleta, se puso a ver el paisaje, por allá, por La Puntilla...

Júnior imita la voz en *off* de un documental sobre misterios sin resolver:

—O a lo mejor le dio por pasar al otro lado del muro, para echar una meada...

—Es que hay gente que no tiene prudencia maldita —dice Felo, mostrando su sonrisa escalofriante.

Se hace un silencio, que sirve para rubricar el asunto del Rata. Júnior da dos golpecitos con los dedos en el borde de la mesa.

—Bueno, al turrón...

—Al turrón —repite Felo vaciando la riñonera sobre el único espacio libre que queda sobre la tabla. Al terminar de hacerlo, quedan sobre ella tres fajos de billetes y dos bolsas de plástico similares a la que ha entregado a Yerobe—. Esto es lo que hay. Ya desconté lo mío. Todo en orden. Sin problema.

Júnior expresa su satisfacción guiñándole un ojo, mientras toma el dinero y lo cuenta. Después pone una mano sobre las bolsas.

—¿Esto es lo que queda cortado?

Felo asiente.

—Sí. Veinte y veinte. A no ser que tú tengas más.

—Poco más. —Júnior calcula en silencio unos momentos—. Tres... No, cuatro bolsas. Pero ya está preparada y no aguanta otro corte. —Sin levantarse, echa la silla hacia atrás, se quita el colgante, oculto dentro de su camisa violeta y, con la llave que pende de este, abre la puerta de metal disimulada en el suelo. Sin incorporarse, alarga una mano hacia la mesa, coge el dinero y lo introduce en la caja fuerte—. Contando con esto y con que se venda todo lo que tenemos, me siguen faltando sesenta mil para dárselos a la gente del Turco.

Felo se muerde nerviosamente el carrillo, antes de decir:

—Puede que se enrolle, ¿no? La culpa no es tuya.

Júnior hace un mohín.

—Eso cuéntaselo al Turco. Tú no sabes quién es ese tío. Y, de todos modos, el que se fio del Rata fui yo. Si no hubiéramos tenido el fallo ese el año pasado, sería otra cosa. Pero está jodido que vuelvan a tragar otra vez.

—Con intentarlo no pierdes nada.

—Tú no te preocupes de eso. Pilla esas dos bolsas, por si las moscas. Si se ven apurados, me avisas y te paso lo que sea.

Felo vuelve a guardarse la mercancía en la riñonera, se levanta y abre la puerta. Antes de salir, se para un momento y pregunta:

—¿Y si no se enrolla?

Por un instante, Júnior lo mira sin comprender.

—Si no se enrolla, ¿quién?

—El Turco. Si no se enrolla el Turco, ¿qué hacemos?

—Ese no es tu problema. A ti, ni te conoce. No te preocupes, que ya me las apaño yo.

Felo cierra la puerta tras de sí, atraviesa nuevamente el sombrío almacén atestado de bultos lamidos por la luz de los fluorescentes; regresa al mediodía de la tienda, donde ahora la dependienta lee una novela de Danielle Steele para hacer tiempo hasta el cierre; se despide de ella con un gesto que apenas es correspondido y sale al calor y el aire sucio de la calle Pedro Infinito.

En la oficina, Júnior piensa en lo que le ha dicho a

Felo. Lo va a intentar: va a intentar que el Turco y su gente lo dejen correr. Aunque, para qué engañarse, es improbable que lo hagan. Si le exigen el dinero, no sabe de dónde va a sacarlo. Entonces, piensa en Larry. En el coche molón de cojones del Larry. En la casa grande que te cagas del Larry. En su jodida desfachatez y en la pasta que pasa por sus manos.

En alguna ocasión ya lo ha pensado, como posibilidad, como sueño. Un sueño que tiene las mismas probabilidades de realización que el de ganar una bonoloto o el de que te crezca una segunda polla. Sin embargo, nunca le hizo realmente falta; ahora sí que podría hacérsela.

Puede haber mucha pasta en eso. La seguridad no es excesiva ni los riesgos grandes. Y, lo mejor de todo, nadie lo denunciará. El problema está en quién podría dar ese palo para él. Porque, evidentemente, él no puede. Ni ninguno de los suyos. Él, porque lo conocen. Los suyos, porque son demasiado chapuceros, eso les viene grande: se les iría la mano y lo echarían todo a perder, o serían descuidados y se dejarían trincar.

No. Si llega el caso, no podrá hacerlo ninguno de los suyos.

Júnior se levanta, vuelve a ponerse el colgante. Es un simple cordón de cuero trenzado, del cual penden una pintadera y la llave de la caja fuerte. En esa caja hay lo que han ganado en dos meses y tres bolsas llenas de papelinas. Poco más.

Definitivamente: si le exigen el dinero, organizará ese palo. Después podrá venir con cara de haberse caído de un guindo y pagar lo suyo y quedarse el resto. Será perfecto. Negocio redondo. No sospecharán de él. El marrón le caerá a Larry, siempre chafardeando, siempre indiscreto con sus putas y sus amigos de perico. Pero ¿con quién puede contar? Repasa mentalmente la lista de sus conocidos y, de pronto, abre un cajón de la mesa, saca uno de los tres teléfonos móviles que hay en su interior, busca en la memoria y marca una de las entradas.

—Diga —dice una voz al otro lado.

Júnior se sonríe y pregunta:

—¿Cómo va la cosa, Rubio?

## 3

—Sé si una tía la chupa bien o no nada más verle la cara —dijo Larry a continuación, volviendo a poner su vaso en la mesa de plástico. Una nube había establecido una especie de pausa para los anuncios en el solajero y aprovechó para quitarse las enormes gafas ahumadas y mostrarle a Júnior sus ojillos opacos—. Es un don. Me basta con verles la jeta y enseguida sé si saben hacer bien lo que hay que hacer con la boquita. Me pasa, sobre todo, con los yogurines. Y ahí, con los chochetes jóvenes, es muy útil, porque engañan: hay putitas de diecisiete, de dieciséis años que están buenísimas, pero luego hay que enseñarles a hacerlo, porque, si no las enseñas, te la destrozan a mordidas. En cambio, hay otras que tú las miras y te dices: «Esta jodía nació para chuparla». Y es así. Son guarras de nacimiento, verdaderas artistas del lameteo.

Júnior pensó en su hija. Reprimió a duras penas el

asco y las ganas de romperle los huevos de una patada. Después de todo, él estaba allí por negocios. Pero,
precisamente por eso, no sabía por qué llevaba ya un
cuarto de hora bebiendo cerveza bajo un sol cabrón y
aguantando aquel palique interminable acerca de las
preferencias sexuales de aquel tarado. Dejó, él también, su vaso sobre la mesa, se echó hacia atrás en
la silla y miró a su derecha, a la piscina desierta; al
césped demasiado crecido que se extendía más allá
durante unas buenas decenas de metros; a las pajareras, al fondo, contra la alta tapia que circunvalaba
todo ese flanco de la propiedad, con aves surtidas entre las cuales Júnior solo sabía nombrar al canario, al
pájaro japonés y al periquito.

Larry tenía unos cuarenta y pocos años, una gran
mata de pelo castaño domesticada con gomina, un
afeitado perfecto en un rostro anguloso y bien dibuja-
do y unos ojillos oscuros que nunca miraban de frente. Llevaba solo un minúsculo bañador azul marino y
unas chancletas. Se depilaba minuciosamente la piel
de un cuerpo que seguramente se mantenía atlético
gracias a horas de *fitness*, pádel y natación. A Júnior
le molestaba que Larry lo recibiera así. Prefería un
despacho, una oficina o, incluso, un cuarto de estar
en el cual las cosas se hicieran rápida, eficientemente. Pero Larry era lo que era: un fantasmón de mierda
que siempre había tenido más suerte que cerebro y a
quien le gustaba presumir de casa mientras intentaba hacerse el campechano con charletas interminables, pretendidamente ingeniosas, minuciosamente
repugnantes.

—Sí, hay algunas que son unas verdaderas artistas

—prosiguió Larry—. Tienen habilidades innatas. Y a esas es a las que hay que convencer de que te hagan un favor. Por supuesto, no conviene ser demasiado directo. A una puta siempre le va a ofender que le digas que es una puta, sobre todo cuando ella aún no lo sabe. Pero, te lo digo yo, una casa como esta, que las impresione, un coche rápido y una cena en el sitio más caro... Si tienes paciencia, consigues que ella solita abra la boca y saque la lengua del estuche. Porque eso sí, por la fuerza, nunca es lo mismo... Ahora, aunque los guayabos están muy bien, donde esté una tía experimentada, de esas que lo siguen teniendo todo en su sitio y encima te dan clases ellas a ti, que se quiten todas las pibitas del mundo. El otro día, por ejemplo, me lié con una que...

—Ya —dijo de pronto Júnior.

El otro se paró en seco, mirando la mano del visitante, que mostraba su palma derecha, con cinco dedos callosos extendidos. Un segundo antes, Júnior había mirado el reloj pulsera que llevaba en aquella misma mano.

—Te agradezco la cervecita y la charleta, Larry. Pero llevo ya un rato aquí y tengo cosas que hacer en Las Palmas. Vamos al tema, si no te importa.

Larry se sintió molesto. Pero la sorpresa no le permitió reaccionar con algo ingenioso, así que Júnior aprovechó para recoger del suelo la bolsa que había dejado a sus pies, ponerla sobre la mesa y abrirla de forma que Larry quedara enfrentado a su contenido.

El anfitrión asintió, introdujo la mano y la sacó aferrando un fajo de billetes, que depositó sobre la mesa. Luego volvió a repetir la operación cuatro veces más. Tiró la bolsa vacía al suelo y contó la cantidad que había en uno de los fajos. Mientras, Júnior aprovechó para acabarse la cerveza. Cuando acabó de contar, Larry ordenó los fajos, uno junto al otro y, junto al ortoedro que formaban, apoyó las yemas, separadas, de los dedos índice y corazón sobre la superficie de la mesa.

—Aquí faltan dos taquitos —dijo.

—Que vendrán el mes que viene —contestó Júnior—. Entre mamada y mamada, habrás leído la prensa, ¿no? Sabrás lo de la pillada que tuvimos el otro día en el muelle. O, si no, el propio Turco te lo habrá dicho, supongo.

—Sí, para ser exactos, me habló de ello Pepe Sanchís. Pero también me dijo que la cantidad tenía que ser la misma. Me dijo exactamente eso: «Tienes que recoger lo de siempre, lo que está hablado». Y esto no es lo de siempre, no es lo que estaba hablado, Júnior. A mí me dijeron que tenía que recoger otra cosa. Y, si no la recojo, nos podemos buscar un problema.

—Entiendo —se limitó a decir Júnior. Luego sacó un teléfono móvil y marcó un número de los que había en la memoria.

Al otro lado se escuchó una voz varonil, con fuerte acento catalán.

—Hola, amigo. Te llamo en un momento.

Después, la comunicación se cortó.

Se quedaron en silencio. Larry con la mirada fija en el fajo de billetes. Júnior mirando a Larry, a la piscina, al jardín, nuevamente a Larry.

Entonces, sonó una llamada desde un número

oculto. Júnior la aceptó, conectó el manos libres y dejó el teléfono sobre la mesa.

—¿Qué puedo hacer por ti? —dijo la voz del Turco. Llegaba desde algún lugar lejano. Se escuchaba de fondo un concierto manso de mar y gaviotas.

—Hola, querido. Estoy aquí con tu pariente.

—Hola, primo —saludó Larry al teléfono, con voz festiva.

—Hola, muchacho. Qué bien se lo pasan sin mí... Cervecita y fiesta, ¿verdad?

—Sí —dijo Larry—. Acabamos de encender la barbacoa...

—Joder, me pierdo todo lo bueno... —comentó el Turco.

—Bueno, primo, te llamábamos porque nos falta hielo.

—¿Sí? ¿Cuánto?

—Pues dos bolsas. Aquí, este hombre, tenía que haber traído siete. Eso fue lo que me dijiste tú. Pero solo trajo cinco y no nos va a dar para toda la gente que va a venir.

Al otro lado solo se escuchó mar y gaviotas durante unos segundos. Después el Turco volvió a tomar la palabra.

—¿Él me está oyendo?

—Aquí estoy, querido.

—¿Por qué no llevaste todo lo que te dije, tío?

—No podía cargar con más. ¿No te acuerdas de la lesión que me hice jugando al futbito? Te acordarás. Fue la semana pasada.

—Me acuerdo. Me acuerdo perfectamente. Pero eso no es excusa, tronco. Si hace falta, le pides a alguien que te eche un cabo, pero no me puedes dejar a la gente sin hielo para los cubatas, rey.

—Ya, pero hoy no he podido cargar con más.

—Vale... —El Turco hizo una pausa, pensó y dijo—: Te digo lo que hacemos: dentro de dos semanas, hacemos otro asaderito íntimo. Y tú te traes tres bolsas de hielo en lugar de dos. Es una de las soluciones que se me ocurren. ¿Te parece bien?

—¿Y la otra?

—La otra es que yo mande a otra persona que se encargue del hielo y tú te quedes sin barbacoa.

A Júnior se le heló la sangre al escuchar esto: *quedarse sin barbacoa* significaba que alguien muy desagradable le haría una visita.

—Bueno, perfecto, querido: dentro de dos semanas. Tranquilo, que no te va a faltar hielo.

—Así me gusta, rey. —El Turco pareció quedarse contento. Soltó incluso una carcajada breve—. Primo...

Larry contestó:

—Dime.

—Déjalo estar por esta vez. Que se quede a la barbacoa y que disfrute de las churris. Ya veremos dentro de un par de semanas, ¿vale?

—Perfecto, primo.

—Pues bueno, hijos míos, a pasarlo bien. Ya nos vemos.

Ambos se despidieron casi al unísono. La comunicación se cortó, Júnior guardó su móvil, se puso en pie. La nube se había ido y el sol volvía a mostrarse inclemente. Larry también se levantó.

—Pues todo arreglado. Nos vemos dentro de dos lunes.

—Dentro de dos lunes —repitió Júnior, encaminándose hacia la casa, por la cual saldrían a la puerta principal.

Larry lo acompañó, caminando a un paso detrás de él, intentando nuevamente resultar campechano.

—No te lo tomes a mal, pero estas cosas es mejor dejarlas claras.

—Por supuesto, tío. No hay ningún problema —comentó Júnior, entrando en el despacho en el que debía de haberse celebrado la reunión. De reojo, Júnior registró los anaqueles atestados de libros de leyes, el escritorio *art déco* (herencia del padre de Larry, un abogado con solera muy conocido en la isla), el gran mueble bar del mismo estilo en el interior del cual sabía que había mucho más que botellas y vasos.

De ahí pasaron a un amplio salón, decorado con lujo y mal gusto. Finalmente, llegaron al recibidor, a la puerta de seguridad, junto a la cual, en la pared, estaba el conmutador de la alarma. Larry abrió y cedió el paso a Júnior.

—No te importará que no te acompañe a la cancela, ¿verdad? —dijo señalando su propia desnudez.

—Claro que no. Conozco el camino.

—Es que los vecinos, ya sabes cómo son...

Júnior asintió, sonriendo, estrechándole la mano. Atravesó el patio frontal, con sus gnomos de piedra, sus fuentecitas, sus móviles de conchas y sus buganvillas reglamentarias y esperó a escuchar el chirrido del mecanismo de apertura de la cancela, accionado por Larry desde la entrada. Salió a la tarde mansurrona de la urbanización de chalés más allá de cuyas fachadas se adivinaba el Monte Lentiscal. Escuchó ladrar a algún perro a su paso junto a las tapias que ocultaban los caserones de familias de abolengo o de nuevos ricos que se mezclaban con ellas. Solo cuando llegó a su Lexus, cuando se sentó al volante y encendió un cigarrillo, se permitió pararse a pensar un momento en todo aquello.

Ya no era una conjetura. Ahora estaba seguro de que habría que hacerlo. Al fin y al cabo, cosas más difíciles se habían hecho. Antes incluso de arrancar, telefoneó al Rubio y se citó con él para esa misma tarde. Se sintió más aliviado, pero también notó un vacío de nerviosismo en el estómago, esa sensación que uno tiene cuando sabe que se está metiendo en un pantano, sin posibilidad de rodeo, sin posibilidad de marcha atrás.

## 4

Plácido, finalmente, avanzó su peón una casilla. Con ese movimiento, el rey de Tito Marichal quedaba inmovilizado. Tito sonrió al decir:

—Qué cabrón.

Siempre que Plácido sacrificaba la dama a mitad de partida, Tito acababa comprobando que se trataba de un ardid. Pero este descubrimiento también ocurría siempre demasiado tarde. Lo malo es que no había forma de aprender a ganar a Plácido, que soltaba una risita orgullosa, se levantaba y le ofrecía otra cerveza. Eso fue exactamente lo que hizo ahora. Mientras Plácido iba a la cocina, Tito miró a su alrededor. Se le iba inevitablemente la mirada a las estanterías de libros que agobiaban las paredes del cuarto donde jugaban cada lunes. Admiraba a Plácido, entre otras cosas, por su afición a los libros. Solía calcular mentalmente cuántos libros habría allí. A veces se decía que mil. Otras, que dos o tres mil. Una vez le preguntó a Plácido, pero este le contestó que qué más daba cuántos hubiera.

Se habían conocido en Melilla. Eran dos de los tres canarios de su quinta. Tras acabar el servicio, Tito se había reenganchado y no había vuelto a saber nada de él hasta hacía un par de años, cuando se encontraron por casualidad en la calle de Triana. A Plácido acababan de prejubilarlo en el banco y tenía mucho tiempo libre. Intercambiaron teléfonos, se prometieron retomar el contacto, volver a jugar aquellas partidas de ajedrez con las que acortaban las horas de guardia. Pero Tito solo comenzó a visitarlo cuando el Hespérides cerró. Después de algunos encuentros, no tardaron en establecer el rito de las tres partidas de ajedrez cada lunes por la tarde.

A las cinco, Plácido lo esperaba, con el tablero preparado, unas cervezas y platitos de papas fritas y aceitunas, en aquel cuarto que Plácido utilizaba como biblioteca y estudio en su casa terrera del barrio de San Cristóbal. La misma casa que había compartido con su madre hasta hacía cinco años, cuando ella murió.

Plácido nunca se había casado. Era un hombrecillo tímido y algo entrado en carnes, que vestía pantalones de tergal y camisas de sintético a cuadros, hablaba lo justo y se rascaba una cabeza redonda y cada vez más calva cuando leía, jugaba al ajedrez o veía televisión.

Parecía completamente refractario al sexo femenino y la única pasión que Tito le conocía, aparte del ajedrez y los libros, era el ordenador, que, a juzgar por el cenicero repleto que siempre había junto a la pantalla, debía de ocuparle muchas horas desde que se había quedado solo y desocupado.

A Tito le gustaba ir a su casa cada lunes por la tarde, disfrutar de su elegante manera de jugar, de sus silencios, de las cosas que decía acerca de los libros que había leído. Sí, porque, de repente, sin venir a cuento, Plácido abría la boca para decir algo que a Tito lo hacía pensar durante días.

Ahora, por ejemplo, al volver a su asiento con las cervezas, mientras volvían a colocar las piezas para la siguiente partida que seguramente él volvería a ganar, Plácido dijo:

—En el libro que estoy leyendo, un demonio dice que hace mucho que la sangre empapa la tierra. Y que allí donde se ha vertido, crecen racimos de uvas.

Tito se quedó, como otras veces, desconcertado, sin saber qué decir, pero pensando en cada una de las palabras de la cita.

Plácido no volvió al tema. Dio un sorbo a su cerveza y abrió la partida adelantando el peón de rey solo una casilla. Tito procuró concentrarse: cuando Plácido comenzaba de una manera tan cerrada, le parecía temible como un caimán sesteante.

## 5

Sentado frente a Júnior en el despacho de Confecciones Mendoza e Hijo, el Rubio muestra la indolencia de quien escucha una oferta que no sabe si aceptará. Hace tanto tiempo que no tiene una conversación como esta que no recuerda hacia dónde debería llevarla. Sin embargo, escucha con atención. No se pierde ni un detalle. Intenta evitar que existan lagunas en la información que necesita. Sabe que la información es lo que hace fuerte a alguien. También lo que puede hacerlo vulnerable. Mientras, Júnior prosigue hablando. Y el Rubio lo deja hablar: él es quien pide, quien debe convencer.

—No sé a quién se la pilla el Turco. Él los llama «Los Peruanos», pero vete tú a saber. En todo caso, el material entra casi siempre por Galicia.

—¿El Turco es gallego?

—No. Catalán. O valenciano. No sé. Vive en Barcelona, pero tiene gente en todos lados. La cosa es que la mercancía suele entrar por Galicia. Luego el Turco y los suyos la ponen a circular. A nosotros nos la envían haciendo el gancho perdido.

—¿El gancho perdido?

—Coño, Rubio, cómo se nota que llevas tiempo fuera del negocio. Es la última moda. Si tienes un buen contacto en las consignatarias o en los muelles, es muy sencillo. Ya no hace falta estar organizando el envío. Tu contacto te selecciona un barco que vaya a hacer la ruta que a ti te interesa y, antes de que zarpe, tu gente se cuela y disimula la mercancía en un contenedor legal. Untando a quien hay que untar, hasta puedes poner sellos nuevitos y todo... Cuando el barco llega a puerto, tu gente lo vacía justo después de descargar y punto pelota. ¿Que lo interceptan? A ti te la suda: no hay nada que te relacione con el envío. Lo peor que te puede pasar es que trinquen a tu contacto del muelle. Pero raro será que cante. El Turco es un poderoso de los de verdad.

—Entiendo.

—La cosa es que nos hacen cuatro o cinco envíos pequeños al mes. Yo me responsabilizo de la mercancía desde que entra en el contenedor. Luego la corto y se la reparto a mi gente. Una vez cada dos meses, recaudo y pago. ¿Y a quién le pago?

—¿A quién le pagas?

—A un tío que es el hombre del Turco en la isla. No es un poderoso, no tiene guardaespaldas, no maneja polvo. Eso es lo mejor de todo: no es más que un abogado, un niño bonito que se dedica al Derecho Civil. Este tío recoge la pasta y la mete en la lavandería.

—La blanquea...

—Eso es. La invierte en unas cuantas empresas que después, supongo, le ingresan el dinero limpito al Turco y a los suyos. Así que yo, cada par de meses, le pongo un pastón en las manos al abogado. Y sé que por lo menos dos o tres tipos más hacen lo mismo, siempre en las mismas fechas. Pero el tío no puede invertir todo el dinero de golpe, así que lo tiene que guardar debajo del colchón, mientras lo va poniendo a circular despacio. Por eso es por lo que los pagos son cada dos meses y no cada mes.

—O sea, que lo que me estás proponiendo es un palo en casa del abogado —intenta abreviar el Rubio.

Júnior parece regocijarse al constatar que el Rubio ha captado la idea.

—El tipo es un fantasmón, más blando que una bailarina, por eso no hará falta pasarse. Yo creo que ese, con un buen repaso, te canta hasta dónde tiene la calderilla para pagarle al panadero.

—¿Quién es el tipo?

—Un Pérez de Guzmán.

—¡Coño! —El Rubio da un respingo de asombro, mostrando una reacción humana casi por primera vez desde que Júnior comenzó a explicarle el asunto.

—Laurencio Medina Pérez de Guzmán. Todo el mundo lo llama Larry. El típico tío con tres apellidos: chalé en Santa Brígida, oficina en Vegueta, Porsche Carrera y yate en Pasito Blanco.

—Si no tiene matones, al menos tendrá alarma.

—Alarma, cámaras y la rehostia. Esa es la mala noticia.

—¿Y la buena?

—Que son de Seguridad Ceys. ¿Y a quién conocemos que haya trabajado en Seguridad Ceys? —canturrea teatralmente Júnior.

—Tendría primero que echarle un vistazo al sistema. Y vigilar al individuo unos cuantos días, para buscarle el punto flaco.

—Te apunto la dirección. Y la de la oficina, también —anuncia Júnior, tomando un bolígrafo y un bloc de notas.

—Todavía no te he dicho que sí.

—Pero tampoco me has dicho que no. —Júnior deja el bolígrafo sobre la mesa, pero al alcance de la mano—. No te me hagas el remolón: viniste hasta aquí desde El Burrero. Eso quiere decir que te interesa.

—Eso quiere decir que necesito una pasta extra. No que me interese esta movida concreta.

—¿Cuánto te hace falta?

—Bastante.

—Te metiste en algún lío...

—No. Eso se acabó. Ya no juego ni me meto rayas ni me fumo un triste porro. Casi no bebo. Como mucho, un poco de vino con la comida, si como acompañado. Me he convertido en el hombre del café. Pero necesito pasta.

—¿Estela?

—Estela —confirma el Rubio con laconismo—. Está jodida. Todavía se puede hacer algo, pero si sigue así, no va a haber solución. Quiero llevármela fuera, que la vean médicos de verdad.

—Pues en esto puedes sacar la pasta que te hace falta.

—De poco le voy a servir a Estela si me meto en un marrón.

—No es un marrón. La cosa es fácil.

—Sobre el papel, todo es fácil —dijo el Rubio. Sin embargo, tras recapacitar unos momentos, añade—: Déjame que le eche un vistazo al tema.

# Viejos hábitos

## 1

Cora no se conoce. Hace tiempo que sabe bien poco de sí. Por supuesto, conoce su cuerpo, ese cuerpo disciplinado que todavía les mueve el piso a los tíos. Y conoce su voz, que sigue pronunciando las palabras adecuadas. Pero hace mucho que vive con el piloto automático puesto, sin hablar consigo misma, sin preguntarse qué le gusta y qué no, qué podría ilusionarla aún, qué espera y qué no espera de la vida.

Sabe, eso sí, lo que pudo haber esperado, de haberse quedado aquí. A estas alturas, andaría de *madame* con una casa bien montada o, mejor, habría establecido una agencia, de esas que trabajan solo hoteles y domicilios, con página web y *books* de las chicas. La otra solución son grasientas cocinas, baños ajenos, escaleras que limpiar.

Poco más sabe hacer. Hubo un tiempo en el que pudo haber tomado otro camino. Pero confiaba en su cuerpo, en su belleza, en los cuentos de hadas que hablaban de princesas desposadas por príncipes, madres de futuros reyes. Se creyó esos cuentos y no se preocupó de nada que no fuera ser una mujer hermo-

sa. Y así fue tomando la senda que la llevó a los con-
cursos de *misses*, a las falsas agencias de modelos, a
las interminables noches de la cocaína y las chapas
apresuradamente practicadas a tipos vestidos de eti-
queta en los baños de lujosos apartamentos del país
del pelotazo. Paulatina, inevitablemente, la senda se
fue estrechando y se convirtió en un caminito de tierra. Y los príncipes nunca transitan por caminos de
tierra. Así que cuando apareció Fernando, con sus
ademanes protectores, su encoñamiento de madurez
y sus regalos caros, Cora se dijo que ya era tarde para
esperar príncipes y que bien podía contentarse con
un armador.

En aquel momento le pareció buena idea: retirarse
del negocio, vivir con un tipo honrado que no la trataba mal y, además, tenía posibles. Aunque, visto lo
visto, Fernando no era tan honrado ni la trataba tan
bien, y los posibles se habían quedado, más que en
posibles, en presuntos.

La madre que lo parió, al Fernando de las narices,
se dice Cora mientras se depila las cejas ante el espejo del cuarto de baño de Iovana. Al final resultó no ser
más que un puto traficante. No obstante, qué te ibas
a esperar, bobona. Qué ibas a esperar de la vida sino
precisamente eso: una nueva faena, una decepción
más. Y aquí estás ahora: vuelta a arrastrar en una
maleta las cuatro cosas que aún conservas; vuelta al
maquillaje y la ropa provocativa; vuelta a salir por ahí
como una gata, a buscar ratoncitos que te maten el
hambre unos cuantos días y que, a poder ser, no te
revuelvan demasiado el estómago.

Fue la misma Iovana quien le habló de la fiesta,

antes de salir de viaje. Una fiesta de las pijísimas. Se
jubila un directivo o presidente o no sé qué cuantitos
de una gran empresa. Son doscientos invitados, por lo
menos. Alguno habrá que haya ido solo. Alguno habrá que valga la pena como cliente. El propio home-
najeado ha sido alguna vez cliente de la Iovana. Pero
Cora no tendrá tanta suerte de hacerse ese braguetazo.
Todo lo más, un directivo de alguna otra empresa, un
ejecutivo de segunda, un pelotilla que se quiera dar
aires con una tal por cual de a ciento cincuenta el servicio. Se conforma con cualquiera que le mate el hambre unos días y le pase la pasta suficiente para poder
pagarse un anuncio en la sección de contactos. Son las
cosas de volver a entrar en el mercado. Hay que entrar
bien. Nada de esquinas. Nada de pedir hueco en ninguna casa. Ahí ya hay carne fresca, joven, inmigrante
y barata. Su estilo es otro. Y aunque la competencia
sea mucha, siempre hay señores que sepan valorarla
a una. Que no todo es tener un cuerpo de ninfa. También hay que saber qué hacer con él.

## 2

No son más que dos amigos comiendo pizza al fondo de una de las terrazas del centro comercial, justo
desde donde puede dominarse la dársena militar y
el muelle, en el que destaca un gran trasatlántico de
esos cuya recalada ocupa las portadas de la prensa
local si no hay noticia mejor. A ellos no les interesa
el buque kilométrico ni el paisaje. Hablan del asunto
que se traen entre manos. Júnior escucha, haciendo

alguna pregunta de vez en cuando. El Rubio, por su parte, informa rápida, eficientemente. No ha resultado difícil pisarle los talones a Larry. Un hortera con un Porsche Carrera en Las Palmas llama la atención como un bisonte en un gallinero.

—Se pasó toda la mañana en el despacho. Luego comió en un restaurante fino de los de Vegueta.

—¿Solo?

—No. Con un tipo. Debía de ser un cliente. Tomaron el licor en una terraza de la calle Mendizábal. Volvió al despacho un par de horas más y luego, a las seis, se fue a casa. Sobre las diez se reunió con cuatro o cinco pijos más y comieron en uno de esos garitos de los de alta cocina que han abierto en el Muelle Deportivo. Después se metieron en la terraza nueva que hay en el Parque Romano.

—¿Entraste?

—No. Esperé enfrente. Interminable la espera, por cierto. Hacía un viento de mil pares de cojones. Salió de allí a las tres, con una hembra despampanante. La montó en el Carrera, se la llevó a casa y allí se lo habrá montado ella a él hasta por la mañana, supongo. O viceversa.

—¿Ningún viaje al banco por la mañana?

—No que yo sepa.

—¿Y movimientos extraños? ¿No hizo ninguna visita a ninguna empresa, o algo así?

—Nada.

—Bueno, ¿y cómo lo ves?

El Rubio se para a pensar un momento. Mira más allá de Júnior, a la pareja que observa la partida del trasatlántico. Ella (una rubia de veintitantos con minifalda y piernas de diosa) saca un móvil de gama alta, se levanta, camina dos pasos hacia la barandilla y se lía a sacar fotos del barco. Él, con chupa de motero y gafas de sol innecesarias, continúa imperterrito, contemplando el panorama, ahora enriquecido por el cuerpazo de su acompañante.

—Pues no sé —dice al fin—. La casa tiene una alarma de seguridad de las conectadas a centralita. Por ese lado, la cosa está jodida. Se le puede intentar trincar cuando ande por ahí de marcha. Un aparcamiento poco concurrido o un sitio discreto en el que pare para hacerse una raya. Se le dan cuatro hostias y se le lleva a casita.

—Demasiados riesgos.

La chica rubia continúa sacando fotos. Ahora con una sola mano, porque se ve obligada a usar la otra para agarrarse la falda, con la cual el viento se empeña en juguetear. El Rubio chasquea la lengua.

—Pues entonces, solo se puede hacer un Caballo de Troya.

—¿Cómo?

—Con alguien que trabaje desde dentro —aclaró el Rubio.

—Conmigo no puedes contar. La clave del asunto es que no sospeche que yo estoy en el ajo. Si no, se jodió todo.

—Pues sin nadie dentro, no hay manera.

Júnior lo mira contrariado.

—Haz un esfuercito, Rubio. Hay mucha pasta.

—¿Y qué, si hay mucha pasta? Si no se puede, no se puede. Y, además, tú dices que hay mucha pasta, pero no estás seguro de cuánta. Ahora mismo, el tipo podría estarla sacando de casa y ni tú ni yo nos estaríamos enterando de nada. Es un disparo a ciegas.

—Yo conozco los plazos, Rubio. Tenemos una semana. No: diez días. Tenemos diez días, por lo menos.

El Rubio mira la falda de la chica, de un color indefinido entre el azul eléctrico y el violeta. Da un bufido.

—Ya se me ocurrirá algo. Dame un día o dos.

### 3

El Rubio se despide de Júnior en el parking subterráneo del centro comercial. Ante la insistencia de Júnior, le repite que pensará en el asunto y lo volverá a llamar. Ahora tiene que irse. Hoy hay fiestón de alto copete en el hotel. La jubilación de un alto directivo de vete a saber qué empresa. Aún no son las tres de la tarde, pero quiere pasar por El Burrero para ducharse y ponerse elegante. Si puede, echará una siesta. El caso es estar allí antes de las siete de la tarde, para organizar a su gente. Podría llegar un poco más tarde, pero prefiere ir con tiempo, no encontrarse sorpresas, prever cualquier contratiempo.

Horario no hay. Eso es lo que tiene de bueno ser el jefe. Y de malo. A veces la jornada tiene cinco horas. A veces, doce. Pero hay que estar siempre pendiente, sobre todo cuando vienen los árabes, las estrellitas o algún político. Encima, esos suelen traerse a su propio equipo, con lo cual hay que bregar con los «profesionales» de los cojones, que, en lugar de facilitarte el trabajo, te lo complican.

Otra cosa son las fiestas como la de hoy o las convenciones. Ahí, más que nada, se trata de vigilar que nadie se desmande o que no se arme una marimorena. Recuerda una boda en la que se montó una tangana descomunal a partir de una discusión entre los consuegros.

Pero, por lo demás, es un trabajo tranquilo. Normalmente, solo hay que estar atento a los listillos que rellenan las botellas del minibar, las putas que no saben ser discretas y las parejitas de media ración que intentan colarse en las piscinas o el *spa*.

En ocasiones hay algún trabajo extra: conseguir una *escort* o un chapero, un par de gramos de polvo o todo eso a la vez para algún VIP que sepa callar y pueda pagárselo. En esos trapicheos suele resultarle muy útil su contacto con el Júnior.

Estela lo espera sentada en el patio delantero, tomando un descafeinado, con la caja de pastillas sobre la mesa. Es un patio de unos tres metros cuadrados, una entrada que fue pensada por el constructor para ubicar un pequeño jardín, pero que el anterior dueño de la casa pavimentó con gres de color amarillo. Con todo, Estela se las arregló en su momento para hacer de ese rincón algo agradable. En ello la ayudaron maceteros con geranios, helechos y rosales, un tronco del Brasil y varias flores de mundo rodeando una mesita, dos sillas de plástico y una sombrilla que se abre en los días de calor. Estela almorzó con Fátima, que la acompañó hasta allí para que tomara «su rayito de sol», como suele decir. Ahora Fátima está dentro, fregando los platos (trabajo que no se le paga, pero que ella hace por cariño, por costumbre, porque «ustedes ya tienen bastante con lo suyo»). Y Estela, en bata, toma el aire, esperando a que el Rubio vuelva de esa comida a la que ha ido.

El Rubio no entra en la casa. Le da un beso y se sienta frente a ella. Permanecen ahí, en silencio, en paz, mirando hacia la nada. Se escucha el mar, algo picado, contra los callaos de la playa, justo al final de la calle. Los hijos de los vecinos pasan en esa dirección, con toallas y flotadores. Ya empezó el verano. Por lo demás, hay un silencio absoluto en esa hora mansurrona de la siesta.

—¿Qué tal el día? —pregunta él.

Ella le clava sus ojos verdes y sonríe. El Rubio recuerda que fue por esos ojos por lo que sentó la cabeza y dejó de dar palos y de hacer de matón a tiempo parcial y de regentar prostíbulos y de hacer viajes a Europa del Este para buscar chicas lo suficientemente incautas para dejarse esclavizar; que, por esos ojos, no volvió a Gibraltar en la última ocasión y saldó cuentas con el Yuyo y se quedó aquí, en este cachito de Europa tirado en el charco, en estas siete colillas apagadas en el cenicero de los mares, tal y como escuchó describirlas una vez en una canción. Y ahora piensa que es por esos ojos por lo que va a volver a la mala vida. Pero una vez. Esta vez será solo una vez. Se lo dice a sí mismo así, obviando el pleonasmo: esta vez será solo esta vez.

Lo piensa mientras ella contesta que bien, que como siempre, que pudo leer un poco y luego Fátima la llevó abajo y le estuvo contando cosas de su tierra, hay que ver la de historias que cuenta esa mujer. El Rubio se imagina la escena de la que ha sido testigo ya tantas veces: Estela en el sofá y Fátima frente a ella, preparándole una inyección o doblando ropa de cama mientras le cuenta anécdotas graciosas sobre alguno de sus cientos de primos o cosas sobre su media docena de hijos, con ese acento ecuatoriano y su media voz, que sabe adoptar los tonos teatrales necesarios para adobar los cuentos. Quizá exagera, omite o miente, pero a quién le importa. Lo importante es que Estela se ría, que se olvide de la enfermedad. «La risa hace mucho, Estelita», suele decir la enfermera tras alguna explosión compartida de carcajadas.

—Ay, Carlos, tienes que decirle que te cuente lo del tío Genaro.

El Rubio asiente. Estela es la única persona que le hace sentir distinto cuando lo llama por su nombre. Cuando ella lo pronuncia, él siente que no es el mismo, que es otro, distinto, limpio, mejor.

—¿A qué hora tienes que estar hoy en el trabajo?

El Rubio se estira en el asiento.

—Me gustaría estar sobre las siete.

Estela mira su reloj.

—Nos da tiempo de acostarnos un rato.

El Rubio mira a la taza, ya vacía.

—Estás cansada...

—No mucho, pero me apetece tumbarme un poco contigo —responde ella, tendiéndole la mano a lo largo de la mesa.


## 4

Es fácil imaginarla: tiene treinta y muchos, quizá cuarenta. Se le sospechan en las comisuras de los

párpados, ocultos tras la piel tersa y la cintura vein-
teañera. Va en traje de noche. No una de esas horte-
radas con lentejuelas, sino un vestido de una pieza
cuya falda ciñe unas caderas duras y que cuando ella
se mueve (puede hacerlo sin dificultad, la falda es
ancha) muestra un sí es no es de dos piernas blan-
quísimas y perfectas. También enseña unos hombros
rectos y delgados y una espalda suave con lunares negros distribuidos con proporcionalidad marxista. El
escote llega hasta las lumbares. Por delante, en cambio, el traje muestra lo justo (la pálida carne sobre la
que luce una sencilla cadenita de oro, de la cual pende un pequeño camafeo azul), pero ciñe lo suficiente
para que se haga indudable la dureza de dos pechos
pequeños y duros. El traje es de color negro. O gris
marengo. A quién coño le importa. Lo importante
es ese cuello que el moño francés permite ver. El se-
doso cabello negro que deja escapar algún mechón
sobre la nuca. Los negros ojos almendrados. El rostro anguloso de nariz respingona y barbilla mínima.
La boca de labios carnosos que invitan al mordisco.
Esa boca enarbola una media sonrisa que demuestra
más seguridad que cordialidad.

Da algún paso de baile cuando cruza la pista entre
el gentío. Ningún inoportuno la molesta (es una fiesta elegante y casi nadie ha venido solo), pero más de
uno pierde el ritmo cuando ella se abre camino entre
quienes bailan el «No hay cama pa' tanta gente» que
la orquesta interpreta con eficiencia carente de gracia. Viene hacia el bar, donde impolutos camareros
despachan bebidas caras a señores que han dejado
a sus mujeres en las mesas del otro lado de la pista.

Dos de ellos sostienen una conversación sobre negocios y no dejan de hablar, aunque sus miradas se le clavan a la mujer en el cuerpo cuando pasa junto a ellos. Ahora se hace un hueco en la barra, pensando unos instantes ante un barman que está dispuesto a concederle todo el tiempo del mundo con tal de continuar disfrutando de cerca de esos ojos y esa boca, el colgante azul, la pálida piel del cuello. Pero ella no tarda demasiado en pedir un daiquiri. No es la atención del camarero la que le interesa.

Prueba el cóctel con la punta de los labios convertidos por un instante en un piquito de alondra y se queda mirando alternativamente al techo y a uno de los hombres de negocios (el que está de cara hacia ella), al tiempo que juguetea con su colgante.

El Rubio, desde el rincón en el que procura que su presencia no provoque curiosidades, la vio hace ya rato e identificó sus andares, la frialdad oculta en el fondo de sus ojos risueños, los afeites del camelo en la media sonrisa disciplinada. Hasta ahora, la ha dejado hacer, para ver en qué dirección se mueve. Pero ya el hombre de negocios murmura algo con su amigo y le dirige miradas que buscan el intercambio. Apostado en su rincón, calcula que el hombre no tardará en convidarla a algo, en acercarse a ella, quien, está claro, no espera otra cosa. Si el Rubio da tiempo a que el tipo le entre, es posible que intente hacerse el héroe, que diga aquello de «Ya ha oído a la señorita», y que las cosas se pongan peor. Así que decide intervenir antes de que el acercamiento del incauto (todo hombre es un incauto ante mujeres como esa) lo complique todo.

Con andares tranquilos, se interpone entre ella y los dos hombres. A ellos les muestra su espalda descomunal embutida en el esmoquin. A ella, una sonrisa profesional. Apoya el codo izquierdo en la barra y posa su mano derecha sobre el brazo moreno y fino, de una piel cuya suavidad le hace lamentar fugazmente hacer lo que se dispone a hacer.

La mujer, en unos pocos segundos, mira la mano enorme del Rubio, alza la cabeza para mirarle al rostro, lo reconoce y gira la cabeza en la dirección opuesta antes de soltar un soplido de disgusto.

—No sabía que dejaban entrar animales —dice.

—Es el Día de la Mascota —responde el Rubio—. ¿No te trajiste al hámster?

Ella se vuelve para desafiarlo:

—Claro que sí. De hecho, lo llevo encima. ¿A que no sabes dónde?

El Rubio se aparta un poco para observar el traje, que se ciñe perfectamente a cada centímetro de su piel desde las caderas hasta el colgante. Por último, dedica un segundo a registrar con la mirada la minúscula carterita que pende de su hombro con una cadena de falso oro. Ahí no cabe un hámster, así que el roedor debe de estar en otro lado.

—¿Cómo entraste, reina?

—Por la puerta.

—Venga, ya cubriste el cupo de chistes malos, Cora. ¿Cómo coño te colaste aquí?

—Parece que les caí bien a los porteros.

El Rubio piensa en los dos orangutanes que ha apostado esa noche a la puerta del Salón Dorado. Son nuevos, jóvenes y torpones. No le extraña que no hayan reconocido lo que había tras ese meneo de culo: poco cerebro y demasiada testosterona. Cuando ella esté fuera, tendrá unas palabras con aquellos dos.

—Bueno, Cora, acábate el daiquiri, que nos vamos.

Cora mira lo que le queda en la copa y calcula que serán solo dos sorbos. La orquesta acaba de atacar el «Guantanamera» y ella intenta negociar:

—No me jodas, Rubio. ¿A ti qué más te da? Tú sabes que yo soy elegante para mis cosas. Aquí en el hotel no va a pasar nada.

—Claro que no va a pasar nada; porque te vas.

—¿Y si no quiero?

La mano del Rubio vuelve a tocar la piel del brazo, pero ahora no se posa sobre él, sino que lo aferra con un índice y un pulgar tensos como mordedura de alicate. El Rubio no pierde la sonrisa, pero mastica con rabia las palabras que le suelta al oído.

—Mira, Cora, no me montes numeritos. Vámonos de aquí y puede que hasta te invite a una copa en el bar de la terraza. Pero a esta fiesta no estás invitada.

—Una de cal y otra de arena, el Rubio afloja un poco la presión de su tenaza y señala la copa con los ojos—. Venga, no lo compliques: échate eso y vente conmigo.

Cora ha calculado mal. Basta un solo trago. Juntos (ella delante, él detrás, acelerándole el paso, indicándole el camino) atraviesan una puerta de servicio y pasan por las cocinas del Salón Dorado, un almacén, un pasillo iluminado por fluorescentes, una nueva cocina y un pequeño *office* con suelo de goma y pared leprosa de humedad. De ahí salen al *snack bar* que ocupa la esquina derecha de la fachada del hotel. La terraza está concurrida, pero todavía quedan algunas mesas libres. El Rubio le indica la más apartada y toman asiento el uno frente al otro. El camarero no tarda en venir y, tras saludarlos a los dos, se pone a las órdenes del Rubio, que pide un daiquiri para la señora y un café con hielo para él.

Sabe que a Cora le ha dolido que la llame señora y no señorita, pero así son las cosas, qué se le va a hacer. Para él también ha pasado el tiempo y, probablemente, se ha ensañado más que con ella. El esmoquin no consigue disimular del todo la barriga, ni la barba bien recortada la flacidez del mentón. Los rizos dorados que le valieron el mal nombre continúan ahí, pero no parecen tan firmes ni tan sanos y ya han comenzado a desaparecer en la zona de la coronilla. Lo que continúa igual son los ojos de acero del Rubio, la nariz prominente y recta, las cejas dibujadas a tiralíneas.

La noche es cálida. Una de esas noches de julio en el sur de Gran Canaria. Pero el Rubio nota la carne de gallina en los brazos de Cora y le pregunta si quiere su chaqueta, si prefiere que entren en el bar. Ella se limita a negar con la cabeza. Sabe que todo aquello que ha sucedido después de que salieran del Salón Dorado es un regalo; que es un gesto de cortesía, de camaradería, por los viejos tiempos; sabe que lo normal hubiera sido que la sacaran de allí a empujones, y que sería lo justo, porque nadie está obligado a ser cortés con las putas. Sin embargo, también sabe que solo el Rubio hubiera sido capaz de identificarla, de adivinar que andaba por allí de cacería. El Rubio y su olfato de siempre.

—Creí que te habías retirado —dice el Rubio agitando el café *on the rock's* para que el hielo se derrita—. ¿Qué fue de lo tuyo con el gallego aquel... cómo se llamaba...?

—¿Con Fernando?

—Sí, ese: Fernando. Yo te hacía en el godo, casada y con hijos...

—Me salió rana, Carlos. Yo pensaba que era armador y al final resultó que no era más que un narco de los baratos. La última vez que lo vi, se lo llevaban los picoletos. Y si llego un poco antes, me busca la ruina a mí también.

—¿Y qué hiciste?

—Lo que hubieras hecho tú —responde Cora encogiéndose de hombros—. Reuní toda la pasta que pude, me bajé a Madrid y me hice humo. La pasta duró un tiempo. Pero no hay nada eterno, ¿no?

—¿Cuánto hace que volviste?

—Un mes. Puede que algo más. Estuve en casa de mi madre hasta hace un par de días. Me bajé para acá, a ver si hacía algo de caja. Ya ves: después de tanto lío... —Cora decide que llega la hora de la reciprocidad—. ¿Y tú? ¿Cómo has terminado aquí?

—Bueno, más o menos lo mismo —mintió el Rubio—. Lo de Gibraltar se fue a la mierda hace unos años. Yo también escapé por los pelos. Me vine para acá y empecé a trabajar en seguridad privada.

—El zorro cuidando a las gallinas.

—No te creas: me he portado como un caballero. Empecé desde abajo, de segurita. Luego, una vez me metí en el ramo, fui escalando. Estuve en el hotel Hespérides y, cuando cerró, me ofrecieron esto.

Cora mira a su alrededor, a la terraza y a la entrada principal. Después alza la vista hacia el imponente edificio del hotel Marqués. Finalmente, da el primer sorbo a su copa y comenta:

—No parece que la vida te haya tratado mal.

—He tenido temporadas peores.

—Pues yo ando jodida, Rubio.

—Ya lo supongo, si volviste al negocio.

—Yo pensé que me habían retirado y, mira tú...

Se hace un silencio y miran de reojo a la pareja de la mesa contigua, que acaba de levantarse y pasa junto a ellos hacia el interior. Ella intenta parecer afable y cercana. Él camina como si le hubieran metido un micrófono en el culo. Pero el Rubio y Cora han vivido lo suficiente para saber qué número calzan. Entre los dos, llevarán una Visa de débito restringido que comparten, unos sesenta euros en bisutería y ropa y apenas cien en metálico. Ricachones de garrafa: quieren aparentar o han sido invitados a la fiesta del Salón Dorado por el jefe de él. O de ella.

La manaza del Rubio, que ha quedado todo ese rato sobre el borde de la mesa, hace tamborilear los dedos contra la tabla tres, cuatro veces. El Rubio mira hacia algún lugar que está más allá de Cora y frunce el ceño un instante. Parece habérsele ocurrido algo, porque, metiéndose la mano en la chaqueta, pregunta:

—¿Dónde paras?

—En casa de la Iovana. ¿Conoces a Iovana?

El Rubio conoce a Iovana. La conoce tan bien que sabe que ahora, como siempre, andará sobreviviendo en algún cuchitril. La mano ha materializado una cartera, de la cual el Rubio extrae una tarjeta de visita, porque también conoce a Cora y sabe que es seria, discreta, profesional.

—Llámame mañana al móvil. A lo mejor hay algo para ti.

—¿Algo como qué?

—Llámame mañana y te explico. Si te interesa bien. Si no, tan amigos. Pero siempre será mejor que esto, digo yo.

Cora aún está leyendo la tarjeta cuando su visión periférica capta más movimiento de manos y cartera. Ahora el Rubio le entrega, discretamente, dos billetes.

—¿Tendrás con esto para escapar?

Ella casi nota una sensación de alivio mientras asiente.

—Eres un amigo, Rubio.

—Por lo que fue. Tú harías lo mismo por mí, supongo. Pero, hazme un favor, no te dejes ver por este corral. ¿De acuerdo?

No pide que se lo prometa. Ellos no son gente de pedir, hacer o cumplir promesas.

—De acuerdo.

El Rubio se pone en pie sin más. Cora lo imita.

—Tengo que volver a la fiesta. Cuídate, Cora. Y no dejes de llamarme. Puede que haya pasta.

—Lo haré, Rubio. Mañana mismo.

Cora le da un beso en la mejilla y él nota por primera vez su olor a moras. La observa alejarse con sus andares de reina salvaje en dirección a la parada de taxis. Algún chófer se llevará una alegría esta noche.

# Ofertas y demandas

## 1

La mañana en que el Rubio lo telefoneó, Tito Marichal desayunaba leche con gofio y buscaba ofertas de trabajo en Internet, sentado en el salón que también hacía las veces de escritorio, comedor, cuarto de estar y oficina.

Eran las diez de la mañana y él se peleaba con su ordenador portátil, regalo de su hija, que aún estaba intentando aprender a manejar. Tenía puesto, a media voz, un disco de Adriana Varela. Sabía que se podía escuchar música por Internet. Plácido le había instalado y enseñado a manejar un programa con el cual podía hacerlo. Pero él seguía prefiriendo el ritual de buscar y elegir un cedé, limpiar un poco el estuche, sacarlo y reproducirlo, corte a corte, en su pequeño equipo. Así que hoy, Adriana Varela, que ahora cantaba «Afiche». El Palmera se sabía la letra. Se preguntó si Marcelo el del Bar Quilombo sabría tocarla a la guitarra. Seguro que sí. Marcelo presumía de saberse todos los tangos del mundo, excepto dos, que aún no habían sido escritos.

El Bar Quilombo era un antro acogedor perdido en

la zona de la calle Luján Pérez (Tito nunca había llegado a memorizar la dirección exacta); un antiguo pub venido a menos que Marcelo había alquilado y convertido en un bar donde se reunían matrimonios y solitarios maduros para cantar y escuchar las canciones que el dueño tocaba incansable a la guitarra. Una buena alternativa al piano bar y al karaoke. Desde su divorcio era, quizá, el único sitio en el que el Palmera no estaba incómodo. Y, cada viernes por la noche, cuando las copas le infundían el suficiente valor para decir un tango o cantar una milonga, con esa voz rasposa que años de nicotina le habían esculpido, la parroquia le aplaudía la interpretación o lo felicitaba por haber elegido algún tema en especial («Uno», «Cambalache», la «Balada para un loco» o «Chiquilín de Bachín»). Entonces se sentía justificado, útil, feliz.

Pero ahora no era viernes ni de noche. Ahora, por la puerta del balcón, se adivinaba la luz del sol, que se había elevado sobre el edificio de enfrente sin que él se percatara. Hacía bueno, así que, dentro de un rato, saldría a caminar. Recorrería la playa en dirección a La Puntilla. Puede que incluso se llegara hasta el mercado del Puerto y tomara café por allí cerca. O quizá no. Quizá tomara hacia el Parque Santa Catalina y dejase morir la mañana mirando a los pensionistas jugar al ajedrez, a la baraja o al dominó. Existía la posibilidad de que jugara también él una partida al envite. Al ajedrez solo jugaba los lunes, con Plácido. Pero, en todo caso, volvería antes del mediodía, comería y dejaría caer la tarde ante documentales o películas intrascendentes, o leería alguna de las novelas de segunda mano compradas para olvidar la angustia, o navegaría nuevamente por Internet hasta el atardecer. Después se arreglaría bien, se daría un buen afeitado y saldría a recorrer discotecas, pubs, hoteles, restaurantes y bares, buscando a algún amigo, algún antiguo compañero, alguna cara conocida que quisiera darle (o supiera quién podía darle) un trabajo digno. Aunque lo único digno era el traspaso. Pero no había forma de conseguir el dinero. 40.000 euros. Cuarenta mil euros. Nunca había visto tanto dinero junto.

Volvería a medianoche, con las manos vacías, el hígado castigado y la autoestima hecha una mierda. Y, seguramente, se castigaría el hígado un par de horas más ante la caja boba hasta atontarse lo suficiente como para no echarse a llorar antes de que el sueño lo venciese. Tito sabía que su día sería más o menos así, porque así había sido su rutina desde su llegada a aquel estudio. Cada día, menos los viernes por la noche, cuando podía acudir a ese túnel del tiempo que era el Quilombo, para sumergirse en aquel mar de palabras, ritmos y pasiones que era el tango, ese interludio de sentimentalismo dulzón que le mataba las ganas de tirarse de un puente.

Justo cuando acababa el disco, en el momento en que se disponía a apagar el ordenador, sonó su teléfono móvil y vio iluminarse en la pantalla el nombre de Carlos el Rubio. En un principio, pensó en una mala noticia. Sabía que Estela, su mujer, estaba enferma. Pero cuando el Rubio lo saludó con la cordialidad de siempre, intuyó que su suerte acababa de cambiar. Lo que no imaginó fue que ese cambio no sería precisamente para mejor.

## 2

Los «Qué pasó, hombre», los «Cuánto tiempo, carajo», dieron paso al meollo: sí, había un negocio y el Rubio pensaba que a él podría interesarle. Pero no le parecía buena idea hablarlo por teléfono; sería mejor quedar y tomar algo y así se veían el hocico.

Por eso Tito acudió ese mediodía a la terraza de un restaurante de La Puntilla. Ante él, las barcas varadas en la arena, el agua lamiendo mansamente la playa, que a esas horas menguaba un poco más en cada retirada, señoras, paseantes y algún guiri maculando el planchado que el mar había practicado en el mantel de la orilla. Más allá, Las Canteras en toda su extensión, hasta llegar al Auditorio, el comienzo de eso que llamaban el Norte, con sus riscos, sus playas asesinas, su brusca, indómita e inexplicable belleza. Como era miércoles había pocos paseantes, pero la avenida comenzaba a animarse, con un trasiego ralo de gente de todos los colores y nacionalidades. En la terraza solo había ocupadas otras dos mesas. En una de ellas, una vieja con una colombiana que debía de ser su cuidadora. La anciana pinchaba temblorosa los trozos de papas arrugadas que la otra le había cortado. En la otra, dos hombres de negocios marroquíes comían como si ambos estuvieran solos, cruzando, muy de vez en cuando, algunas frases en su idioma. Tito, tras registrarlos con la mirada, prefirió volver a contemplar el paisaje, las nubes blancas que habían empezado a morder lentamente el azul del cielo, la barra de Las Canteras, más allá de la cual navegaba un bote de pesca.

Consultó su reloj y comprobó que el Rubio llevaba diez minutos de retraso. Entonces apareció, vestido con un polo perfectamente celeste y unas bermudas indefinidamente grises.

Se dieron un abrazo, con palmeteo de espaldas incluido, tomaron asiento el uno frente al otro y acordaron picotear algo. La camarera les fue trayendo gofio escaldado, papas arrugadas, queso y puntillitas. Mientras esperaban a que llegara la morena frita (hay que hacerla lento, para que se bizcoche bien, si no, es pura grasa, había explicado la camarera), comenzaron a vaciar una botella de Bermejo y a contarse las vidas que no se habían contado en los últimos meses.

—Cuando llamé a tu casa, Carmela me contó que ya no vivías allí. Lo siento mucho, Tito, no sabía nada.

—Casi no sabía nada yo tampoco. Parece que fui el último en darme cuenta.

—Bueno, hombre, no hables así. Seguramente será un bache.

—Más bien una desriscada, Rubio. Eso se acabó. Me lo dejó muy claro. Estamos con los papeles del divorcio.

—Pero hay buena relación, supongo.

—Ah, sí. Todo muy cordial, muy civilizado —dijo el Palmera con ironía rayana en sarcasmo. Luego suavizó el tono para preguntar—: ¿Y tú, qué? ¿Cómo te va?

El Rubio miró a su derecha, a los edificios que recorrían la avenida, al horror de cemento, metal y cristal del edificio Wöermann, escupiendo sobre la Ley de Costas, sobre el paisaje y sobre el buen gusto.

—El trabajo bien. Eso de la crisis es para pobres. Tú ya sabes que al hotel Marqués, lo que son pobres, no van muchos. Es más, cuantos más pobres hay, más se acojonan los ricos, y más trabajo tengo. Así que bien.

—¿Y Estela?

El Rubio no sabía por dónde empezar a contarle ni dónde terminaría. Y no había ido allí para hablar de la enfermedad de Estela, de la esperanza que menguaba, del miedo que crecía. Por eso se limitó a decir:

—Cada vez peor, Palmera. Hay un tratamiento, pero está lejos y es caro. Si me sale bien este negocio que te voy a comentar, me lo podría permitir. Si no...

La camarera dejó ante ellos el plato de morena, que sí que tenía pinta de estar bien bizcochadita. Después acudió a la mesa de al lado, donde los marroquíes habían terminado sus platos y pedían el café, siempre ignorándose mutuamente. El Rubio aprovechó para cambiar de tercio:

—¿Conseguiste el crédito?

El Palmera soltó un bufido.

—Qué va. Si lo hubiera conseguido, estaría ahora mismo en la calle Venegas, sirviendo menús... ¿Quién le va a dar un crédito a un parado de cincuenta y tantos años, sin propiedades ni aval?

—Así que la cosa no pinta bien.

—La cosa pinta de puta pena, Rubio. Dentro de cuatro meses se me acaba el paro. Me veo currando en el bingo, con Fermín.

El Rubio se crujió el cuello ruidosamente. Luego dijo:

—Eso no tiene por qué ser así.

Un chispazo cruzó por los ojos de Tito. El Rubio notó que era el momento para hablar de cifras:

—¿Cuánto te hace falta para lo de la cafetería?

—Cuarenta.

—Cuarenta —repitió el Rubio—. Este negocio te puede dar eso y, seguramente, más.

—Tú estás de coña.

El Rubio echó un vistazo en derredor, antes de inclinarse a su vez hacia Marichal, para poder hablar en voz moderada.

—Necesitas dinero. Eso ya lo sabemos. Ahora queda por saber si te importaría mucho cuál fuera el modo de conseguirlo. —Hizo una pausa, carraspeó para aclararse la garganta y fijó en sus ojos una mirada seria. Habló lentamente, como si las palabras fueran pesados bloques que acarreara uno a uno, edificando un muro que los separara a ambos del resto del mundo—. Mira, Tito, tengo que avisarte de una cosa: puedes decirme que sí o que no, pero piénsate bien si quieres que te lo cuente, porque te voy a hablar de algo delicado. Eso sí, te tomará poco tiempo y poco esfuerzo, y te va a dar mucha pasta. Pero, de verdad, piénsate si quieres enterarte, porque no podrás decir ni una palabra absolutamente a nadie.

Volvió a guardar silencio, se limpió la comisura de los labios y se echó hacia atrás en el asiento, esperando una respuesta por parte del Palmera, que seguía con los ojos asombrados; sabía que el pasado del Rubio era turbio como un potaje, pero también que era un tipo serio, de palabra, leal con su gente. Habían trabajado juntos un par de años en el Hespérides. Y alguna vez lo había visto en acción, poniendo fuera de circulación a un descuidero, a algún estafador, a alguien que se había salido de madre. En especial, recordaba una ocasión en la que dos sujetos descomunales habían comenzado a repartirse leña a las puertas del hotel. No eran clientes. Había sido una casualidad, un azar estúpido, dos guiris embrutecidos por el alcohol que se embroncan por cualquier gilipollez. Alguien había avisado al Rubio (en ese momento estaba en la cocina, cenando con él), quien, al salir, se los encontró golpeándose ante el coche de alquiler de un huésped. El Palmera se quedó parado en el vestíbulo, dispuesto a ayudar si era necesario pero sin saber exactamente qué hacer. El Rubio, mientras bajaba las escaleras, se quitó el reloj y se lo guardó en el bolsillo. Propinó una rápida patada en los gemelos de uno de ellos y, cuando el tipo perdió el equilibrio, desde atrás, le dio un golpe en la garganta. Mientras este caía, con un instantáneo ataque de asfixia, aprovechó la estupefacción del otro para lanzarle un gancho de izquierda en la barbilla, dejándolo sin sentido. Fin del pleito. El Rubio, teniéndolos en el suelo y fuera de combate, les podía haber dado una patada extra, un golpe que le hiciera soltar el cabreo por haber interrumpido su cena. Pero el Rubio no era cruel. Se limitó a mantenerlos vigilados el cuarto de hora que tardó en llegar la policía e incluso les proporcionó algunas servilletas de papel para que se limpiaran la sangre.

Del Rubio se decía que había sido mercenario, que había andado por Gibraltar, que había trabajado como guardaespaldas de narcos y pertenecido a bandas de atracadores. También se decía que era el hombre a quien había que acudir si se necesitaba una papela o una piedra de hachís o sexo por encargo. Todo rumores. Nada confirmado. Lo que el Palmera sabía era que el Rubio hablaba poco, sonreía mucho y se podía confiar en él.

Así era el Rubio: frío, eficaz, pragmático y duro como el corazón de banquero. Pero ahora el Rubio estaba ahí, frente a él, dispuesto, si él quería, a hablarle de algo de lo que él nunca podría hablar, de algo delicado. Y *delicado* solo podía significar *ilegal*.

Él tenía los cincuenta cumpliditos y le habían expulsado de la vida que había vivido durante años; quizá por su propia culpa, por ser, como Carmela había dicho, un viejo prematuro refugiado en los paseos por el Puerto, las partidas de ajedrez y los tangos que le arañaban las entrañas. Sopesó muy bien la advertencia. Trabajo rápido, fácil, mucha pasta. Por lo menos los cuarenta mil. Y posiblemente más. Pero él no había hecho nada ilegal desde su juventud, desde su época de robos de recetas para conseguir pirulas y juergas interminables, toda aquella espiral en la que entró en sus tiempos en Melilla y que hubiera acabado de puta pena si no hubiera aparecido Carmela para sacarlo de ese mundo de golfería y preámbulos a la cárcel.

En cualquier caso, no se le obligaba a decir que sí. Solo se le había advertido que iba a escuchar algo sobre lo que tendría que mantener discreción. El único compromiso, pues, era el silencio. El Rubio esperaba, masticando ahora un trozo de morena frita.

—Es verdad: valía la pena esperar, carajo. Está cojonuda —dijo con evidente fruición.

—Déjamelo claro: puedo decirte que no, ¿verdad?

—Ajá —asintió el Rubio.

—O sea, que no hay compromiso.

—Lo único a lo que estás obligado es a mantener la boquita cerrada. Eso sí, ante quien sea que venga a preguntarte. Que no vendrán. Pero, por si las moscas, quiero que quede bien claro.

Obviamente, ese «quien sea» se refería a la policía.

—Por lo demás —continuó el Rubio—, si no te conviene, basta con que me lo digas y se acabó el tema. No te voy a insistir. Hay otra gente con la que puedo contar. Pero prefiero hacerlo contigo.

—¿Por qué?

—Porque eres un amigo y creo que esto te vendrá bien. Pero, también, y sobre todo, porque eres un tío legal y sé que no me harás ninguna jugada extraña.

Se hizo una nueva pausa. El Rubio la rompió:

—Entiéndeme bien: yo no haría esto si no necesitara pasta urgentemente para lo de Estela. Y no te lo propondría si tú no la necesitaras para lo de tu negocio. Yo ya no soy un ruina. Estela me sacó de todo eso. Pero, visto el asunto, no tiene demasiados riesgos, no es complicado y podemos salir los dos del apuro.

Tito Marichal comió un trozo de morena. Era cierto: cojonuda. Después dio un trago a su copa y volvió a inclinarse hacia delante.

—Cuéntame.

El Rubio dio un suspirito y comenzó diciendo:

—Bueno, tengo un amigo que tiene un amigo que no se dedica a negocios muy limpios.

# 3

Cora paraba en unos pisos miserables que en algún lejano momento de la década de los setenta llegaron a ser considerados como apartamentos de veraneo por funcionarios, suboficiales chusqueros y contables jubilados. En el descansillo, que daba a un patio interior, agonizaban unos geranios en un macetero que un día debió de ser blanco.

Cora recibió al Rubio descalza y en *shorts*, con una camiseta blanca que le venía grande y que, quizá por eso, la rejuvenecía. Llevaba el pelo suelto y el rostro sin maquillar. Pero tenía cara de haber dormido bien y haber comido mejor. Así que de la vampiresa de la noche anterior no quedaba más que la mujer que había debajo; lo cual no suponía un desperdicio, sino, más bien, lo contrario.

El Rubio aceptó el té helado y el asiento que Cora le ofreció en el sofá de dos plazas situado entre la minúscula ventana y la mesita de plástico y cristal. En esta, junto al cenicero repleto, una taza había dejado una luna de café con leche con sospechas de miga de pan. El paraíso de toda cucaracha, pensó el Rubio mientras el rayo azul de su mirada se colaba en el dormitorio contiguo y enfocaba el borde de una cama deshecha, una maleta abierta de la que brotaban coloridas prendas indistinguibles.

—Iovana está aquí desde el año pasado, por lo visto. Me lo presta unos días, hasta que pueda pagarme algo —explicó Cora, abierta y amable, con una afabilidad en la que no dejaba de existir algo de timidez. Continuó hablando mientras tomaba asiento frente a él en una silla, juntando las rodillas y abrazándolas con la mariposa de sus dedos entrelazados—. Ella está de viaje. La verdad es que se ha portado muy bien. Me dejó la nevera llena.

—¿Adónde fue?

—Tánger.

El Rubio asintió. No le resultaba difícil suponer a qué había ido Iovana a Tánger.

—Vuelve el miércoles.

Tras decir esto, Cora frunció los labios y alzó las cejas. Al Rubio no le costó mucho captar el mensaje, teniendo en cuenta las dimensiones del apartamento. Allí no cabían dos mujeres. Y, mucho menos, dos mujeres como Iovana y Cora.

—¿Tienes algún motivo especial para estar aquí?

—¿En casa de Iovana?

—En el sur.

—No. Me da igual el sur, el norte, Tenerife o Isla de Lobos, con tal de estar lejos de la Península.

El Rubio guardó silencio unos instantes. Observó sin reparo las piernas de Cora, le adivinó los senos niños y libres tras el algodón de la camiseta. Todavía tenía todos los revolcones del mundo. Y parecía continuar siendo una mujer con cabeza, que era lo más importante en aquel asunto.

—Se está organizando algo.

—¿Algo?

—Un palo. Importante.

—¿Importante como qué?

—Importante como para tener la vida resuelta una temporada.

Cora, por hacer algo, encendió un cigarrillo. Después preguntó:

—¿Sin sangre?

—Sin sangre. Una cosa fina.

Ella miró por la ventana, al mísero trozo de cielo que su ángulo de visión le descubría más allá de los edificios de enfrente. Se mordió el labio inferior y volvió a clavarle la mirada al Rubio.

—¿Con quién?

—La cosa la está organizando un contacto mío. Pero para ti, como si fuera yo.

—¿Cuántos vamos a ser?

—Contigo, tres.

—¿Y cómo va a ser la cosa?

El Rubio sonrió con sarcasmo, con suspicacia. Su expresión decía exactamente: «¿Crees que soy tan melón como para contártelo?». Sus labios, en cambio, dijeron:

—Por ahora te basta con saber que pinta muy bien, que no va a haber sangre y que hay una buena pasta.

—¿A qué llamas buena pasta?

—A pasarte una temporada sin dar un palo al agua. Una temporada muy larga. O puede que más, si te administras bien o inviertes en algo con cabecita.

Dicho esto, el Rubio guardó silencio, esperando la respuesta de Cora. Ella se limitó a mirar de nuevo por la ventana. Andaría sopesando riesgos, oportunidades, posibles contratiempos. En algún momento, el Rubio se cansó de esperar, se bebió de un trago lo que quedaba de té, ya tibio, y se puso en pie.

—Bueno, Cora, ¿qué va a ser?

—¿Sin sangre?

—Sin sangre.

# 4

Mancharse las manos. Mancharse las manos una sola vez.

No es que sus manos hayan estado siempre limpias. En la época de Regulares no frecuentó buenas compañías. Hubo algunos negocios sucios, algunos trapicheos de poca monta con bultains, mililips, o maximabatos, y un asalto a una farmacia de guardia. Hubo también alguna trifulca e incluso llegó a ponerle las pilas a uno que estaba a punto de irse de la lengua. De todo aquello lo salvó Carmela. Haber conocido a Carmela. Haberse vuelto loco por ella casi desde el primer momento. Carmela, con sus estudios de Secretariado Comercial, sus actitudes serenas y serias, sus silencios inteligentes, sus tardes de cine de barrio y sus toques de queda a las nueve. Seguramente, Carmela (y todo lo que vino después: la familia, la niña, el oficio de la hostelería en el que fue ascendiendo poco a poco) fue lo mejor que le había pasado en la vida.

Pero ahora ya no había Carmela ni esperanza de que volviera a haberla. Carmela, en sus últimos encuentros, se había comportado con la camaradería reservada y neutra de una vieja amiga. La última vez había sido unos días atrás, en la celebración del cumpleaños del mayor de sus nietos. En algún momento, mientras ponían las velas a la tarta en la cocina, ella había aprovechado que los demás andaban entretenidos en el comedor y le había preguntado cómo le iba. Él estuvo a punto de decirle que de puta pena, que todo aquello le parecía una gilipollez, que la seguía queriendo y que haría lo que fuera por tener otra oportunidad. Pero en sus ojos leyó que resultaría inútil, así que se limitó a contestar que bien, que echando días para atrás, y a devolverle la pregunta. Entonces Carmela contestó:

—No me puedo quejar, Tito. No te diré que a veces no te echo de menos, pero me estoy descubriendo. En estos días me he dado cuenta de que llevaba años sin estar sola conmigo misma. Me he pasado todo este tiempo entre el trabajo, la casa y tú. Ahora estoy sola por primera vez. Y me gusta.

Así que a Carmela le gustaba estar sola. Y, después del primer dolor, de las primeras esperanzas, de los primeros yaselepasará, Tito había descubierto que los caminos que le quedaban solo conducían hacia delante. Ahora, con la proposición del Rubio, se le abría una posibilidad de pisar terreno firme tras conseguir el dinero necesario para cumplir su pequeño sueño de coger la cafetería. Pero primero tenía que cruzar un pantano. Y nadie cruza un pantano sin mancharse. Aparte de eso, si el Rubio no le mentía (y ese no era su estilo), el dinero no iban a quitárselo a un honrado padre de familia, precisamente. Y quien roba a un ladrón...

El Rubio le había dado veinticuatro horas. Eso había sido ayer, a las dos y media de la tarde. Ahora eran las doce.

Decidió no agotar el plazo.

## 5

Ese viernes, Júnior no se concentra realmente en lo que le cuenta su hija. Sí, sabe que ha dicho algo sobre un examen que «salió más o menos» (él mismo preguntó), que hace un rato expresó su deseo de ir al sur con unas amigas, aunque su madre ha puesto como condición que él dé su permiso (que, él lo sabe bien, acabará dándole a regañadientes), y que ahora comenta algo acerca de una romería. En realidad piensa en la conversación que tuvo hace un rato con el Rubio, en el plan del Rubio (el único posible, asegura él, que es quien sabe de esas cosas), en la gente que propone para llevarlo a cabo (Cora y ese tal Tito Marichal, el Palmera). Pero, sobre todo, piensa en el reparto. Había contado con algunos gastos y con compartir la merienda con el Rubio. Lo que no había previsto era que se trajera a merendar a los otros dos. Se lo dio a entender, pero el Rubio fue tajante: la única forma. Y *la única* quiere decir que solo hay una. Así que no le quedó otra que transigir. Sin embargo, no acaba de hacerle gracia, no solo porque son muchas bocas que alimentar, sino muchas que mantener selladas. Una vez escuchó a alguien decir que tres pueden guardar un secreto, si dos de ellos están muertos.

Del Rubio se fía. Es un tipo legal. Pero no conoce al tal Marichal, por muy amigo y muy de ley y muy palmera que sea.

A Cora sí la conoce, y, aunque es del oficio, siempre ha sido una tía elegante. Eso sí, del oficio sigue siendo, y sabe más que los ratones colorados.

Por el momento, se ha conformado con exigir al Rubio que los otros no sepan quién es él y con que lo mantenga informado de todos los detalles. También hubiera podido echarse atrás. Pero quién le garantiza a él que el Rubio, ya puestos al asunto, no da el palo igualmente con aquellos dos, dejándolo, encima, sin su parte.

—¿Entonces qué? —le insta su hija.

Júnior aterriza de pronto.

—¿Qué de qué?

Valeria se echa a reír.

—No me haces maldito caso...

—Sí te hago caso, pero estoy preocupado con una cosa del trabajo. A ver, me preguntabas por la romería esa...

—Sí. Mamá está con lo mismo: con lo de que a ver qué te parece a ti.

—Pues a mí me parece que quedan por delante suficientes romerías que no te cogen en exámenes.

—Pero, pá... Si me queda solo uno.

—Y me parece también que no puede ser apartamento en el sur y romería y todo lo que se te antoje al mismo tiempo.

—Pá, pero si voy a aprobar seguro...

—Con eso no me basta...

—¿Cómo que no te basta?

—Vamos a ver si llegamos a un acuerdo. El trato es este: yo te dejo ir a la romería, pero no me basta con que apruebes. Me tienes que sacar, por lo menos, un ocho.

—¿Un ocho?

—Un ocho. Por lo menos —recalca—. Y si sacas menos, no hay apartamento en el sur. ¿Te parece bien el acuerdo?

Valeria frunce el ceño, calculando sus probabilidades. Se da cuenta de que la apuesta, de pronto, se ha vuelto, si no más alta, mucho más arriesgada; de que se ha metido ella solita en la boca del lobo. Mientras espera una respuesta de su hija, Júnior piensa exactamente lo mismo acerca del negocio que se trae con el Rubio. Valeria, al menos, todavía puede renunciar a la romería, dar marcha atrás. Él ya no cuenta con esa posibilidad.

# Un plan

## 1

Tito Marichal imaginaba un lóbrego almacén o una trastienda mugrienta, una mesa con un tapete, iluminada por una lámpara cenital que hurta a la vista el resto de la estancia. Así era, al menos, como se representaban en las películas ese tipo de reuniones. Por su imaginación pasaban los antebrazos hirsutos de hombrones malencarados cuyos dedos señalaban diferentes puntos de un plano extendido en el centro del tapete, con un vaso ancho y un cenicero repleto haciendo de pisapapeles.

Pero no. El Rubio lo había citado en su casa de El Burrero, aquella misma casa donde había estado en más de una ocasión con Carmela, celebrando asaderos o, simplemente, pasando alguna tarde de domingo. Mientras se dirigía hacia allá en su Ford Fiesta, el Palmera pensó en Estela, en cómo la encontraría, en si conservaría su buen humor. Instintivamente, miró al asiento del acompañante, a las flores que había comprado para ella. Eran gladiolos. Se preguntó si había sido buena elección. Estela siempre le resultó una persona agradable y, cuando supo lo de su enfermedad, lo lamentó mucho. Al principio, una vez a la semana, él y Carmela iban a visitarla. Pero comenzó el tratamiento y Estela se sentía incómoda, probablemente avergonzada. Así que poco a poco fueron dejando de acudir.

Según le había dicho el Rubio, a la reunión también asistiría Cora, la mujer de quien le había hablado. Tito, sabiendo por encima cuál iba a ser su papel en todo el asunto, supuso que no sería trigo limpio, pero el Rubio había dicho: «Es una tía deslumbrante, ya lo verás», en el tono exacto que hubiera empleado para decir que la tía era física nuclear. Eso sí, no había aclarado en qué sentido deslumbraba. Por consiguiente, Tito sentía verdadera curiosidad.

El Rubio lo esperaba en la entrada.

—Veo que te acordabas del camino —le dijo.

—No hace tanto tiempo.

—Estela está en el comedor, con Cora.

—¿Ellas se conocían?

—No. De hecho, te esperé aquí para avisarte: se supone que os invitamos a los dos porque yo quiero liarte con ella —dijo el Rubio, sin poder contener una risita.

El Palmera enarcó las cejas.

—No jodas...

—Fue la mejor excusa que se me ocurrió. Si no, a ver cómo lo explico.

—O sea, que es una cita a ciegas.

—Más o menos —dijo el Rubio, poniéndole una mano en el hombro mientras lo conducía a la puerta.

## 2

Estela resultó estar de un humor excelente y se tomó muy a pecho su labor de casamentera. Bromeaba, hacía elogios a Cora, exponía las virtudes de Tito, comentaba las ventajas que había en los hombres maduros.

Tito, algo turbado, observaba de hito en hito a Cora, que, desde su lado de la mesa, prodigaba sonrisas y devolvía los halagos de la anfitriona. No tardó en comprobar por qué el Rubio había dicho que era deslumbrante. No solo resultaba muy atractiva, sino que sabía hacer que la gente se sintiera a gusto y desorientada al mismo tiempo. Si escuchaba a su interlocutor, fijaba sus ojos oscuros en los de este con una atención casi desmesurada. Si hablaba, esos mismos ojos contribuían a amplificar los significados de sus palabras. Tito comprobó que aquellos ojos eran capaces de adoptar una docena de expresiones diferentes en solo uno o dos minutos. No las contó: lo supo por los distintos estados de ánimo que le produjo un cruce de palabras bastante insustancial.

La comida consistió en una paella preparada por el Rubio. Después, comiendo un tiramisú que Cora había traído, tomando café y bebiendo licor de hierbas prolongaron la sobremesa y la conversación hasta media tarde. Más o menos a esa hora, Estela se retiró a echar una siesta. Se sentía algo cansada. Los demás subieron a la azotea; la tarde estaba luminosa, apetecía una penúltima copa al fresco.

En aquella azotea, el Palmera había disfrutado más de un asadero, más de una borrachera, más de una tarde de canciones entonadas por coros etílicos de amigos. Ahora no había parranda. La barbacoa criaba telarañas en un rincón; la guitarra, con una cuerda rota, se aburría en el cuartito, medio almacén de bebidas, medio trastero, que había en el extremo opuesto.

Ante ese cuarto, el Rubio dispuso una mesa plegable y tres sillas, la botella de Ruavieja y una cubitera con hielo. Al tiempo que lo ayudaba, Cora le hablaba de lo bien que le había caído Estela, de lo buena persona que parecía. Tito se había situado junto a la barbacoa, y los escuchaba hablar y trastear a su espalda mientras contemplaba las azoteas y tejados vecinos, el cielo manso transitado por alguna nube, la peña, frente a la orilla, a la que unos niños trepaban para arrojarse desde allí al agua tranquila que acariciaba los guijarros de la playa.

De pronto, notó que se había hecho un silencio. Se habían acabado las cortesías, las conversaciones superficiales, los disimulos y los embustes. Dio media vuelta y vio al Rubio y a Cora, ambos sentados, mirándolo, esperando a que él se acercara para poder entrar en materia.

Los observó unos segundos. Sus rostros parecían más delgados, más pálidos y se habían afilado con con una especie de ferocidad abisal. Lo esperaban. Y sabía que lo esperaban porque él, aunque fuera el menos experimentado en esos asuntos, les hacía falta. Sintió un escalofrío y tuvo el repentino impulso de salir corriendo, meterse en el coche y huir. Aunque no, no podía ser, ya se encontraba ahí con ellos, en aquella azotea, metido en un asunto feísimo que se pondría, con toda seguridad, mucho más feo. Podría parecer que estaba a tiempo. Más allá de ellos estaba la puerta que daba a las escaleras que conducían a la primera planta, a la planta baja, a la puerta de la calle. Y ninguna de esas puertas estaba cerrada con llave. Así que sí, podría parecer que estaba a tiempo de marcharse y ponerse a salvo y olvidar todo aquello.

Pero ya no lo estaba. Ya no había tiempo para nada, salvo para recorrer los siete u ocho pasos que lo separaban de la silla que aguardaba, como también aguardaban el Rubio y Cora, a que él tomara asiento.

Además, en esa concreta tarde del mes de julio, no se le ocurrió ningún sitio adonde ir.

Intentó una sonrisa, asintió y caminó hacia la silla.

# 3

—Lo bueno es que la pasta proviene de trapicheos. Dinero que no existe: palo que nadie denuncia —dijo el Rubio—. Y si a alguien le diera por denunciarlo, tendría mucho que explicar.

—¿Y lo malo? —preguntó Tito.

—Que el tipo trabaja para gente muy poderosa, de fuera, de la Península. Por eso tendrá que ser a cara cubierta.

Los tres compartieron el silencio. Cora acabó de un trago su licor y se sirvió otro.

—¿Y las perras van a estar ahí seguro? —preguntó Tito.

—Seguro. El tal Larry recauda lo de mi amigo y lo de unos cuantos tipos más y luego lo invierte en un par de empresas que lo devuelven limpio.

—¿Qué empresas? —preguntó Tito.

—Y yo qué coño sé... —respondió el Rubio, un poco harto de que Tito preguntara tanto y tan seguido—. Para el caso da igual. Lo que importa es que las inversiones las va haciendo poco a poco, así que casi siempre tiene la caja llena. Y, cuando la vacía, se la vuelven a llenar enseguida.

Ahora fue Cora quien sintió curiosidad.

—¿Vive solo? ¿No tiene familia? No sé... ¿Tiene perro?

—El tío vive solo. Es divorciado. No sé si tendrá hijos, pero, para el caso, nos importa una higa. En la práctica, vive solo y a la casa solo va una asistenta tres veces por semana y un jardinero los viernes por la mañana. Lo que sí que importa es que su punto débil son las mujeres. Es un chulito de playa. Le gustan las hembras y le gusta presumir de ellas. Y ahí, mi querida amiga, es donde entras tú. A ti te toca llevártelo al huerto.

—Eso es lo que no acabo de entender.

El Rubio se preguntó si no lo había dejado claro en alguna conversación previa. No obstante, decidió armarse de paciencia.

—Yo he instalado cientos de sistemas como el que tiene él. No tiene ni un punto muerto. La alarma saltaría enseguida, con aviso a la policía y toda la pesca. Así que, cuando el tío no está, no hay manera de entrar sin que se monte un pollo.

El Palmera frunció el ceño y le preguntó cómo podía saber cuál era exactamente el sistema que tenía instalado el individuo.

A modo de respuesta, el Rubio entró en el cuartito,

revolvió un cajón y volvió con una hoja de papel doblada en cuatro. Parecía ser la fotocopia de un albarán o una factura.

—Alguien de mi antigua empresa me debía un favor. Esto es lo que tiene el tipo en su casa. Dos cámaras de circuito cerrado que vigilan la tapia trasera y una alarma con sensores de movimiento. En cámaras no se ha gastado mucho, pero en alarmas sí.

—Pero, esas alarmas, ¿no se arman también cuando uno está en casa? —protestó Tito.

—Sí, aunque casi nunca antes de irte a dormir. Bien puede ser que nuestro amigo sea un paranoico, pero ahí entran las dotes de Cora, su capacidad para hacer que un tipo con cuatro copas encima y una dama encantadora al lado se olvide de armar la alarma exterior.

El Rubio había adoptado un tono exageradamente teatral para pronunciar las palabras «una dama encantadora». Cora no se sintió molesta con el eufemismo; en cambio, Tito sí, pese a que él mismo no hubiera sabido explicar por qué. Sin embargo, fue ella la que puso una objeción:

—¿Y si no soy su tipo?

Instintivamente, ambos hombres la miraron de arriba abajo y de abajo arriba.

—Reina —dijo el Rubio—, si no eres su tipo, es que es maricón.

Ella pareció tomárselo como un cumplido.

—¿Y tengo que acostarme con él?

—Eso, tú verás. A mí me basta con que lo tengas entretenido para que no se dé cuenta de que hemos entrado hasta que no nos tenga encima. En cualquier caso, si el tipo te hace gracia y te apetece darte un revolcón, que sea rapidito, porque te vamos a dar solo unos quince minutos de margen.

De pronto, el Rubio se sorprendió: a las mejillas de Cora había subido un rubor que él nunca le había visto y su mirada se había clavado en la mesa. Tuvo la extraña sensación de haber hablado de más y, lo que era aún más raro, sintió que el inédito pudor de Cora se debía a la presencia de Tito Marichal. Si aquellos dos se habían caído bien no era su problema, pero intentó quitar hierro a lo que había dicho.

—Mujer, era broma. En cualquier caso, el tipo está de buen ver. Pero, ahora en serio, no hace falta que hagas nada que no te apetezca. Con que lo mantengas distraído, hay de sobra.

—Vale —dijo Tito—, tenemos al tipo distraído y con la alarma sin activar. ¿Y las cámaras?

—Tengo que explicarte una cosa: lo que graban las cámaras va a un disco duro que el tío tendrá en su propia casa, pero también a un servidor que está en Seguridad Ceys. Por eso es importante que no nos lleguen a ver la jeta. Eso lo estoy estudiando. En cualquier caso, entraremos saltando esa tapia. Da a una calle en la que no hay más casas. Es todo ladera de barranco.

—Y una vez dentro...

—Una vez dentro, Tito, todo es coser y cantar. No estaría de más que Cora se lo currara para que el tío le enseñe la piscina. Así será fácil que se deje abierta la puerta que da al despacho. Y entraremos directamente a la casa por el sitio donde está la caja. Es más, Cora, si lo entretienes por esa zona, mejor, para no andaros buscando por toda la casa.

—Y habrá que sacarle la combinación —supuso Cora.

Al escuchar esto, el Rubio soltó una carcajada tremenda. Luego, cuando se tranquilizó, señaló una línea en la fotocopia, que no había soltado, mostrándosela.

—Eso es lo mejor de todo, bichillo —dijo cuando recuperó el resuello—. Eso es lo mejor de todo. El muy melón tiene una Dédalo empotrada, del modelo más económico. Sin combinación ni sistema de apertura retardada. Una llave, una simple llave, y todo el pastel es nuestro. Y, conociendo a esta clase de imbéciles, fijo que la lleva junto con las llaves de la casa y de la oficina.

Tito y Cora comprendieron. Realmente, si olvidaban en qué consistía lo que iban a hacer, si dejaban a un lado la ilegalidad, los riesgos, lo peligrosos que, al parecer, eran los dueños del dinero, todo parecía muy sencillo. Sin embargo, Tito aún tenía una duda.

—De acuerdo con todo, pero sigue sin cuadrarme algo: nosotros vamos a llevar la cara cubierta, pero ¿qué hay de ella? —señaló a Cora con la sien al decir esto, ni siquiera la miró; no obstante, Cora casi sintió ternura hacia él.

El Rubio se echó hacia atrás en la silla, señaló a Tito y apuñaló el aire con su dedo índice repetidas veces mientras decía:

—Eres listo, Palmera, muy listo. Pero aquí, tu amigo el Rubio es más listo que tú y lo tiene todo pensado —hizo una pausa, tomó otro sorbo de licor y se apoyó en la mesa—. Fíjate en una cosa: somos dos chorizos de fin de semana, nos metemos en una casa y hay una parejita cortando el bacalao. Nos llevamos la pasta, pero, para que el tipo no llame a la madera (porque, evidentemente, nosotros no sabemos de quién es el percal; nosotros nada más que nos estamos haciendo un chalé de zona pija), nos llevamos a la churri como rehén. ¿Por qué? Pues porque nosotros no tenemos ni puta idea de quién es esa gente; nosotros no sabemos si se acaban de conocer o si llevan casados diez años y tienen seis críos que esa noche duermen con la tata para que papá y mamá se den una fiesta de aniversario. Así que Cora, en teoría, es nuestra garantía de que el tipo no va a llamar a la poli antes de una hora por lo menos.

—Así que ustedes me sacan de allí —quiso confirmar ella.

—Por supuesto, niña. Y así quedas libre de sospecha. El tipo no se va a extrañar de que no llames para decirle que te soltaron. En realidad, con la que se le va a venir encima, va a pasar de ti como de comer mierda.

Volvieron a guardar silencio. Cada uno de ellos repasaba mentalmente el plan, buscando posibles agujeros, posibles puntos controvertidos. Al fin, el Palmera, dijo:

—¿Qué pasa si la llave de la caja fuerte no está en el llavero?

—En algún lado estará.

—¿Y si la tiene escondida?

—Lo convencemos para que diga dónde está.

—¿Y si no se deja convencer?

El Rubio volvió a levantarse, a entrar en el cuartito,

a revolver los cajones. Esta vez salió empuñando un arma, una pistola Sig Sauer de 9 milímetros Parabellum.

—Me dijiste que no iba a haber sangre —dijo Cora.

—A mí también —añadió Tito.

—Y no la va a haber. Cógela —dijo el Rubio, empujando el arma por la mesa hasta Tito.

El Palmera dudó. Hacía más de veinte años que no tenía en las manos un arma de fuego. Finalmente la empuñó, la sopesó y orientó el cañón hacia la barbacoa para desmontar el mecanismo. Pensó que aquella pistola era muy moderna para él, le costaba desmontarla.

—No te esfuerces —dijo el Rubio.

Tito lo miró con incredulidad.

—No me jodas, ¿es de pega?

—Treinta y cuatro euros en una tienda de militaria. Ni siquiera tú, que la tienes en la mano, te has dado cuenta. Así que dan perfectamente el pego. Yo voy a llevar una imitación de una Star BM que tengo en el garaje. Esa la llevas tú. Si el tío se pone tonto no habrá ni que pegarle. Solo con enseñarle eso se va a mear encima.

Al parecer, el Rubio había pensado en todo. Tito Marichal comenzó a creer que aquello podía salir bien. O acaso era el licor de hierbas lo que hacía que la cosa pareciera más fácil. La tarde avanzaba y ya casi todo parecía resuelto. A partir del día siguiente, sábado, seguirían al tal Larry durante algunos días, para familiarizarse con sus movimientos (sobre todo Cora) y con su casa (sobre todo Tito). El tipo solía ir de marcha los jueves, viernes y sábados. Tenían por lo menos hasta el jueves para ir repasando o, incluso, mejorando el plan inicial. El Rubio había pedido una semana de permiso en el trabajo. Utilizarían su coche un día y el de Tito el otro. Al hablar de los coches, Tito recordó que tendría que conducir hasta Las Palmas y que había bebido demasiado.

—Voy a bajar a hacer café —dijo el Rubio levantándose—. Te vendrá bien.

—¿Cuánto habrá?

La pregunta la había hecho Cora. El Rubio se paró a medio camino de la puerta y se rascó la cabeza.

—No tengo ni idea, pero un pastón. Mi amigo necesita mucha pasta y, así y todo, se conforma con la mitad. Así que imagínate.

—¿Cómo la mitad? —protestó Cora.

—Sí: la mitad. Eso estaba más que hablado, Cora: el palo es de él. La mitad de la pasta es suya.

—Hay que joderse —refunfuñó ella.

—Pues empieza cuando quieras, pero esto es lo que hay. Te lo comenté la primera vez que hablamos de esto. Así que la mitad es para mi amigo y la otra mitad nos la repartimos nosotros a partes iguales. Y no te quejes: yo me estoy currando la página y podría pedir más, pero me conformo con lo que me conformo.

—Vale, está bien, me lo dijiste —aceptó ella—. No acaba de gustarme, pero un trato es un trato. Eso sí, ¿cuánto calculas tú que habrá? —insistió—. ¿Puedes imaginar alguna cifra?

—Yo hay cifras que no soy capaz de imaginarme.

# 4

Cuando salieron de casa del Rubio se avecinaba la noche. Estela se había despertado y volvieron a hacer la comedia de la cita a ciegas. Cora estaba viviendo en Rehoyas, en casa de su madre. Tito se ofreció a llevarla. Ella aceptó encantada aunque, cuando subieron al Ford Fiesta, Tito se avergonzó y se maldijo mil veces por no haberlo limpiado por dentro. Antes de arrancar, se disculpó por el desorden de cedés, cajetillas vacías de tabaco y clínex manchados con el hollín de los espejos retrovisores.

—Esto parece Kosovo —terminó recriminándose en voz alta.

—No te agobies, hombre —dijo Cora—. En peores tartanas me he subido.

Tito no supo cómo tomarse el comentario, pero agradeció el hecho de estar conduciendo, porque eso le permitía evitar mirarla directamente a los ojos. Se mantuvieron en silencio hasta que tomaron la autovía en dirección a Las Palmas.

—¿Por dónde quieres que echemos? —preguntó él entonces.

Ella pareció no entender.

—Para ir a tu barrio, quiero decir. ¿Tomamos por la circunvalación?

—No sé, ¿hacia dónde vas tú?

—Ah, a mí me da igual. Yo vivo por el Puerto.

Cora consultó su reloj de pulsera.

—Pues, mira, es viernes, son las nueve y no me apetece meterme en casa de mi madre a ver la tele. Así que te acompaño yo a ti al Puerto.

Tito comprendió. Imaginó un pub o un bar fre-
cuentados por Cora. Quizá incluso un hombre con
quien ella buscaba encontrarse o que ya la esperaba.

Una curva les descubrió el perfil de la ciudad, que
ya había comenzado a iluminarse, los barcos mer-
cantes como ogros de metal oxidado dormitando
frente a la bahía, el mar grisáceo que se encrespaba
levemente aquí y allá. La luna, enorme y amarilla,
se dejó acuchillar por una nube y volvió a aparecer.

Cora había recogido del suelo un cedé y leía en la
carátula el nombre de Amelita Baltar. Tito imaginó
al hombre que esperaba Cora, o a quien ella buscaba.
Y lo imaginó dueño de un coche de modelo más
reciente, más lujoso, más limpio que el suyo. Un
hombre más joven, más elegante, más sofisticado
que él. Con más seguridad en sí mismo, con menos
abulia a su alrededor, con menos olor a muerte rancia cercándolo.

# Linda y fatal

## 1

Tito Marichal abrió los ojos a un sábado que se empeñaba en colarse por la ventana entreabierta. Estaba, como casi cada mañana, en posición fetal, vuelto hacia la derecha. Y como casi cada mañana veía las puertas del armario empotrado, la esquina de la mesilla de noche sobre la que habría, como siempre, un despertador, una lamparita de luz amarillenta, un ejemplar de una novela de Robert Ludlum que jamás acabaría de leer. Pero hoy había algo distinto.

Intentó recordar la noche anterior. Imposible recordarla toda, pero le vino a la mente el Quilombo. El Quilombo y Marcelo tocando la guitarra y Cora ahí con él, llamando la atención de la parroquia habitual: las mujeres sintiendo curiosidad, los hombres envidiándole la suerte al Palmera.

La reunión en casa del Rubio había sido su ingreso en un país de iniquidades y sucias ambiciones, no contrario, sino definitivamente ajeno a su moralidad. Después de eso, Tito Marichal necesitaba pasar la noche en el Quilombo, regresar a ese territorio acogedor y familiar, aquel reino de blanda e inocua nostalgia. Pero ¿cómo había acabado Cora también allí?

Tito se esforzó en hacer memoria. Casi entraban en la ciudad cuando Cora le había preguntado por el disco. Él, casi avergonzado, le había dicho que le gustaban los tangos, aunque a ella seguramente le sonaría muy casposo. Pero no, a ella también le gustaban los tangos, incluso, en cierta ocasión, había tomado lecciones. El Palmera aclaró que él no bailaba, que prefería los tangos que *se decían*, que cuando escuchaba tangos sentía algo muy raro, como una tristeza bonita, como si cuanto más se sufriera la vida fuera más linda. Empleó exactamente esa expresión, *linda*, y casi al instante se arrepintió y dijo que a ella le parecería una cursilada. Entonces Cora dijo algo que al Palmera le gustó mucho: a partir de los treinta y tantos podemos permitirnos el sentimentalismo sin que nadie pueda llamarnos cursis.

Continuaron conversando y surgió el tema del Bar Quilombo. Por supuesto, Tito se cuidó mucho de contarle que él, a veces, se marcaba algún tema. Comentó, simplemente, que era un local pequeño al que iba cada viernes. Tenía un ambiente más bien familiar. Iba casi siempre la misma gente. Había empanada argentina y, si uno llegaba a tiempo, polvitos uruguayos, y, a partir de determinada hora, el dueño dejaba la barra a los camareros y cogía la guitarra y cantaba tangos, milongas, valsecitos y hasta alguna canción de Fito Páez o de Calamaro. Llegados a este punto de la conversación, Cora expresó su deseo de ir al Quilombo esa noche, lo cual dejó a Tito completamente desconcertado. Él pensaba que ella había quedado en el Puerto. Ella quería salir a tomar algo, pero no había *quedado*.

El Rubio le había dejado muy claro a qué se dedicaba Cora y Tito no había tratado mucho con prostitutas, salvo durante algunas juergas adolescentes que habían acabado en Molino de Viento. Aquellas dos o tres experiencias le habían bastado para saber que aquello le parecía demasiado sórdido para ser de su agrado. Sin embargo, Cora era otra cosa. No la imaginaba tejiéndole a él el camelo de una telaraña de frases hechas y caricias fingidas.

Durante la velada ocuparon una de las mesas del fondo y tomaron cubalibres, sintiendo sobre ellos las miradas curiosas del personal y los habituales. Sostuvieron una conversación dirigida por las preguntas de Cora acerca de la vida del Palmera: el hotel, su mujer, el pasado de militar que no prosperó, su hija, sus nietos, el apartamento estudio en Juan de Miranda, el traspaso que, si todo salía bien, al fin podría permitirse. «A veces uno se imagina que el futuro es posible», dijo Cora de pronto. Y entonces le habló de Fernando, de las expectativas que había tenido hacía unos años, de cómo todo se había ido a la mierda. Le habló de hijos que jamás tendría, de sueños idiotas que la habían llevado en la dirección equivocada, de la imposibilidad de encontrar a alguien que no viera en ella lo que veían todos los hombres. Y, quizá, concluyó, era lo más justo: uno es lo que los demás dicen que es.

—Así que si todos los tíos piensan que no soy más que una del oficio, será porque lo soy. Ya viste cómo me trata el Rubio.

Tito le llevó la contraria. No lo hizo por animarla, ni por quedar bien. Lo hizo con sinceridad, con convicción:

—Yo soy un tío y no te veo así.

Un brillo de coquetería cruzó por los ojos de Cora:

—¿Y cómo me ves?

Al Palmera le costó encontrar palabras para expresarlo.

—Mira a tu alrededor: Marcelo, los camareros, esa gente de la barra, los de las otras mesas... Ellos no saben a qué te dedicas. Llevan semanas viéndome venir todos los viernes: un pureta que se acaba de divorciar y está más solo que la una y viene a desahogarse con los tangos, a lo mejor simplemente para que no le estalle la cabeza. Y hoy, fíjate tú, el pureta llega con una piba más joven que él; guapa, pero no solo guapa. Interesante y con algo diferente que le brilla en los ojos. Una piba que dice cosas que a uno lo dejan parado y que, seguramente, sabe decir más cosas que no dice para no deslumbrar completamente a los que hablan con ella. Yo te veo como ellos: no me importa a qué te dediques. Me importa que sigas aquí, al lado mío, porque eso hace que sea algo así como un privilegiado —hizo una pausa, porque al fin había encontrado una frase que resumía todo lo que llevaba un buen rato queriendo explicar—. Eso es: estar en la misma mesa que tú es un privilegio.

Cora no pudo responder ni Tito continuar hablando, porque justo entonces Marcelo atacó «Los mareados». Pero probablemente fueron esas palabras las que hicieron que luego, a las dos de la madrugada, cuando cerró el Quilombo y Tito se ofreció a acompañarla a coger un taxi, Cora tomara su brazo y lo hiciese parar en medio de la avenida de Las Canteras. Habían pasado la noche cantando, bebiendo, intercambiando chistes y bromas con los camareros y los habituales del Quilombo. Y habían salido de allí diciendo que volverían el próximo fin de semana, comentando entre ellos lo bien que se lo habían pasado y diciéndose que ya estaba bien por esa noche, que Cora tenía que marcharse. Pero en lugar de girar por la calle Juan Rejón para buscar un taxi (alguno de los sáquemedeaquí que rondaban a esas horas la ciudad paseando su luz verde como lobos exangües a la caza de bingueros y farristas), habían tomado hacia la avenida de las Canteras, el paseo por el que transitaron durante unas decenas de metros encontrando de todo menos, por supuesto, taxis. Caminaban en un silencio confortable bañado por los vapores del alcohol, cuando Cora lo tomó del brazo y tiró de él hasta que quedaron enfrentados y lo miró fijamente con los ojos húmedos antes de decir:

—Tengo mucho camino andado, Tito. He comido mucha mierda y he hecho cosas que avergonzarían a un verdugo. Y sé que nos hemos conocido en un estercolero, en un puto vertedero de basuras. Pero hoy me has hecho sentir que puedo pasar entre la basura sin mancharme. No sé si serás así siempre, pero, por lo menos hoy, me has hecho sentir así. Y no quiero irme a mi casa.

Así que Cora no se había ido a su casa. Había ido a la de Tito. Ahora, con la resaca golpeándole la frente, mirando las puertas del armario empotrado, Tito se preguntó si realmente había sido así, si ella había subido a su piso, si habían hecho el amor con rabia y si después habían fumado cigarrillos y tomado una última copa y charlado casi hasta el amanecer y si después habían vuelto a follar, ahora ya con un instinto de juego, con una complicidad digna de una larga relación que ellos no habían tenido. Se preguntó, en fin, si ella estaba allí, junto a él, o si estaba solo en la cama. Y, justamente en ese instante, la escuchó suspirar, la sintió volverse hacia él y dar los buenos días de una forma que indicaba que en sus labios solo podía haber una sonrisa.

## 2

No les costó familiarizarse con las costumbres, con los horarios, con las manías de Larry. Tampoco les costó pasar desapercibidos: nunca aparcaban mucho rato en el mismo sitio, se movían bastante y con mucha naturalidad

El sábado lo siguieron por las zonas de copas que frecuentaba. Esa noche no ligó: acabó la juerga en casa de unos amigos. Volvió a la suya el domingo de amanecida y no volvió a salir. A mediodía empezó a llegar gente (algunos pijos de la noche anterior, con sus parejas) y hubo asadero y guitarreo hasta entrada la noche.

El lunes Larry volvió a su rutina laboral, que era más bien poca.

Ellos hicieron guardia cerca de la casa, del gimnasio, de la oficina, de las cafeterías donde desayunaba y los restaurantes en los que almorzaba.

No temían que Larry reparara en su presencia mientras estaban en la ciudad. Cora había expresado sus reparos al principio.

—Las Palmas es chica —había dicho el Rubio—. ¿O me vas a decir que tú no te has encontrado miles de veces con las mismas caras? Eso sí: lo que no nos conviene es que te vea el hocico a ti, porque eres la que va a tener que verse luego con él y llamas mucho la atención de los tíos. Así que cuando haya que salir del coche para seguirlo, mejor te escaqueas.

El martes, mientras comía en uno de esos restaurantes para *gourmets* de la calle Cano, Tito y el Rubio tomaron café en la terraza (Cora aprovechó ese rato para bajar a Triana, a ver tiendas). A través de la amplia pared acristalada lo vieron encontrarse con una pareja de mediana edad que lo esperaba en la barra (hubo profusión de abrazos y supuestos piropos) y subir con ellos la escalera que conducía al comedor. A Tito le sonaba aquella pareja.

—Y tanto que te suena —dijo el Rubio—. Él fue consejero, no me preguntes de qué área, porque si te digo te miento. Ella dirige Kámara3.

Tito hizo memoria. De pronto, dio con el anagrama de Kámara3, que había visto en cientos de ocasiones en furgonetas de reparto y cajas de material fungible.

—Espera: esa gente se dedica a suministros para hostelería, ¿no?

—Entre otras cosas. Desde hace unos años se han metido a saco en el *catering*. Pillaron algunas subcontratas: hospitales, comedores escolares y cosas así.

El Palmera alzó los ojos hacia la parte alta del local, donde los otros estarían ya sentados con la carta abierta o eligiendo el vino.

—¿Tú crees que están en el ajo?

El Rubio pareció no entender a qué se refería.

—¿En qué ajo?

—En lo del blanqueo.

El rostro del Rubio pasó del estupor a la confusión y de ahí al enojo.

—Y yo qué coño sé. ¿Qué eres ahora? ¿Policía? Tú céntrate en lo nuestro, carajo.

Se hizo un silencio. El Rubio intentó tranquilizarse. Tito jugueteó con algunos granos de azúcar que había sobre la mesa. Finalmente, el Rubio dijo:

—Perdona, Tito. No me lo tomes en cuenta. Pero es que no te veo concentrado.

—Estoy concentrado, Rubio, no hay problema.

—No... Quiero decir... —El Rubio parecía estar buscando las palabras adecuadas—. Tito, no te cabrees conmigo por lo que te voy a decir, pero a veces pienso que igual te metí en algo que te viene grande.

El Palmera continuó jugando con el azúcar, pero ahora miró con ojos redondos al Rubio, que prosiguió hablando.

—Yo sé que eres un tipo bragado, pero igual esto no es lo tuyo. Para hacer lo que vamos a hacer, hay que tener mucho estómago y ser muy hijo de puta, en un momento dado. Y yo a ti te veo muy buena gente.

El otro dejó de jugar con el azúcar.

—Es verdad que soy un tío tranquilo, Rubio. Pero cuando llegue el momento, voy a cumplir. Despreocúpate. Solo tengo que acumular el suficiente odio contra ese tío, que me dé el asco suficiente, que me caiga lo suficientemente mal. Entonces —formó con sus manos dos campanas, uniendo las puntas de sus diez dedos en su vientre—, sentiré aquí un coraje, un montón de bilis contra ese cabrón y seré capaz de hacerlo.

El Rubio asintió. Luego le puso una mano en el hombro.

—De acuerdo, Tito. Igual es que estoy un poco paranoias. Yo también hace mucho que no hago esto y ando un poco agobiado.

El tipo tardaría en salir. Para justificar su presencia allí, pidieron más café y unos bocadillos. Mientras se los traían, como si hablara de cualquier frivolidad, el Rubio le preguntó a Tito a bocajarro:

—Oye, Tito, ¿tú te estás tirando a la Cora?

El Palmera palideció y, durante unos segundos delatores, dudó, antes de contestar con un rotundo no. Si algo sabía hacer el Rubio era descubrir una mentira.

—Te lo pregunto porque a mí me da igual si te la tiras o no. Está muy buena y uno se puede sentir muy macho cuando se anda tirando a una piba como esa. Pero, Tito, te lo digo como amigo: no te dejes embaucar.

—No me la tiro —insistió el Palmera con algo más de firmeza.

—Te digo que me la suda si te la tiras o no, pero tengo que darte un consejo de amigo: te la estés tirando o te la vayas a tirar, no te dejes confundir. Cora es una puta con estilo, pero no deja de ser una puta. Y de una puta solo puedes esperarte putadas.

## 3

Al fin, el jueves a media tarde, cuando el tipo salió de su casa para el gimnasio, el Rubio, desde su lugar en el asiento del conductor, dijo:

—Yo creo que ya está bastante controlado. Si sale de copas mañana, lo hacemos mañana.

Cora, a su lado, propuso:

—Entonces vámonos para Las Palmas. Tengo cosas que hacer.

—¿Y eso?

—Últimos preparativos —respondió ella.

En el asiento de atrás, el Palmera pensó en ingles brasileñas y sintió celos. No sabía cómo se sentiría vigilando a Cora mientras se llevaba al huerto a Larry. Aún no se lo había planteado. Llevaba casi una semana viéndose a diario con esa mujer y acostándose cada noche con ella. Había comenzado a experimentar algo más que deseo hacia Cora; algo, no sabía si importante, pero sí singular. De hecho, pese a las agujetas, se sentía más joven, más ligero, más capaz de hacer cualquier cosa.

—Sí, yo también tengo que preparar unas cuantas cosas antes de mañana —dijo el Rubio—. Entre ellas, me toca verme con mi amigo...

Cuando el coche arrancó, Tito se preguntó por enésima vez quién diantre sería el amigo misterioso del Rubio.

# 4

El amigo misterioso del Rubio estaba sentado en su oficina cuando recibió la llamada. Eran las seis menos cuarto de la tarde. El Rubio, simplemente, dijo:

—Mañana.

Júnior se tomó unos segundos para hacer cálculos y luego dijo:

—Nos vemos en la tienda, dentro de una horita.

—De acuerdo —dijo el Rubio antes de colgar.

Júnior, sin soltar el móvil, apoyó el codo en la mesa, se rascó la cabeza, volvió a incorporarse y buscó un nombre en la memoria del aparato.

—Dime —se oyó al otro lado.

—Felo, vente para la oficina.

—En un ratito estoy ahí.

—Ah, y no hagas planes para mañana por la noche.

## 5

Tito llegó a Juan de Miranda sobre las seis y media. Habían dejado a Cora en Santa Luisa de Marillac, barrio de las Rehoyas, ante la casa de su madre. Después habían ido a casa del Rubio, donde había dejado el Ford Fiesta. Antes de marcharse, el Rubio entró en el garaje y salió con una bolsa de plástico para él.

Ahora el contenido de la bolsa estaba sobre la mesita de centro: un chándal de pantalón y sudadera con capucha, de color negro. Unos guantes de algodón, muy sencillos. Unos escarpines de escalada (se los probó: le quedaban bien). Una mascarilla sanitaria. Una pistola de juguete (la imitación de Sig Sauer que el Rubio le había mostrado). Por último, unas gafas de esquí, con lentes ahumadas. Eso le preocupó, porque el asunto sería de noche. Dentro de la casa habría luz, pero tendría que acostumbrarse igualmente. Él nunca usaba gafas de sol.

A su teléfono móvil llegó un mensaje de Cora:

VOY A TU KSA A LAS9.BSOS

No se sentía especialmente nervioso. Y no tenía miedo. Esto último le pareció muy extraño. Durante los últimos días, cada vez que pensaba en lo que iba a pasar, notaba cosquilleo de rodillas, aflojamiento de esfínter, sequedad de boca y escalofríos surtidos. Y, por las noches, mientras Cora dormía a pierna suelta, él daba vueltas y más vueltas, sin conseguir relajarse. Sin embargo, desde que se había decidido que la cosa sería a la noche siguiente, la inquietud había desaparecido, como desaparece la del paciente cuando comienza a hacerle efecto la anestesia.

Le pareció absurdo no tener miedo. Todo parecía ir bien, pero él era de los que pensaban que si todo parece ir bien es porque se te ha pasado algo por alto. Y aunque no se le hubiera escapado nada, las cosas aún podían torcerse.

Fue al dormitorio y, del armario empotrado, sacó una lata de galletas. En su interior, había una insignia de su Tabor de Regulares, unos galones de cabo, una cartilla militar y algunas fotos con compañeros en Melilla. En una de ellas posaba con Plácido y con Virgilio Illada, el otro canario de su promoción, ante la puerta del Destacamento de Chafarinas. Virgilio sí que había seguido en Regulares. Casó en Melilla, con la hija de un alférez, y allí se quedó.

Debajo de las fotos estaba lo que buscaba: un cuchillo de campaña. Lo desenfundó, pasó la yema del pulgar por la hoja y la miró al trasluz, antes de volver a enfundarlo. Después se subió la pernera del pantalón y se fijó la funda a la pantorrilla con la punta del cuchillo apuntando hacia arriba, de forma que el pomo de la empuñadura rozaba la cara interior de su tobillo. Se bajó la pernera y anduvo un poco por la habitación. El velcro fijaba la funda perfectamente. El puño no le hacía daño al caminar. Con el chándal, de pernera holgada, resultaría completamente invisible.

# 6

El Rubio entró en Confecciones Mendoza e Hijo, dio las buenas tardes a la dependienta y preguntó por Júnior.

—Está en la oficina —dijo Pilar, que en ese momento se disponía a coger las llaves para echar el cierre—. Me dijo que pasara, que lo está esperando.

El Rubio sintió en su cogote los ojos de la mujer. «Asombradita estará la pobre», pensó mientras llegaba al despacho y tocaba a la puerta. Al instante, escuchó la cerradura y entró. Quien había abierto era un individuo de estatura mediana, fibroso, con cara de caballo. Llevaba una camiseta blanca, unos pantalones holgados, una riñonera de imitación cuero pasada de moda. El individuo, después de franquearle el paso, fue a la pared de enfrente y apoyó la espalda contra ella, mirándolo con unos ojillos arrogantes.

Antes de que preguntara quién coño era aquel tipo, Júnior, sentado tras su escritorio, lo informó:

—Este es Felo. No te preocupes: es mi hombre de confianza.

El Rubio cerró la puerta, echó una larga mirada al flaco y meneó la cabeza.

—Tu hombre de confianza. No el mío.

Felo separó la espalda de la pared, abrió la postura de sus piernas, separó las manos del tronco, mordiéndose visiblemente el carrillo. Al Rubio no le pasó inadvertido el gesto. Soltó una risita de desprecio y ni siquiera lo miró para decirle:

—Mira, amigo, contra ti no tengo nada. Pero vuélvete para atrás si no quieres que te salte toda la piñata.

Felo fue a decir, a hacer algo. Pero se paró en seco a un gesto de Júnior, quien al mismo tiempo se levantó, diciéndole:

—Tranquilo, Felo. Es normal que desconfíe. —Luego se volvió hacia el Rubio y le indicó la silla del otro lado de la mesa—. Siéntate, hombre, por favor. Déjame que te explique.

Tuvo que insistir varias veces más. Por fin, el Rubio acabó por tomar asiento, Felo volvió a apoyarse en la pared y él mismo se sentó nuevamente.

—Vamos a ver: Felo es mi mano derecha, como quien dice. Está en todos los negocios míos y es tan de fiar como yo.

—Vale, Felo es la repolla, un tío cojonudo, el hermano que siempre quise tener —atajó el Rubio—. Pero ¿qué cojones hace aquí y por qué sabe cómo me llamo? Y, sobre todo, ¿por qué coño me está viendo el careto, joder?

—Porque al reparto no voy a ir yo, sino él.

—A ver, explícame la cosa.

—La cosa es que yo tengo que buscarme una buena excusa para mañana. Cuando alguien me pregunte, voy a decir que estaba en Lanzarote, y podré enseñar hasta la tarjeta de embarque. Vamos a sacudir un avispero; eso no te lo tengo que explicar. Y, por otro lado, yo tampoco quiero que la Cora y ese amigo tuyo me vean la cara. Así que lo mejor va a ser que Felo sea quien se encuentre con ustedes esta noche.

Júnior continuó hablando. El punto de encuentro sería un solar vacío que había en el polígono industrial de Arinaga.

—¿Dónde, exactamente?

—Felo te lo va a enseñar luego. Cuando salgan de aquí, lo sigues en tu coche y te lleva al sitio. En cuanto la cosa esté hecha, le das una perdida al móvil para que vaya para allá. Él te espera allí, hacen el reparto y cada palo que aguante su vela.

El Rubio pensó un buen rato. No le gustaban los cambios de última hora. Y el flaco era un cambio de los grandes. Aquel tipo podía joder el *bisnes*, podía, por ejemplo, quedarse con una «mengua de transporte» de la parte de Júnior y echarle el muerto a él. O aparecer allí con gente que no estuviera invitada a la fiesta. Pero también resultaba razonable que Júnior quisiera asegurarse una coartada.

—Está bien —dijo, muy lentamente, para que todo lo que iba a decir quedara perfectamente claro—. Felo hace de delegado de la clase. Pero, lo digo ahora y lo digo una sola vez para que todo el mundo me entienda, si veo por allí la cara de alguien que no sea Felo, quiero decir, si se le ocurre aparecer acompañado de alguien más, lo único que voy a poder pensar es que alguien está intentando jugármela. Y, en ese caso, no voy a esperar a averiguar quién: me paso por la piedra a todo el mundo, incluido tú, Júnior, o me piro con todo el pastel. O, mejor pensado, las dos cosas. —Se volvió hacia Felo—. ¿Queda claro, amigo? Ni colegas, ni novia, ni tu primo de Fuerteventura que vino a verte. Si veo por allí otra cara que no sea la tuya, arraso con todo.

—Está claro y es lo justo —se apresuró a decir Júnior antes de que a Felo se le ocurriera abrir la boca para decirle al Rubio que él no era su amigo y que no se le pusiera tan chulo—. Pierde cuidado. Solo Felo. Yo me fío de ti, Rubio.

—Y hasta bueno estaría que no lo hicieras, después de meterme en todo este fregado.

Júnior se levantó, rodeó la mesa, volvió a ponerle la mano en el hombro, sonriendo:

—Vamos a ganar pasta, tío, pasta de la buena. Somos colegas, ¿vale? ¿O no somos colegas? ¿Te he hecho yo alguna mataperrería? No, ¿verdad? Pues confía en mí, Rubio, coño. Todo va a salir de puta madre.

Mientras Júnior lo zarandeaba amigablemente, el Rubio miró de reojo a Felo, en cuyo rostro se había comenzado a dibujar una sonrisa que le recordó a un velocirraptor hambriento.

# 7

Su madre no estaba en casa. No le hizo falta recorrer las dos míseras habitaciones, el recibidor atiborrado de arretrancos inútiles, la cocina y el baño minúsculos. Era jueves por la tarde, así que el silencio le gritó que la vieja estaría en el bingo, como siempre.

Cora cruzó el recibidor y entró en su habitación.

Fue sacando prendas del armario, doblándolas e introduciéndolas en una maleta de ruedas. En aquel *trolley* debía caber todo lo que necesitara, todo aquello que considerase imprescindible. No sabía lo que pasaría a partir del día siguiente.

En algún momento hizo una pausa, se hizo un café, volvió con él al dormitorio.

Tomándolo, fue acabando la tarea. Cuando casi estuvo lista, se dio una ducha, se puso unos vaqueros, una camiseta sencilla y unas zapatillas deportivas.

Se pintó los labios y se soltó el pelo, que había recogido en un moño para ducharse. Se peinó hasta que su cabello fue una melena lacia cayendo sobre sus hombros, mostrando la imagen que quería regalarle esa noche a Tito. Pensó en si llevarse o no el secador de pelo, pero recordó que no le haría falta, así que, del baño, solo cogió su neceser de viaje, que introdujo en la maleta antes de cerrarla.

En la cocina, fregó la taza en la que había bebido el café y garrapateó una nota:

Mamá:
Me voy unos días. Te llamaré antes de volver.
Cuídate mucho.
Carolina.

Mientras dejaba la nota en la mesa del comedor, pensó en Tito y en que estaría bien contarle cómo se llamaba realmente. Muy pocas personas lo sabían.

Se sentó un momento al borde de su cama de soltera y recapacitó sobre lo que ocurriría en los próximos días. Para empezar, esa noche dormiría con Tito. Al día siguiente, iría a la peluquería. Le había pedido algo más de dinero al Rubio. No le quedaba demasiado, pero alcanzaría para el corte y el tinte. Por mucho que el Rubio dijera que el tal Larry se olvidaría de ella, no las tenía todas consigo, así que le convenía un buen cambio de *look*. Se preguntó si Tito querría marcharse con ella de la isla. Había tiempo para preguntárselo. Por lo pronto, le envió un SMS avisándolo de que llegaría a las nueve de la noche.

Iba a guardar el teléfono en el bolso cuando la telefoneó Iovana. Hacía muchos días que no sabía de ella, quería saber cómo le iba, dónde se había metido, qué se contaba. Cora casi agradeció su curiosidad. Le contó que había conocido a un tío estupendo, un hombre de verdad. Se llamaba Tito y era algo mayor que ella. La llevaba a locales de tangos, a un bar que se llamaba el Quilombo y estaba por la zona de La Puntilla. Sí, un caballero. Sí, estaba muy quedada con él, la tenía loquita.

# 8

El Rubio examinó el descampado. Pura tierra. Puro lapilli salpicado aquí y allá de rocas más o menos grandes. Puras malezas crecidas ante la indiferencia de los que pasaban por el polígono industrial, que amén de quienes iban por allí a trabajar eran solo alguna pareja que lo escogía para aparcar el coche y ponerse mirando a Cuenca, tal y como indicaba algún que otro condón abandonado. En uno de los rincones del cuadrilátero que formaba el solar se moría de óxido y raña la carrocería de un Simca modelo 1100 que un día debió de ser de color crema. Junto a ella había una torre formada por palés de madera con sospechas de podredumbre. La única farola que alumbraría aquel erial, situada justamente en la esquina opuesta, aún no se había encendido, pero el Rubio dio por hecho que pariría una luz amarillenta y mortecina. Por lo demás, el solar era el aburrimiento más absoluto entre dos naves destinadas a almacenaje por una empresa de venta de muebles y otra de recauchutados.

Pensó que, un viernes por la noche, el sitio sería perfecto para hacer lo que tenían que hacer sin levantar sospechas, sobre todo porque no habría allí ni un alma que pudiera sospechar lo que hacían. Según Felo, la mayoría de las naves del polígono carecían de vigilancia nocturna. Y en las que disponían de vigilantes, estos se pasaban la noche durmiendo o viendo la tele, sin preocuparse por lo que ocurría fuera de los edificios.

Por otro lado, al Rubio no le desagradó. Era muy despejado. Había pocos rincones donde Felo pudiera esconder a un hipotético compinche, en el caso de que pretendiera hacerle una jugarreta. Y, ahora, examinándolo a la luz de ese atardecer, Felo no le parecía un individuo demasiado peligroso si había que medirse con él o con el Palmera.

—¿Qué? —dijo Felo mostrando las palmas de las manos a los lados de su enteca humanidad de lagartija—. ¿Qué te parece?

Antes de contestar, el Rubio tuvo la precaución última de comprobar que en los aleros de las dos naves adyacentes no había cámaras de vigilancia.

—No está mal —opinó echando un descuidado vistazo final a su alrededor y dando media vuelta para regresar al coche.

—¿Nada más que eso? ¿Que no está mal? —se quejó el otro.

El Rubio, que ya casi abría la portezuela de su monovolumen, se volvió nuevamente hacia él.

—¿Y qué coño quieres? ¿Una medalla?

Felo avanzó hasta el coche del Rubio. Su furgoneta había quedado aparcada unos metros más allá.

—Mira, Felo: tú y yo no nos caemos bien ni tenemos por qué andar con cortesías. Nos ha tocado currar juntos y ya está —se limitó a añadir el Rubio, antes de meterse en el coche—. Te llamo mañana por la noche. Procura no andar a más de media hora de aquí.

Felo dijo algo, pero el Rubio no lo escuchó, porque ya había arrancado. El flaco sacó sus llaves y se dirigió a la Trade, pero, antes de entrar en ella, telefoneó a Júnior.

—¿Qué pasó, querido?

—Tu amigo ya se piró. Está bonito el gilipollas ese...

—Coño, parece que te cayó bien, ¿no?

—Como una patada en los huevos, jefe.

# 9

Esa última noche antes del trabajo, se quedan en casa y piden pizza. Tito abre una botella de vino y cenan viendo en la televisión una comedia familiar.

Después de cenar, Tito se sienta y ella se tumba en el sofá, poniendo la cabeza sobre su regazo. Le acaricia el pelo, juguetea con él durante un rato. Ambos han visto ya esa película. Se limitan a estar ahí, uno contra el otro, sintiendo el cuerpo ajeno.

—Es curioso —dice, de pronto, Tito—. Hace una semana yo era un cincuentón parado, recién divorciado y más aburrido que un programa de Sánchez Dragó. Y ahora estoy aquí, con una tía estupenda, a punto de convertirme en un puto gánster.

—Haz lo que quieras —dice ella con la voz de quien canta un arrorró—. Pero no dejes de acariciarme la cabeza. Qué rico, tío...

—Me gusta tu pelo —dice el Palmera, que se siente repentinamente niño.

—Pues aprovéchalo mientras puedas. Mañana me toca ir a la peluquería.

Hay un silencio de unos minutos. Luego, ella dice:

—En realidad, no me llamo Cora.

Tito tarda unos segundos en decir:

—Ya lo supuse.

—Me gustó ese nombre. Era el que tenía esa actriz rubia... ¿Cómo se llama? Bueno, la que salía en *El cartero siempre llama dos veces*.

—¿Lana Turner?

—No, bobo... La de otra versión, más nueva...

—Jessica Lange.

—Esa: Jessica Lange. Pues, bueno, ella se llamaba así en la película y era muy sexy y muy apasionada.

—¿Y cómo te llamas?

—No sé si te va a gustar.

—Si no me lo dices, nos quedamos con las ganas de saber si me gusta o no.

Vuelve a hacerse el silencio.

—Carolina —dice ella por fin.

—Pues es bonito.

—¿Y tú? ¿Cómo te llamas?

—Nicholson. Jack Nicholson.

—No me vaciles. Tito es un diminutivo, ¿no?

—Sí.

—¿De qué?

—De Vicente.

—Vicente —dice ella, como si escuchara ese nombre por primera vez. Luego, repite lentamente, paladeando cada sílaba—: Vicente. Vicente Marichal. Me gusta. Es nombre de macho.

—¿Qué vas a hacer después de mañana?

—No lo sé.

—Lo digo por la maleta.

Cora recuerda la mirada de extrañeza de Tito cuando la vio entrar con el *trolley*. La miró así, sorprendido, pero no dijo nada hasta ahora. Supone que él teme que ella se le cuele en casa.

—Tranquilo, ya sé que esto es chico para los dos y que nos acabamos de conocer.

—No lo digo por eso. Como si hay que tirar un tabique. Te lo pregunto porque no sé cuáles son tus planes. Por mí, encantado. Pero no me quiero hacer demasiadas ilusiones si luego vas a salir corriendo en cuanto tengamos la pasta.

—Pues no lo sé, Tito. De verdad que no sé lo que voy a hacer. Pero lo de mañana no es ninguna tontería. Algo puede salir mal. Así que es mejor tenerlo todo preparado por si hay que salir por patas.

Tito da un suspiro, alcanza el mando a distancia y baja el volumen de la tele. Cora capta la señal, se incorpora y se sienta, con los pies recogidos, en el otro extremo del sofá.

—¿Y si no lo hiciéramos? —dice Tito.

Ella parece no entender. Así que intenta explicarse:

—¿Y si tú y yo llamamos ahora mismo al Rubio y le decimos que nos lo hemos pensado mejor? Podemos ganarnos el dinero honradamente: yo puedo conseguir trabajo de camarero y...

—Y yo puedo volver al oficio —le corta ella—. Eso siempre lo tenemos: el camarero y la furcia. Parece el título de una película mexicana. Tito: un palo como este no sale todos los días. Una historia que nadie va a denunciar y tan bien preparada no la vamos a volver a tener en la vida.

—Tú misma lo dijiste: algo puede salir mal.

—El que no arriesga no gana, Tito. Y si sale bien, que es lo más probable, no nos vamos a tener que volver a preocupar. Tú vas a poder montar la cafetería y yo no voy a tener que volver a hacer lo de siempre.

El silencio que se hace ahora es denso como un puré. Ambos se sienten muy lejanos, pese a que sus cuerpos estén tan solo a unos centímetros.

—Estoy harta de comer mierda, Tito. Estoy cansada de fingir que me corro. Estoy harta de abrirme de piernas para tipos que no ven en mí a una persona, sino un culo y unas tetas. Tú no sabes lo que es eso, Tito. Quiero poder decidir. Quiero tener la posibilidad de elegir por qué puerta entro y por cuál no, no como ahora, que cuando entro por una puerta es porque no me queda otro remedio. Esa libertad solo la da el dinero. Mucho dinero. Y, desengáñate: nadie gana mucho dinero honradamente. Mírate, Tito: te has matado a trabajar toda tu puta vida, sirviendo a los jodidos ricos en el Hespérides de los cojones, que ya ni existe. ¿Y qué tienes? ¿Este piso alquilado? ¿Unos cuantos discos de tangos?

—Te tengo a ti.

Cora sonríe con tristeza.

—Lo siento, Tito, pero yo no voy a durar mucho si no tenemos perras. No te diré que no me vuelves loca, porque sí que me pones a mil cada vez que te veo. De verdad: se me hace el chichi pepsicola cuando me tocas. De hecho, creo que me estoy encoñando contigo como no me encoñaba desde los quince años, pero a la larga, sin perras, no va a funcionar.

Tito baja la vista, se mira las manos, que reposan sobre sus piernas. Esas manos, mañana por la noche, estarán manchadas.

Cora adivina lo que le está pasando por la cabeza. Dulcifica el gesto, se aproxima a él, acerca el rostro al suyo buscándole los labios.

—Será una sola vez, Tito. Y luego vamos a ser libres. Tú y yo. Juntos.

# El palo

## 1

El viernes amaneció nublado. Uno de esos días de verano en Las Palmas de Gran Canaria: 30 grados de media, humedad filipina y una panza de burro inmisericorde que pondría de mala hostia a un teletubbie. Cora salió a media mañana. Volvería a la hora de comer, seguramente. El Palmera le dio un juego de llaves, porque él almorzaría con el Rubio y luego ya no se separarían de Larry hasta el momento de hacer el trabajo. La avisarían de sus movimientos. Se verían por la noche.

Se despidieron en la puerta, con un beso largo que a Tito le supo a poco. Ella no tomó el ascensor. Desde el descansillo, la escuchó bajar las escaleras con el paso lento de quien no desea hacerlo.

Más o menos a esa hora, mientras desayunaban, el Rubio le anunciaba a Estela que esa noche pensaba ir a pescar.

Estela se extrañó durante unos segundos. Hacía mucho que Carlos no salía de pesca. Pensaba que ya no le gustaba hacerlo. Pero, precisamente, él añadió:

—Hace mucho que no voy. Lo echo de menos.

—Pues claro, Carlos. Vete y relájate un poco. ¿Y por dónde piensas ir?

—No sé. Igual por el norte. A Tinocas o algún sitio así. De todos modos, sabes que nunca pillo nada, pero me entretengo.

Luego dijo que ese día comería en Las Palmas, con Tito.

—No creo que lo convenza de que me acompañe, pero lo intentaré.

Estela no dijo nada. Sonrió y continuó desayunando. No le parecía raro que Carlos quisiera alejarse un poco de aquella casa, que cada vez era más triste. No obstante, en los últimos días salía mucho. Alguna vez, al despertar de la siesta y constatar que no había regresado, se le cruzó por la mente la idea fugaz de una amante. Le dolió. Pero no tanto como para cegarla a los hechos que consideraba inamovibles: ella no duraría demasiado y, desde hacía meses, no era más que un estorbo.

El Rubio no terminaba de saber a ciencia cierta lo que le pasaba a Estela por la cabeza. Sin embargo, prefirió no averiguarlo. Ese día no tocaba. No le convenía añadir más preocupaciones a las que ya tenía. Por lo pronto, se arriesgaba a perder todo cuanto tenía, incluida Estela. Y la aparición del tal Felo no terminaba de hacerlo muy feliz.

Después del desayuno, bajó al garaje y metió en la parte trasera del monovolumen sus cañas de pescar, los aparejos y un balde. También metió la bolsa con el equipo que necesitaría por la noche. Por último, abrió el armero, disimulado bajo la mesa de trabajo. De él extrajo la pistola de juguete, la imitación de la Star BM de la que le había hablado a Tito.

Tenía abierto el portabultos. Contra él se sentó, con la réplica entre las manos, y reflexionó durante un rato. Pensó en Tito y en Júnior y en Estela y en Cora y en Larry. Y, por último, pensó en Felo y en la sonrisa escalofriante de Felo. Dio un suspiro. Volvió a la mesa de trabajo, volvió a agacharse y a abrir el armero. Metió la pistola de imitación y sacó, en su lugar, otra. También una Star BM. También algo antigua, con las cachas de madera y empavonada en negro. Pero esta vez, le extrajo el cargador y deslizó hacia atrás la corredera para comprobar que no había ningún cartucho en la recámara. Luego, la desmontó y volvió a montarla, asegurándose de que se encontraba en buen estado. Sacó del armero una caja de cartuchos y, con tranquilidad, comenzó a llenar el cargador.

## 2

El Rubio y el Palmera se apostaron ante la casa de Larry. Para cuando este saliera, ya Cora andaría rondando la terraza de moda. Una vez se aseguraran de que ella había hecho contacto con el abogaducho (la señal sería un SMS, probablemente enviado desde los servicios), ellos se adelantarían, aparcarían en las inmediaciones de la casa y esperarían a que Cora les enviara un nuevo mensaje, avisándolos de que se dirigían hacia allá.

Todo había sido calculado; todo estaba previsto. Y, justamente entonces, todo comenzó a ir mal.

Para empezar, dieron las diez y media de la noche y Larry aún no había salido de su casa. Sobre las nueve, Cora ya se había cansado de aburrirse en casa de Tito y decidió adelantarse e ir a aburrirse a la zona del Muelle Deportivo. Desde allí, a cada rato, telefoneaba al Rubio, quien se aburría con Tito en su monovolumen, a unos metros de la aburridísima puerta por la que tenía que salir un Porsche Carrera que no terminaba de salir.

¿Y si el tipo no estaba de humor para salir de marcha? ¿O si había organizado una fiestecita en casa? No lo habían seguido durante tanto tiempo como para descubrir si tenía otro tipo de costumbres. Puede que ese viernes del mes tocara partida de póquer con los amigos. Partida de póquer, de Scattergories, o de Trivial Pursuit. O de paja colectiva, tanto daba. No obstante, en ese caso, ¿dónde coño estaban los amigos? Porque allí no entraba nadie desde que él había vuelto del gimnasio por la tarde. Pero tampoco salía él.

A las once menos veinte, Tito miró su reloj por enésima vez y preguntó:

—¿Y, si no sale, qué coño hacemos?

El Rubio no lo miró para responderle:

—Pues jodernos e intentarlo otra vez mañana.

Después de una pausa, el Rubio añadió, o, mejor dicho, pensó en voz alta:

—La costumbre es que se vea con sus colegas para cenar, antes de ir de copas.

Tito volvió a preguntar:

—¿Y si está esperando a alguien? ¿A una piba, por ejemplo?

El Rubio lo miró de reojo:

—¿Y si dices algo que no empiece por «Y si...»?

Joder, Tito, yo también estoy impaciente. Relájate.
Tito no respondió. Sabía que el Rubio tenía razón.

—Una vez me pasó algo parecido —dijo el Rubio—.
Fue en un pueblucho de Badajoz. Don Benito, creo
que se llamaba. Tenía que esperar a que un tipo saliera de su casa.

—¿Para qué?

—¿Cómo?

—¿Para qué lo esperabas?

—Para ponerle las pilas. El elemento llevaba un
club de carretera y había que darle un escarmiento,
porque le había metido una negra a la gente para la
que yo curraba. Se había quedado con algo que no
era suyo. Bueno, eso da igual. La cosa es que eran las
tantas y el tipo no salía.

—¿Y qué hiciste?

—Entré yo.

Tras decir esto, el Rubio se quedó mirando al volante, con el ceño arrugado, recordando o, probablemente, comparando ambos casos, pensando en la posibilidad de que fueran ellos quienes entraran. Tito, al
parecer, pensaba en lo mismo.

—¿Podría intentarse?

—No está pensado así —respondió el Rubio. Lo
dijo de una manera que dejó claro que la idea ya se
le había pasado por la cabeza, pero le había parecido
mala—. Sería improvisar demasiado. Y, por lo que sé,
cuando se improvisa demasiado, siempre hay algo
que sale peor de lo que podría esperarse. —Luego, de
pronto, puso la llave en el contacto—. A la mierda. Lo
intentamos otra vez mañana.

Pero, en el preciso instante en que iba a girar la llave, Tito le puso la mano en el hombro y señaló hacia la casa. No se habían dado cuenta de que las luces estaban apagadas. Debían de llevar ya así unos minutos.

Entonces, se abrió la puerta automática de la entrada y de sus fauces emergió el cochazo de Larry.

Sabían aproximadamente hacia dónde se dirigía, pero no convenía dejar cabos sueltos, así que procuraron no perderlo de vista mientras cruzaba Santa Brígida y se incorporaba a la circunvalación. Larry le pisaba, pero no tuvieron problema en rastrearlo, dejando siempre un par de coches entre el Touran y el Carrera.

Sin embargo, algo más falló: cuando llegó a la desembocadura del barranco de Guiniguada, el Porsche no continuó hasta la avenida Marítima para tomar hacia el Muelle Deportivo, sino que se internó en Vegueta, pasó junto al Mercado Municipal y entró en el aparcamiento vigilado situado detrás de este.

—Me cago en su puta madre —masculló el Rubio, trazando, sobre la marcha, un nuevo plan.

Paró un momento ante el parking, donde Larry buscaba ya estacionamiento. Por suerte, era una zona acotada al aire libre y casi podían ver las maniobras del deportivo.

—Bájate aquí y, cuando salga, lo sigues. Estáte al loro con el móvil. Yo voy a aparcar dentro también y llamo a la Cora para que se pille un taxi y se venga para acá.

Tito se alegró de no haberse puesto aún el chándal, de llevar aún los vaqueros y la camisa gris. Allí, en la zona de copas de Vegueta (adonde muy probablemente se dirigía el individuo), un viernes por la noche, con un chándal negro y con su tamaño, hubiera destacado como un *drag queen* en una procesión.

Se bajó del vehículo y cruzó a la acera del mercado. Se sentó en el banco de una parada de guaguas y esperó a ver salir a Larry (*blazer* negro, camiseta roja, pantalones chinos y botines de cuero azabache), quien tomó hacia la calle de La Pelota. Después, cuando dobló la esquina, se levantó y lo siguió. Al fondo de la calle, Larry había girado a la izquierda y se internaba ya en la marea de juerguistas de la calle Mendizábal.

Mientras tanto, el Rubio había encontrado ya una plaza libre y, sin bajar del vehículo, hablaba con Cora por teléfono móvil.

—Sí, el muy cabrón se vino para la zona de Vegueta.

—Joder.

—¿Te quedan perras para coger un taxi?

—Sí.

—Pues arreando. Nos vemos en la esquina de Mendizábal con la calle de La Pelota.

Salió del parking y caminó, con prisa, hacia el lugar indicado. Unos minutos antes, Larry había pasado por allí. Un poco más tarde, lo había hecho el Palmera.

Por aquella esquina iban y venían grupos de jóvenes y no tan jóvenes, parejas de mediana edad e incluso alguna familia con niños y abuela que venían de cenar en El Herreño, el Adargoma o algún otro de los restaurantes históricos que ahora se alternaban con los de nueva cocina y con las tascas y bares de copas en el área redescubierta hacía pocos años por los empresarios de ocio nocturno. En la misma esquina, tres veinteañeros parecían esperar también a alguien. El Rubio se separó un poco de ellos, fingió mirar el escaparate de una tienda de menaje y telefoneó al Palmera.

—¿Dónde está? —preguntó con prisa de yonqui.

—Casi al final de la calle. En un restaurante con terraza. Solo. Acaba de pedirse una caña.

—¿No te habrá visto?

—Estoy sentado en un banco. Me da la espalda.

—Siéntate en alguna terraza y pídete algo.

—No hay mesa libre. Esto está petado.

—Bueno, pues procura que no te vea. Cora ya viene para acá. La estoy esperando en la calle de La Pelota.

—Se me ocurre...

—¿Qué?

—Se me ocurre que es posible que haya quedado con una tía. El sitio es de los tranquilos. Nueva cocina. Típico sitio para quedar con una tipa que te gusta.

—Coño, no había contado con eso. Esperemos que no.

## 3

Tito esperó. Esperó sentado en el banco, como quien aguarda la llegada de alguien con quien se ha citado. Esperó con un ojo puesto en la mesa de Larry y el otro en el extremo opuesto de la calle, por donde habían de llegar Cora y el Rubio. Casi no se dio cuenta de que, desde el otro lado, el que comunicaba Mendizábal con la calle de Los Balcones, había aparecido una mujer con un trajecito rojo de falda muy corta y se había metido en el local al que pertenecía la terraza. La mujer llevaba un bolso negro y zapatos de tacón alto también rojos. Y resultaba tremendamente llamativa, no solo por su figura, sino porque llevaba el pelo muy corto y teñido de verde. No la vio hasta que salió a la puerta con una copa de vino en la mano. Pero, una vez la vio, centró toda su atención en ella, porque, desde la puerta, había comenzado a hablar con Larry y, poco después, había tomado asiento frente a él, que, con ademán cortés, se había levantado para acercarle la silla.

—Me cago en Dios. Ya se jodió todo —dijo el Palmera en voz alta, sin poder reprimirse, mientras sacaba el móvil para llamar al Rubio. Pero no hizo falta: el Rubio se aproximaba a él desde el lado contrario, con andares tranquilos y una sonrisita de satisfacción que a Tito le resultó absurda.

—Tío —intentó explicar el Palmera—, ya se fue todo a la mierda.

El Rubio se sentó junto a él, con las manos en los bolsillos, y preguntó:

—¿Por qué?

—Acaba de llegar un yogurazo. Está sentada con él.

El Rubio soltó una risa incomprensiblemente resabiada. Le puso una mano en el hombro y lo orientó hacia la terraza.

—Fíjate bien, melón.

Tito no terminaba de comprender a qué se debía aquella tranquilidad. Pero, entonces, se preguntó por qué, si el Rubio estaba allí, Cora no había llegado. Y, al mismo tiempo, se fijó en la mujer de rojo, en sus gestos, en la forma en que sus dedos jugueteaban con su colgante, mientras charlaba, echada hacia atrás en el asiento, con Larry. Finalmente, acabó por entender que aquel colgante debía de ser el colgante azul que Cora llevaba siempre; que aquel cuerpo sinuoso que había dentro del trajecito rojo era el de Cora.

—No es mala idea. Por un lado, es inevitable que llame la atención. Y, por el otro, está irreconocible. Si el tipo se llega a oler algo, se volverá loco preguntando por una tía con el pelo verde.

—Pero ¿por qué fue por el otro lado?

—Idea mía.

—Vale. Pero ¿para qué?

—Para asegurarnos de que el muy inútil no mira en esta dirección en ningún momento. ¿O tú mirarías hacia otro lado teniendo ahí a semejante hembra?

# 4

Volvieron al parking, sacaron el coche, se fueron a casa de Larry. No aparcaron ante la entrada, sino en un lateral desde el que divisaban la carretera por la que tendría que aproximarse el Porsche. Se pusieron el chándal y los escarpines y se sentaron a esperar. Ahora era solo cuestión de eso: esperar a que Cora hiciera su parte, a que lo convenciera de subir a casa.

De la guantera, el Rubio sacó un bote de pintura en espray. Pintura negra. Para las cámaras. A última hora había pensado que eso era lo mejor. Silencioso y fácil.

Luego descubrirían que Cora había sido muy hábil. Había utilizado el simple truco de la terraza llena: la chica que anda sola y pregunta a bocajarro al bebedor solitario si no le importa compartir mesa. Tuvieron, eso sí, mucha suerte. Larry no había quedado con nadie. En principio, había decidido quedarse en casa, no salir. Pero, después de cenar, le entraron ganas. Y no le apetecía ir al sitio de siempre y encontrarse con los amigos cuya invitación había declinado. Cora, para esa noche, decidió llamarse Mabel e inventarse un novio con quien había discutido y de quien pensaba vengarse con un buen par de cuernos. Esto último no lo dijo, pero permitió que Larry lo adivinara mordiéndose el labio inferior con ansia digna de una lolita.

El Rubio, mientras esperaban, mucho antes de que Cora le contara nada, sabía de qué iba la cosa, las preguntas que, casi sin darse cuenta, Larry iría respondiendo, como tramos en el camino hacia su propia desgracia. Sí, abogado. Sí, con la oficina en Vegueta. No, no vivía en la ciudad. Bueno, lo bastante grande para él solo. Pues sí, había acertado: con piscina.

Y, entonces, ella ahí, con la tercera copa de vino en la mano, fingiendo estar más bebida de lo que estaba, diciendo que le encantaban las piscinas, que una de las cosas que más le gustaban en el mundo era bañarse en una piscina después de haber bebido unas cuantas copas de vino, y él comentando que era una lástima que no se hubiera traído el bañador, y ella, finalmente, dejando brillar un fuego dorado en sus ojos al responder que otra de las cosas que más le gustaban era nadar desnuda.

## 5

Hacia medianoche, Júnior, instalado en la habitación de su hotel en Arrecife de Lanzarote, recibió un SMS del Rubio:

LA COSA STA EN MARCHA

Al leerlo, una salamandra le subió por la espalda hasta la cervical. Desde otro móvil, reprodujo un mensaje similar y se lo envió a Felo.

Después, fue al minibar para elegir una bebida que le refrescara la espera.

Ya no había vuelta atrás. Solo le quedaba confiar en que unos y otros hicieran bien lo que tenían que hacer.

## 6

Larry casi no se lo podía creer. La tía aquella debía de estar como una cabra. No le había costado más que una hora convencerla de que se viniera a casa. O, más bien, ella se había ido invitando solita. Mientras la puerta mecánica se desplazaba con un zumbido, pensó que sí, que era ella quien iba buscando. Eso lo dejaba claro la mano sobre su muslo. Procuró no ser brusco al poner el freno de mano, para que ella no la retirara. Pero Mabel no tenía intención de hacerlo. Eso quedó claro cuando estacionó frente a la vivienda y le dijo:

—Ya estamos.

En ese momento, ella se quedó en silencio, mirándolo, y lo besó en los labios, antes de susurrarle:

—Creo que nos vamos a divertir.

De la mano, subieron al porche. Él abrió la puerta de casa con una de las llaves del manojo con el que había estado jugueteando toda la noche. Desconectó la alarma. Dejó el llavero sobre el aparador. Después le mostró el recibidor, el comedor, el despacho, la puerta que daba a la piscina. Antes de que él se diera cuenta, ella se había quitado los zapatos y caminaba por el césped con ellos en la mano. Llegó al borde de la piscina, se sentó e introdujo los pies en el agua. Él, aún en la puerta del despacho, accionó un interruptor y el fondo de la piscina se iluminó.

—¿No me invitas a tomar nada? —dijo Mabel.

—Joder, claro. Vaya desastre de anfitrión que estoy hecho.

Cuando él desapareció nuevamente, Mabel volvió a ser Cora. Calculó que tardaría poco en volver. En el exterior, Tito y el Rubio debían de estar rodeando ya el paredón que circundaba la parte trasera. Ella les había enviado un SMS mientras iban de camino. A Larry le había dicho que era un mensaje para su madre, para avisarla de que llegaría tarde o que no llegaría. Larry se sintió tan complacido con la última parte que ella casi sintió lástima. Ahora echó un vistazo de reojo a la alta tapia situada a su espalda. Apoyó las manos en la hierba, mirando al cielo, azulado por la luna que se escondía tras las nubes, y movió el agua con los pies. Allá atrás, en algún lado, ellos estaban preparándose para saltar. Confiaba en que lo hicieran antes de que las circunstancias la obligaran a desnudarse o a darse de nuevo el lote con Larry. El elemento le había caído mal desde el principio. Conocía a demasiados tipos como aquel y le daban demasiado asco. Tras sus coches de puta madre, tras sus chabolos grandes de cojones, no eran más que mierda.

Larry volvió a aparecer en la puerta. Se había quitado la chaqueta y los zapatos. Llevaba una botella de vino recién abierta y dos copas. Avanzó hacia ella intentando parecer seductor. Cora volvió a convertirse en Mabel e intentó que diera la impresión de que, en efecto, le parecía atractivo.

Al llegar donde ella estaba, se arremangó los pantalones, se sentó a su lado y metió también los pies en la piscina. «El muy gilipollas se cree George Clooney», pensó Cora reprimiendo una carcajada.

—¿Por quién brindamos? —preguntó Larry.

—Por los tipos con piscina —dijo ella.

Después de beber el primer sorbo, Larry se aproximó más y comenzó a besar su cuello. Ella fingió sentir cosquillas.

—Déjate de lambusiarme —dijo apartándolo y poniéndose en pie—. ¿No nos íbamos a bañar?

—Yo no dije nada. Eras tú quien quería bañarse.

—Está bien.

Mabel dio una carrerita pueril hasta el otro extremo de la piscina y se quedó allí, en pie. De pronto, se convirtió nuevamente en Cora y vio los dos bultos, las dos sombras que ya habían saltado la tapia y hacían equilibrios sobre las pajareras. Luego volvió a ser Mabel para iniciar una especie de baile sexy, tomando con las puntas de los dedos el extremo de la falda, jugando a subirla poco a poco. Entonces, Cora se sorprendió de que las dos sombras hubieran aterrizado sobre la hierba tan suavemente. Por último, Mabel se volvió de espaldas, miró hacia la casa y continuó meneando caderas y culo, mientras Cora escuchaba el repentino forcejeo, el amago de grito de Larry, el golpe brutal en su cráneo con algo contundente, la frase pronunciada con ferocidad por un hombre oculto tras una mascarilla.

—No te muevas, cabrón.

## 7

En el momento en que los vieron pasar, comenzaron a coger todo lo que necesitaban. Las pistolas, los guantes, el espray, la bolsa de deportes, el rollo de cinta americana.

Llegaron a la esquina. Antes de proseguir, se pusieron las mascarillas y las gafas y se cubrieron con las capuchas. La primera cámara estaba casi encima de ellos. El Rubio trepó sobre el Palmera, se estiró y, en un rápido movimiento, la cegó.

Entonces oyeron la voz de Cora, pidiendo algo de beber. Recorrieron con todo el sigilo posible la treintena de metros que los separaba de la siguiente cámara. Esta vez fue el Palmera quien trepó sobre los hombros del Rubio.

El cuarto de hora acordado no había pasado aún. Aguardaron un poco más, en silencio. Escucharon un chapoteo de agua, una breve conversación, un entrechocar de copas. El Palmera fue el primero en moverse. Dio un rápido brinco y se asió a la parte superior de la tapia. Ayudándose con los pies, se alzó sobre ella y tendió la mano al Rubio. Una vez arriba, vieron al tipo de espaldas, sentado al borde de la piscina, y a Cora en el otro extremo, iniciando una especie de *striptease.* Caminaron sobre los tejados de las pajareras, intentando hacer el menor ruido posible.

Finalmente, como si lo hubieran ensayado, saltaron al mismo tiempo sobre la hierba. Llegados a este punto, corrían el riesgo de que el individuo intuyera su presencia, se diera la vuelta, intentara huir, hacer algo. Así que, simplemente, se apresuraron en llegar hasta él. Tito Marichal fue el primero en hacerlo. El Rubio vio con asombro cómo, de pronto, el Palmera asía a Larry desde atrás con un brazo y alzaba en la otra mano el bote de espray, diciéndole mientras lo estrellaba contra su sien:

—No te muevas, cabrón.

Larry no llegó a escuchar la orden: ya estaba completamente fuera de combate. Por eso cuando Tito volvió a golpearlo, tanto Cora como el Rubio se quedaron parados, mirándolo, completamente estupefactos. No pudieron reaccionar hasta que se produjo el tercer golpe. En ese instante, Cora echó a correr hacia ellos, mientras el Rubio procuraba inmovilizar a Tito, intentando que soltara el bote de espray, al individuo o ambas cosas.

—Pero ¿qué haces, coño? Te lo vas a cargar.

Les costó tranquilizar a Tito, hacer que desapareciera aquella furia inusitada. Finalmente, quedaron los tres rodeando a Larry, tumbado en la hierba, sin conocimiento y sangrando por una ceja. El Rubio tuvo la precaución de volverlo de lado.

—Así, no vaya a ser que encima le dé por vomitar y se nos asfixie —explicó—. Joder —masculló, cambiando de tercio—. Esto sí que no estaba en el plan.

Tito guardaba silencio. El Rubio pensaba en qué hacer. Fue Cora la que se adelantó y le dijo:

—Lo llevamos adentro, lo amarramos y esperamos a que coja resuello. De todos modos, creo que dejó el manojo de llaves en la entrada.

El Rubio asintió, se situó detrás de Larry, lo tomó por debajo de las axilas y se quedó mirando a Tito. Este tardó en reaccionar. Finalmente, lo asió por los pies. Larry comenzó a revolverse y a gemir mientras lo transportaban. Caminando a su lado, Cora le susurró al Rubio:

—Tienes que darme una galleta y amarrarme también. Algo que deje marca. Si no, no va a colar.

—Con amarrarte tenemos —contestó entre dientes el Rubio, señalando con la cabeza al Palmera—. No quiero que me hostie a mí también.

## 8

Larry comenzó a recobrar el conocimiento. Escuchaba golpes, cosas que se estrellaban contra el suelo, papeles revueltos, puertas y cajones que se abrían. Sentía un terrible dolor de cabeza y solo veía por un ojo.

—Mi ojo...

Una voz de hombre, proveniente de su derecha, escupió:

—No es nada, pringao. Solo es sangre. Tu ojo está ahí, por el momento.

Estaba en su despacho. Concretamente, sentado en la silla de su despacho. Dos tipos embozados, vestidos con chándales negros, lo estaban revolviendo todo. A su izquierda vio a Mabel, atada a la silla y con un trozo de cinta americana tapándole la boca. Parecía completamente aterrorizada. Larry tuvo un ataque de valor caballeroso.

—A ella no le hagan nada, tío. Ella no...

El otro hombre, el que no le había hablado, el más alto de los dos, rodeó la mesa y le dio una rápida bofetada. El primero se situó a su lado.

—Si te estás calladito y no tocas los huevos, no le vamos a hacer nada a nadie.

Lógicamente, Larry optó por el silencio.

Los dos enmascarados abrían cajones y armarios, los vaciaban en el suelo. Evidentemente, buscaban algo que robar.

Aquí y allá fueron apareciendo objetos de cierto valor, un reloj o un bolígrafo de oro. Ellos los introducían en la bolsa de deporte. Al tiempo que lo hacían, intercambiaban alguna frase a media voz.

Finalmente, le tocó el turno al mueble bar. El que lo había abofeteado lo abrió y comenzó a tirar botellas. Larry sintió que se desmayaba. Si lograba desviar su atención de la caja, tal vez la cosa no llegara a ser tan grave.

—Oye, tío, arriba tengo...

No pudo continuar hablando. El alto le propinó un puñetazo en el pómulo. Larry osciló, pero la silla no llegó a caer.

—¡Que te calles, coño!

El otro encapuchado distinguió, al fondo del mue-

146

ble bar, el color anaranjado del minio de plomo con el que estaba pintada la caja.

—De puta madre —dijo.

Se volvió hacia Larry.

Entonces, entre ellos, sobre la mesa, Larry vio un manojo de llaves. Su propio manojo de llaves. Debían de haberlo cogido del aparador de la entrada. Recordó los consejos que le habían dado cuando compró la caja: había otras mejores, era más adecuado un sistema electrónico de apertura retardada. Se llamó a sí mismo estúpido mil veces por no haberlos seguido. Pero ya no había remedio para eso.

Resignado, contempló cómo el encapuchado probaba las dos llaves de seguridad que había en el llavero. Una no coincidía (era la llave de la caja del bufete). La otra giró sin gran problema. El encapuchado se quedó parado, seguramente asombrado ante la cantidad de fajos de billetes que había allí.

—Pero, coño, ¿qué es esto? Si tienes aquí medio Banco de España, hijoputa.

El otro encapuchado se situó a su lado, con la bolsa abierta. Se pusieron a sacar fajos y a echarlos dentro. Mientras, Larry comenzó a hablar, como para sí:

—Ese dinero no es mío, tío. Es de gente poderosa. Muy poderosa. No sabes lo que estás haciendo, tronco. Vendrán y te buscarán. Y te matarán. Te matarán a ti, a tu colega y a la familia de los dos. No quedará ni la memoria de ustedes.

El encapuchado más bajo, el que no lo había golpeado aún, pareció hartarse de escucharlo. Se volvió y lo miró:

—Si no te callas, te mato.

—Da igual. Ya estoy muerto.

El otro volvió a la tarea. Ya quedaba muy poco. Al fondo, junto con los últimos fajos, había un estuche con un Rolex. También un sobre acolchado. Ni siquiera abrió el sobre. Simplemente, lo añadió al contenido de la bolsa.

Los dos tipos se plantaron ante Larry. El más alto tenía la bolsa colgada del hombro. El otro mostró una pistola.

—Ahora nos vamos a ir. Te vamos a dejar así, amarradito. Seguro que enseguida encuentras la forma de desatarte. Pero no vas a llamar a la policía antes de una hora.

—Tranquilo, porque no la voy a llamar —dijo Larry con resignación.

—De todos modos, para asegurarnos, la piba se viene con nosotros. Si vemos un coche patrulla por el camino, le pegamos un puto tiro. ¿Está claro? Dentro de una hora, la dejamos suelta.

El otro individuo se había aplicado ya a la tarea de desatar a Mabel.

—Déjala, tío. Ella no tiene nada que ver con esto.

Cuando vio que el más alto la llevaba hacia la entrada, Larry subió el tono:

—¡Que la dejes, coño!

El otro le contestó poniéndole la punta del cañón de la pistola en el lagrimal del ojo herido.

—Bueno —dijo con una suavidad que contrastaba con el gesto y lo hacía aún más amenazante—, hay otras formas de asegurarnos de que no llames a nadie. ¿Qué te parece?

Antes de que pudiera contestar, el individuo alzó

el arma y Larry sintió un culatazo en el lóbulo temporal. Entonces sí que la silla y el hombre atado a ella cayeron al suelo. Lo último que Larry vio antes de perder nuevamente el conocimiento fue una porción de baldosa, un bolígrafo, una de las patas del escritorio.

# Los hechos

## 1

Conducía Tito Marichal. Con prudencia, procurando no sobrepasar los límites establecidos mientras descendía por el cauce del barranco de Guiniguada. A su lado, Cora, con la mano derecha sobre el salpicadero y el brazo izquierdo apoyado en el respaldo del asiento, intentaba ver lo que el Rubio hacía en el asiento de atrás.

El Rubio había encendido una pequeña linterna y, con la bolsa de deportes sobre el regazo, procuraba hacer un cálculo aproximado de la cantidad que habían obtenido.

—¿Cuánto hay? —preguntó Cora.

El Rubio, por toda respuesta, indicó a Tito una salida en la circunvalación.

—Al llegar a la rotonda, no sigas hacia Las Palmas. Métete por la segunda.

Tito hizo lo que se le había indicado y tomó el camino a un restaurante de moda situado en una antigua casona señorial. Ese restaurante disponía de una amplia zona de aparcamientos, así que el Palmera pensó, algo sorprendido, que se dirigían allí. Pero, antes de llegar, el Rubio señaló hacia la izquierda y tomaron una pista de tierra que llevaba a ningún sitio. Allí, en un descampado al pie de la ladera que dominaba el lugar, Tito pudo al fin parar el coche.

El Rubio le pasó la bolsa y la linterna a Cora.

—Cuéntalo tú misma —dijo antes de empezar a quitarse el chándal.

Tito comprendió. Salió del coche y cogió su ropa, que había quedado hecha un ovillo en el portabultos.

Mientras Cora contaba, ellos fueron metiendo en una bolsa de basura los chándales, los escarpines, las mascarillas, las gafas, el bote de pintura. Y, al mismo tiempo, iban volviendo a ser dos individuos de mediana edad, completamente normales.

Acabada la metamorfosis, Tito Marichal regresó a su asiento. El Rubio se quedó en el de atrás, con la bolsa de basura a sus pies. Bajó la ventanilla y encendió, con fruición, un cigarrillo. Cora seguía contando.

Tito, con las manos inertes apoyadas sobre el volante, la miraba de reojo. No había pronunciado ni una sola palabra desde que subieran al coche.

—Casi te lo cargas —le dijo el Rubio—. Eso no fue profesional.

—Yo no soy un profesional, Rubio —repuso el Palmera. Luego encendió él también un cigarrillo y dio una primera y profunda bocanada—. Lo siento —rectificó—. Se me fue la mano.

El Rubio le concedió un silencio comprensivo.

Cora terminó de contar. Le devolvió la bolsa mostrándole unos ojos asombrados.

—En metálico, cuatro veinte.

—Eso mismo me salió a mí —confirmó el Rubio—. Cuatrocientos veinte mil.

Tito silbó.

—Eso son dos diez para mi amigo y dos diez a repartir.

—Setenta mil para cada uno —dijo Cora.

—Y están los relojes, el bolígrafo... Todo eso es de oro —comentó el Palmera.

Cora y el Rubio lo miraron estupefactos. No esperaban aquel arranque de ingenuidad.

—Eso es chatarra, tío —le dijo el Rubio—. Nos la llevamos para disimular.

—Un Rolex no es chatarra. Ese reloj puede costar siete mil euros, tranquilamente.

—En una joyería, Tito —protestó Cora—. Un perista no daría ni setecientos. Lo importante es el *cash*.

—Y hay mucho *cash* —concluyó el Rubio—. Además, el dinero no tiene nombre. El colorao es mejor que nos lo quitemos de encima lo antes posible.

—¿Y con esto, qué hacemos? —preguntó Cora mostrándoles el cedé que había extraído del sobre acolchado.

Era un disco compacto normal y corriente, metido en un sencillo estuche de plástico. No había nada escrito en el sobre, en el estuche o en la superficie del disco. Podía contener fotografías, música o vídeos pirateados. También podría ser que no contuviese ningún dato, pero lo habían sacado de una caja fuerte, así que su contenido tenía que ser importante.

—Eso nos lo quedamos. Y no lo mencionamos para nada. Ya veremos lo que tiene, pero si estaba donde estaba, por algo sería.

Esto lo dijo Tito y eso provocó nuevamente el asombro de Cora y del Rubio. Aunque, si antes el asombro era debido a la ingenuidad del Palmera, ahora se debía exactamente a lo contrario.

—Ahí le has dado... —lo celebró el Rubio.

Cora guardó el cedé en la guantera y preguntó:

—Bueno, ¿y ahora qué?

El Rubio dio un suspiro, antes de contestar:

—Lo primero, deshacernos del vestuario. Luego tenemos que hacer el reparto con el amigo de mi amigo.

—¿Te fías de él?

—Tanto como de un perro rabioso.

## 2

Rápidamente, trazaron una estrategia. El Rubio se puso al volante y se dirigieron al Puerto, a la calle Luis Morote, donde Tito tenía aparcado su coche. El Rubio paró en doble fila. Mientras Cora subía al Ford, Tito arrojó a un contenedor la bolsa de basura con los chándales y el resto del equipo. La calle estaba transitada por grupos de juerguistas de fin de semana. La concurrencia garantizaba el anonimato y, aunque no hubiera sido así, parecían simplemente tres farristas más que iban a buscar un coche para seguir de bares en otra zona. Antes de amanecer, aquellas cosas estarían ya en manos de alguno de los *sintecho* que rebuscaban cada noche entre los desperdicios, buscando cosas que se pudieran usar, comer o vender.

El Rubio, entretanto, envió un SMS a Felo y salieron hacia el sur.

Alrededor de las dos de la madrugada, abandonaron la autopista y tomaron salida al polígono industrial de Arinaga.

El primero era el Touran del Rubio. A unos metros, lo seguía el Ford Fiesta. Conducía Cora, que ocultaba sus cabellos verdes bajo un gorrito de lana que había sacado de su bolso. En el asiento del acompañante iba Tito, con la bolsa de deportes a sus pies.

El Rubio divisó los palés, el esqueleto del Simca, la furgoneta blanca en el centro del descampado con las puertas traseras abiertas y el tipo flaco sentado al borde de la caja con los pies apoyados en el parachoques; una postura demasiado despreocupada para resultar creíble. El monovolumen se internó en el solar hasta quedar a unos veinte metros de la furgoneta. El Ford apenas entró. Sus ruedas traseras permanecieron sobre el asfalto. Cora mantuvo el motor en marcha, mientras el Rubio se apeaba y se dirigía a la ventanilla de Tito. Una vez allí, apoyó las manos en el techo del vehículo y se inclinó hacia ellos. A través de la cazadora abierta, Cora y el Palmera distinguieron la empuñadura de la pistola encajada en su cinturón. Antes no se habían fijado en que parecía demasiado vieja para que fuera de juguete. El Rubio adivinó sus pensamientos.

—Pensé que para esta parte del *bisnes* era mejor una de verdad.

Compartieron un silencio inquieto. Lo rompió el Rubio, intentando tranquilizarlos:

—Es solo por si las moscas. Esto casi ya está. Voy para allá, Tito. Me aseguro de que todo está en orden, te vienes con la bolsa, contamos, repartimos... y cada uno por su lado.

## 3

Pepe Sanchís dormía en su sofá. Como casi siempre, se había tumbado a medianoche a ver una película, para dejarse vencer por el sueño. En algún momento, una tanda de anuncios haría subir el volumen y se despertaría lo suficiente para apagar la tele y arrastrar sus ciento veinte kilos hasta el dormitorio.

De pronto, le despertó la melodía de «La cucaracha», reproducida por su teléfono móvil. Sanchís, con disgusto, lo tomó de la mesita de centro que tenía ante sí y descolgó.

—¿Qué hay? —gruñó a modo de saludo.

—Perdona por llamarte tan tarde, pero no encuentro las llaves del coche.

Sanchís se incorporó hasta quedar sentado. Sus pies buscaban las pantuflas a tientas por el suelo. Miró la pantalla, para asegurarse de que era Larry quien le había dicho que había perdido las llaves del coche. *Perder las llaves del coche* era una de las peores cosas que le podían suceder a un testaferro.

—Ahora te llamo —dijo Sanchís antes de colgar.

Por fin dio con las pantuflas, se las calzó y fue a su estudio. Así, en pantuflas y calzoncillos, Sanchís era lo más parecido a un hipopótamo antropomorfo, salvo por el bigote bien cuidado y por el hecho de que los hipopótamos no tienen la frialdad del acero en la mirada.

En el estudio, Sanchís rebuscó en el cajón del escritorio, sacó otro teléfono móvil y, agobiando con su pesada humanidad la silla ergonómica, buscó el teléfono de L en la agenda.

—Diga —contestó Larry.

—¿Cuánto? —preguntó Sanchís.

El otro dudó un momento.

—Unos cuatrocientos... No, algo más... Veinte más. Cuatrocientos veinte mil. Eran dos y...

—¿Se llevaron algo más, aparte de la pasta?

—Algunas cosas mías y...

—A lo tuyo que le den por culo —lo interrumpió el Gordo—. Digo que si se llevaron algo más de lo nuestro.

Al otro lado de la línea se hizo un silencio penoso. Luego el otro respondió lacónicamente que sí, que algo más. Sanchís se llevó la mano libre a la frente, apoyó ese codo sobre la mesa y se apretó las sienes con el pulgar y el dedo corazón, presionando hasta el dolor.

—Está bien. Voy a informar a tu primo.

—Lo siento... —intentó decir Larry.

—Déjalo acostado. Cuelga ya, que últimamente das más lata que un hijo bobo, coño.

Tras decir esto, Sanchís cortó la comunicación sin despedirse. Buscó en la memoria del móvil un número que estaba guardado bajo la letra T y pulsó la tecla de llamada. El Turco se iba a cabrear aún más que él. Desde hacía algún tiempo, Gran Canaria no daba más que problemas. Hacía poco, habían perdido varias bolsas de hielo y, ahora, las llaves del coche. Seguramente, el Turco decidiría enviar a alguien para poner las cosas en su sitio. Y Sanchís sabía a quién le tocaría bailar aquella jota.

# 4

El Rubio avanzó hacia la furgoneta. No se apresuró, pero tampoco anduvo muy despacio. Lo hizo, eso sí, sintiendo cada terrón, cada mala hierba, cada piedra bajo sus zapatos. Caminaba lentamente, con las manos metidas en los bolsillos del pantalón y la cazadora abierta, de manera que Felo pudiera identificar la forma de la pistola.

Felo casi no había mudado la postura. Continuaba allí, jugueteando con algo negro que resultó ser un móvil y que dejó sobre el suelo de la Trade cuando el Rubio se aproximó a él.

La luz interior de la furgoneta se lo mostraba a contraluz, pero ya antes de que estuvieran frente a frente el Rubio supo que el individuo había enarbolado su sonrisa de calavera.

—¿Cómo fue la cosa, amigo?

—De puta madre. —El Rubio alargó la mirada hacia el fondo de la caja, completamente vacía. Junto a Felo, había algunos cabos de soga y una manta para proteger embalajes, doblada tras el hueco de la rueda trasera izquierda. Nada más. Ningún sitio donde pudiera esconderse nadie. Señaló hacia la parte delantera de la camioneta—. ¿Te importa?

El flaco le indicó el camino con la palma extendida.

—Cero problema.

El Rubio rodeó el vehículo comprobando que no había nadie en la cabina y volvió por el lado contrario.

—¿Y la pasta? —preguntó Felo.

—Ahora la trae el compañero —diciendo esto, el

Rubio se apartó de la furgoneta y encendió un cigarrillo.

Felo observó cómo se abría la puerta derecha del Ford, cómo se apeaba un tipo enorme con una bolsa de deportes en la mano, cómo comenzaba a caminar hacia ellos. Después, bajando de la furgoneta, dio un paso hacia su izquierda.

—La verdad, socio, me extraña tanta desconfianza a estas alturas —dijo, señalando la pistola encajada en el cinturón del otro—. No me esperaba que fueras a traerte una cacharra y todo.

El Rubio se aproximó a él, acariciando la culata del arma.

—Ah, esto... No te preocupes. No es por ti. Me la traigo puesta de casa. Si fuera fontanero, llevaría una llave de perro. En cuanto a lo otro, lo de mirar en la furgona, puro protocolo. ¿Quién te dice a ti que no hay alguien por ahí golijiniando? ¿O peor: intentando jodernos?

—Yo ya miré al llegar.

—Ya. Pero cuatro ojos ven más que dos.

El Palmera llegó hasta ellos y saludó a Felo con una inclinación de cabeza antes de entregar la bolsa al Rubio. Este la abrió y la puso sobre el suelo de la Nissan Trade.

—Cuéntalo. Te vas a llevar una alegría. Por nuestras cuentas, son cuatro veinte. Dos diez para ustedes, dos diez para nosotros. Y, en el fondo, hay un par de regalitos. Colorado, sobre todo.

Felo sacó el estuche y, abriéndolo, mostró el Rolex.

—Menudo peluco guapo —dijo. Después comenzó a contar fajo por fajo. Extrajo la mitad y la dejó sobre la chapa, entre la bolsa y la manta, sobre la cual había apoyado la mano izquierda.

—Entonces, esto es de ustedes y esto es lo que hay que darle al Júnior.

El Rubio iba a responderle, pero lo paró en seco una punzada de desconfianza. No podía ser que todo fuera bien y que Felo acabara de mencionar a Júnior delante de Tito. O era gilipollas o se estaba pasando de listo. El aire a su alrededor comenzó a oler a mierda, pero apenas tuvo tiempo de reaccionar, porque entonces escuchó rugir un motor y todo comenzó a suceder rápidamente, como suceden todas las cosas horribles.

## 5

Observaron cómo el Rubio avanzaba hacia la furgoneta.

—Parece que está solo —dijo Tito.

Cora negó con la cabeza:

—Eso parece, pero no te fíes. —Le puso una mano sobre la rodilla—. Ten cuidado, Tito. Todo este misterio no estaba en el guión. Si pasa algo, que el Rubio se busque la vida, que para eso es su palo. Pero tú no te hagas el Rambo.

Tito Marichal no halló nada que decir. Aquella preocupación de Cora casi le hizo sentir ternura.

Ahora ya no veían al Rubio. Había desaparecido al otro lado de la furgoneta.

—A partir de mañana quiero tener una vida digna. —Tito hablaba mirando al frente, hacia la furgoneta iluminada ante la cual se adivinaba la presencia del individuo delgado y poco fiable—. Quiero dedicarme a vivir tranquilo, a trabajar y a disfrutar de mis nietos. Y, si puede ser, quiero que tú andes por aquí cerca.

Cora no contestó. Porque no estaba segura de si ese era el tipo de vida que deseaba y, sobre todo, porque no quería ofrecer a Tito algo que no podría darle.

No se vio obligada a contestar: el Rubio reapareció junto a Felo, se apartó un poco y encendió un cigarrillo. Esa era la señal. Sin embargo, antes de que Tito saliera del auto, lo atrajo hacia sí y lo besó.

—Ten cuidado —insistió.

Él dijo que sí con la cabeza.

Lo vio ir hacia la camioneta como antes había visto al Rubio. Los tres hombres, una vez reunidos, se movieron poco. Formaron un triángulo equilátero del cual, desde su perspectiva, Tito era el vértice central.

Ella mantenía el motor en marcha. Todo parecía ir bien. A Cora se le ocurrió que se habían pasado con las precauciones, que aquella lagartija era incapaz de intentar algo contra gente de la envergadura de Tito y el Rubio. No obstante, todo iba demasiado bien. El canijo no podía haber ido solo al encuentro. Al menos, ella, en su lugar, no lo hubiera hecho.

Atisbó más allá, a la penumbra, a una docena de metros por delante de la furgoneta, hacia la derecha, y observó la zona en la que estaban los palés y la carrocería abandonada, buscando no sabía exactamente qué, pero, en todo caso, algo que no debiera estar allí.

Y entonces lo vio. Al principio era solo una sombra, moviéndose muy despacio. Después fue adivinando en ella al tipo atlético, probablemente en camisilla y pantalón de chándal, avanzando agachado, casi a cuatro patas, con algo alargado y oscuro entre las manos. Podía ser un garrote o un trozo de tubería. O algo más peligroso.

Para cuando la identificó, la sombra ya había recorrido el flanco de las ruinas del Simca y seguía camino hacia la Trade. Estaba ahora a campo abierto pero la puerta del furgón impediría que Tito y el Rubio pudieran verlo antes de que lo tuvieran encima.

Si tocaba el claxon o les picaba las luces, el tipo se daría cuenta y correría hasta ellos, sorprendiéndolos igualmente.

Casi pudo escuchar cómo la adrenalina era inyectada en sus venas de golpe, semejante a una tromba de agua, a una riada de supervivencia. Los sentidos se le aguzaron repentinamente, su cerebro realizó varios cálculos simultáneos y, de pronto, unos segundos después de haber visto la sombra de aquel hombre que no debía estar allí, metió una marcha, soltó el pedal del freno y arrancó hacia él, acelerando al máximo.

El Ford alcanzó velocidad, pasó junto al sorprendido trío de la Nissan, lo dejó atrás y se abalanzó sobre el tipo de la camisilla, quien se incorporó dudando entre lanzarse hacia atrás o disparar al Ford Fiesta con lo que resultó ser, a la luz de los faros, una escopeta de caza. Y fue esa duda lo que provocó que, finalmente, no tuviese tiempo de hacer ni una cosa ni otra antes de que el automóvil lo embistiera con la fuerza de un búfalo, haciéndolo saltar por los aires. La escopeta, amartillada, fue a caer con el cañón hacia arriba y se disparó justo al mismo tiempo que el cuerpo del individuo se estrellaba contra el suelo con un golpe seco. El estruendo del tiro sobresaltó a Cora, ocupada en frenar antes de estamparse contra el muro de la nave de al lado, pero logró dominar el vehículo.

Por el retrovisor, vio al tipo, que intentaba levantarse. No se lo pensó dos veces: dio marcha atrás a toda velocidad e hizo que las dos ruedas del lado derecho pasaran sobre él.

# 6

Todas las cosas horribles suceden rápidamente. El Rubio no llegó a responder a Felo porque escuchó cómo el Ford Fiesta arrancaba y, a toda velocidad, los rebasaba.

Los tres se volvieron instintivamente hacia allá. Escucharon el golpe, el estruendo de un disparo de escopeta ocultando (eso no lo sabían) el impacto de un hombre contra el suelo. Tito y el Rubio, con un acto reflejo, se agacharon. De repente, pensaron exactamente lo mismo y se volvieron hacia Felo. Pero Felo no había hecho caso a sus reflejos; Felo era frío como los pies de un muerto y prefirió acabar con lo que había empezado: de debajo de la manta había extraído una pistola con empuñadura y alza ergonómica. Era, evidentemente, una pistola de tiro deportivo. Pero eso no importaba. Lo importante era que se trataba de una pistola de las que hacen pupa y que Felo no solo compartía con las lagartijas la apariencia, sino también la agilidad. Lo supieron cuando, aprovechando que al agacharse había quedado en desventaja, le dio un culatazo en la cabeza a Tito, que era quien estaba más cerca de él, y quedó, con el mismo movimiento, encañonando al Rubio. Este vio la embocadura del cañón. Parecía una pistola de juguete, pero no lo era. Él ya había sacado la Star, pero no tuvo tiempo de amartillarla. Justo cuando Cora pasaba, marcha atrás, sobre el cuerpo del Garepa, Felo apretó el gatillo.

El disparo produjo un ruido seco, poco más que el chisguete apetardado de una escopeta de feria. El Rubio cayó de rodillas, apoyándose en el parachoques con la mano derecha, que empuñaba el arma. La bala le había impactado en el lado izquierdo de la garganta y con esa misma mano presionó la herida, intentando inútilmente contener el caudaloso río de sangre. Mientras tanto, sus ojos probaban a fijar la vista, agrandándose a medida que iban tornándose paulatinamente más opacos.

Felo se enfrentó a aquella mirada durante un instante. Inmediatamente después se percató de que la diestra del Rubio intentaba alzarse para apuntarle y, a la misma vez, el grandullón comenzaba a reponerse del golpe. Así pues, decidió que ya estaba bien: apuntó a la frente del Rubio y volvió a disparar.

El Rubio cayó hacia atrás. Su nuca golpeó la parte inferior de la puerta antes de que quedara tendido con los pies estirados.

Felo prosiguió con la tarea y apuntó al otro tipo. O, más bien, intentó hacerlo, porque, justo entonces, un fuego helado le atravesó, como un relámpago, las ingles. Lo inmovilizó un dolor lacerante proveniente de su muslo derecho, y, casi al mismo tiempo, notó un líquido espeso y caliente empapándole los pantalones. Pensó que se había meado, pero no. Lo que ocurría es que aquel hijo de puta había sido más rápido que él. Le había dado una cuchillada en la femoral. Lo supo cuando lo vio alzarse rápidamente, empuñando un cuchillo de combate.

Pocas certezas más llegaría a tener Felo. La primera, que el Palmera lo había aferrado por debajo de la axila del brazo con que portaba el arma, impidiéndole dispararle. La segunda, que la mano derecha del hombretón lanzaba otra puñalada, esta directa al centro del pecho, con tal fuerza que le perforaría el corazón. La tercera, que el Garepa estaba muerto, como lo estaría él mismo dentro de un momento, y que, para un trabajo como ese, jamás debió de contar con él.

# 7

Algo salvaje y frío, como un depredador hambriento, se había despertado en el fondo de Tito Marichal. Lo había hecho de pronto, sin que él mismo se lo propusiera. Era algo que estaba allí desde hacía años. Casi lo había olvidado, pero allí estaba. Quizá era eso lo que había adivinado en él el Rubio, lo que había hecho que contara precisamente con él para este asunto, aunque de poco provecho le había servido.

Ese depredador sabía que ambas cuchilladas eran mortales de necesidad. La primera, en pocos minutos. La segunda, de forma instantánea. Aun así, no soltó a Felo hasta que todo su cuerpo no se hubo aflojado, hasta que sus ojos no se tornaron vidriosos, e, incluso entonces, le quitó la pistola de la mano y la depositó sobre el suelo de la furgoneta antes de dejarlo caer a su suerte.

Todavía dedicó unos segundos a asegurarse de que el cadáver, caído en posición fetal sobre un charco de sangre, quedaba completamente inmóvil.

Luego centró su atención en el Rubio. No podía hacerse nada por él. Los sesos esparcidos por la puerta de la Trade se lo indicaron antes de que se agachara a comprobarlo. No quiso fijarse demasiado en su rostro, macilento y desencajado por la llegada de la muerte. Y no quiso lamentar su muerte. Ya lo lloraría más tarde. El hedor acre de la sangre lo invadió y tuvo una arcada, pero consiguió reprimirla. Tampoco era momento para el vómito. Lo que ahora tocaba era enfundar el cuchillo, tomar la pistola que el Rubio no había logrado disparar y amartillarla.

El Rubio no estaba; tenía que pensar por su cuenta. Las cosas se habían torcido. No sabía qué iba a ocurrir, pero si se torcían aún más le convendría tener a mano algo con lo que defenderse o, al menos, con lo que intimidar a quien cojones hubiera disparado lo que debía de ser una escopeta.

Haciendo puntería hacia la oscuridad, corrió hasta el coche, donde Cora, al volante, permanecía inmóvil. Temblaba, completamente lívida. Le preguntó si estaba bien.

—Acojonada, Tito. Cagada de miedo.

—¿Qué pasó?

—Vi a un tío que iba para allá. Tenía una escopeta. Estaba escondido allí atrás —explicó Cora señalando al coche abandonado.

Tito miró a su alrededor. Vio el bulto tirado en el suelo, iluminado por los faros del coche. Y, de pronto, pensó en la posibilidad de que aquellos dos no estuvieran solos.

—Espera aquí —le dijo a Cora.

Apuntando hacia delante, avanzó rápidamente, pero con cuidado, hasta la carrocería. Después, con igual cuidado, la rodeó. Por suerte, no vio a nadie más.

Se inclinó sobre el guiñapo en el que Cora había convertido al pelao de la escopeta. Le vio el rostro, lleno de ese tipo de maldad que solo un par de décadas de ignorancia pueden llegar a producir. También le vio el tatuaje recorriéndole el cuello, la camisa embarrada de tierra y sangre, el chándal hecho jirones entre los cuales atisbó la fractura abierta en la tibia. Con mezquindad, le escupió mentalmente: «Menos mal que estás muerto, porque esto te hubiera dolido de cojones».

Al alzar la vista, vio la figura de Cora. Se había acercado, pero permanecía parada a un par de metros. El asco o el miedo la impedían avanzar.

—¿Qué vamos a hacer?

Tito, o el depredador que se había despertado en Tito, tomó las riendas.

# Insomnios

## 1

Por supuesto que el Turco se cabreó. Primero, por la llamada intempestiva. Segundo, y sobre todo, por el contenido de la noticia.

—Me voy a cagar en todos los muertos de esta chusma.

Sanchís respetó el silencio impuesto por su jefe. No se despierta a un hombre a las tantas para decirle que ha perdido cuatrocientos veinte mil napos (y algo más) sin darle unos momentos para que se reponga antes de continuar hablando.

—Alguien va a tener que ir allá para poner orden.

El Gordo asintió y miró la pantalla de su ordenador. Antes de llamar al Turco lo había encendido y, mientras hablaba, buceaba en Internet buscando un billete de avión.

—En eso estoy, jefe. Podría salir para allá mañana por la tarde.

El Turco, pese a la confusión y el enojo, pareció sentirse más reconfortado. Solía decir que era una suerte contar con Pepe Sanchís, que el Gordo era el tipo más de fiar que había, que, si hacía falta, era capaz de enderezar la Torre de Pisa a patadas.

—Bueno, Pepe. Bien pensado, como siempre. Pero, primero, habrá que ver todo esto con detalle. Vente mañana a casa.

Por suerte, el Turco había regresado ya a la ciudad.

—A primera hora estaré ahí.

—Perfecto. Y llama a mi primo. Dile que le ate los huevos a San Cucufato y que se esté quietecito hasta que llegues tú.

—De acuerdo. Ahora mismo.

—Gracias, Pepe. Hasta mañana.

La comunicación se cortó. Mientras hablaban, Sanchís había localizado un vuelo que le convenía. Antes de llamar a Larry, compró un billete. Después, con resignación, se puso a buscar páginas de alquiler de coches en Gran Canaria. Nunca le gustó Larry. Demasiado ostentoso y descerebrado. Así se lo había dicho al Turco unos años antes, cuando este lo conoció por medio de terceros y surgió la oportunidad de trabajar con él. Ahora había tenido el buen gusto de no recordárselo, pero sabía que allá, en su casa, el jefe estaría, en ese mismo instante, rememorando aquella conversación, preguntándose por qué no le había hecho caso.

## 2

Aunque la zona parecía desierta, no sabían si alguien había escuchado el escándalo. Tampoco estaban seguros de que nadie fuera a pasar por allí. Así que actuaron deprisa.

Volvieron a meter el dinero en la bolsa y la llevaron al Ford Fiesta. Dejaron el Rolex, el otro reloj y el bolígrafo de oro tirados en la furgoneta. Tito siempre llevaba un trapo en el portabultos. Con ese trapo limpió las huellas del arma de Felo y volvió a ponérsela en la mano. Del maletero del Volkswagen sacó la navaja de pescador del Rubio, manchó la hoja con la sangre del flaco y la puso en la mano de su difunto amigo.

—Ahora queda algo desagradable. Tiene que parecer que fue el Rubio quien atropelló al pibe. Saca mi coche a la carretera y espérame allí.

Cora fue al auto, dio marcha atrás y se quedó allí, bajo la farola. Vio cómo Tito subía al Touran del Rubio, arrancaba y volvía a pasar sobre el cadáver del tipo de la camisilla. Después, lo vio manipular, tanto en la parte delantera como trasera. Debía de estar limpiando huellas. Se demoró cuatro o cinco minutos eternos.

Cuando llegó hasta ella, arrojó el trapo sobre el asiento trasero y le dijo:

—Tengo que conducir yo.

Cora no protestó. Sentía que él era quien manejaba todo y que así debía ser. Salió y fue al otro lado del auto. Antes de arrancar, Tito limpió todas las manchas de sangre que pudieran haber quedado sobre el capó y en el parachoques. No fue una limpieza a fondo, pero no quedó ninguna mancha notable. Observó que la chapa estaba abollada y que se había roto un intermitente.

Se puso al volante, le dio a Cora el estuche con el cedé y un teléfono móvil.

—Guarda esto en el bolso.

—¿Y este móvil?

—El del tal Felo —respondió Tito antes de arrancar. Mientras se dirigían a la salida del polígono, explicó—: Necesito saber algo más sobre el tío que hizo el encargo.

—¿Por qué?

—Porque supongo que él lo sabe todo sobre nosotros y no quiero estar en desventaja.

—¿Y ahora qué?

—Ahora nos vamos de aquí.

—¿A tu casa?

—Primero vámonos lejos de aquí. A la zona de Bañaderos o a Guanarteme.

—¿A qué?

—A tener un accidente. Quiero poder dar una explicación legal para el bollo del morro del coche. Espero que no nos pare primero la policía.


## 3

Tras comprobar por enésima vez que tenía cobertura, Júnior se sirvió otra cerveza, volvió al diván frente al ventanal, encendió el enésimo cigarrillo apoyándose nuevamente en la baranda. Arrecife continuaba allí, serena e iluminada en la madrugada. Solo algún auto pasando a toda mecha, solo la pareja que se daba el lote en la playa desierta evidenciaban que era viernes por la noche. Ya que tenía que salir de Gran Canaria por esa noche, ya que iba a hacerlo solo, Júnior había decidido darse el lujo de pasar la noche en el Gran Hotel. Desde la atalaya de ese décimo piso sobre el mar, con la televisión encendida e ignorada (ahora daban una vieja película bélica), Júnior continuaba esperando a que sonara el teléfono móvil. Pero el dichoso Felo no llamaba. Él llevaba toda la noche pendiente, pero el dichoso Felo no llamaba.

La última vez había sido sobre la una y media. Felo lo había telefoneado desde una cabina del barrio. Todo iba bien, como debía. El Rubio había enviado un mensaje de móvil y el palo había sido limpio. Por su parte, él y el Garepa habían conseguido las herramientas. El Garepa estaba convenientemente aleccionado, aunque, como había exigido Júnior, no sabía en realidad de dónde procedía la pasta. Felo le repitió que no debía preocuparse: por duro que fuera el Rubio ese, no se esperaría la que Felo le tenía preparada.

Pero Júnior se preocupaba, porque eran las tres de la madrugada y hacía al menos tres cuartos de hora que Felo debía de haber llamado. O el Rubio. O alguien. Y no llamaba nadie.

Si el palo había sido limpio, si había salido conforme a lo esperado, podían haber sucedido dos cosas: que el Rubio les hubiera metido negra (en cuyo caso, Felo tendría que haberlo llamado ya igualmente) o que el Rubio se hubiera dado cuenta de la movida. Si era lo último, entonces el hecho de que Felo no llamase solo podía deberse a una terrible, inimaginable circunstancia en la que Júnior prefería no pensar.

Aún quedaba otra posibilidad: la de que Felo, al verse con un pastizal en las manos, hubiese decidido independizarse por su cuenta. Júnior no sabía cuánto dinero había, pero estaba seguro de que ni Felo ni el Rubio ni aun él mismo habrían visto jamás tanto dinero junto. No obstante, Júnior confiaba en Felo. No solo por su tendencia casi natural a serle leal, sino a que Felo sabía que no le convenía nada traicionar esa confianza.

Se preguntó qué podía hacer y, casi automáticamente, se contestó que prácticamente nada. Si había ocurrido algo gordo de verdad, no le convenía llamar ni a Felo ni al Rubio, dejar registrada esa llamada en sus teléfonos. Si alguien lo había traicionado, le convenía no hablar con ellos hasta conocer con detalle el estado de las cosas. La única solución que le quedaba era aguardar allí hasta por la mañana, hasta tomar el vuelo de regreso y hacerse con ese resguardo de tarjeta de embarque que podría verse obligado a mostrar ante la policía o ante alguien más peligroso. Y, mientras tanto, permanecer allí, confiar en que donde estaba Felo no hubiera cobertura, esperar a esa llamada o ese mensaje en el que el flaco le dijera que la pasta estaba segura, que no había testigos, que todo había salido como tenía que salir.

## 4

La policía no los paró. Los viernes por la noche solían andar demasiado ocupados en otras cosas como para buscar intermitentes rotos. Condujeron hasta la zona del Auditorio Alfredo Kraus. Allí, en el área donde estaban estacionados los autos de la gente que tomaba copas en la plaza de la Música, buscaron un rincón poco transitado y Tito embistió a un Montero. Luego, por si alguien lo había visto, hizo la comedia del conductor contrariado y dejó, trabada en el limpiaparabrisas del cuatro por cuatro, una nota en la que incluyó su número de teléfono y el de su matrícula.

Desde lejos, nadie hubiera podido ver la camisa y los pantalones manchados de sangre, el enorme chichón que ya había comenzado a salirle donde Felo le había golpeado.

Mientras volvían hacia la zona del Puerto, Cora le preguntó qué era lo siguiente que debían hacer.

—Pues supongo que ir a casa, ducharnos, tirar toda esta ropa al contenedor y...

—No, no me refiero a eso —lo interrumpió ella, señalando a la bolsa de deportes—. Me refiero a qué hacemos con esto...

Tito continuó conduciendo unos metros sin responder. Luego, al llegar a un semáforo, la miró y le dijo:

—Cora: acabamos de cargarnos a dos tíos. Y al Rubio también se lo han pasado por la piedra. Demasiada acción para mí. Primero necesito una ducha. Luego, ya veremos.

El disco cambió a verde, el auto arrancó y ninguno de los dos volvió a hablar. Tito sentía que le faltaba el aire, que el poco que entraba en sus pulmones era como una vaharada de cristales molidos que se le clavaban en el centro del pecho. Cora había comenzado a llorar, en silencio, mirando hacia su derecha, procurando no hacer ruido para que el Palmera no lo notase. La odió profundamente, sin saber exactamente por qué, pero, al mismo tiempo, sintió lástima de ella y fingió no percatarse de su llanto.

# La estrategia del pequinés

## 1

Miralles vivía en un segundo piso de un antiguo edificio reformado en el carrer de Mallorca. Desde la Barceloneta al Eixample la mayor parte del camino era cuesta arriba, pero Sanchís prefirió andar. Eso era lo que le había recomendado el médico: «Siempre que pueda, elija andar o ir por las escaleras; sin excesos, pero sin demasiadas comodidades».

Había caminos más directos, pero era una luminosa mañana de sábado y Sanchís, recordando las palabras de su facultativo, eligió avanzar Ramblas arriba, pasando entre los turistas, los ociosos que paseaban ante los hombres estatua, la gente que aprovechaba el comienzo del fin de semana para ir al mercado, los descuideros que aguardaban a los más incautos de entre ellos para hacerse con una cámara de fotos, un reloj, una cartera. Cuando llegó destinado a la ciudad, veinte años atrás, no fue la arquitectura lo que le llamó la atención, ni el laberinto umbroso del barrio Gótico, sino el bullicio luminoso, sin horario ni descanso, la marea de gente de todas las clases sociales, culturas y países que bañaba a cada instante la ciudad, inundándola de colores y armonías innumerables.

El sudor y la disnea lo agobiaban cuando tocó en el portero automático. Sin que nadie le preguntase quién era, escuchó el zumbido de la puerta al abrirse y, haciendo un último esfuerzo, subió los cuatro largos tramos de escaleras hasta llegar a la segunda planta. El Turco lo esperaba en bermudas y camiseta. Lo hizo pasar al amplio salón de techo altísimo, amueblado con lujo y sencillez, por cuyo ventanal se colaba la luz disfrutada por el Gordo, el calor que lo había agobiado.

Sin consultarle, Miralles fue a la cocina y volvió con dos vasos de zumo. Acababa de prepararlo. Papaya, naranja y zanahoria. Cojonudo para el bronceado. Sanchís, ya derrengado en el sofá, se lo agradeció a medio fuelle, constatando que sí, que Miralles ya no estaba tan pálido y tenía un bronceado que conservar. El anfitrión se sentó frente a él, en uno de los sillones gemelos. Reme había ido de mercado con la niña. Estaban solos. Clavó sus ojillos claros en Sanchís y le preguntó qué debían hacer.

El Gordo sacó un clínex, se enjugó el sudor de la frente, tomó un sorbo del zumo y lo dejó sobre la mesita de centro antes de contestar:

—Primero ir allí y evaluar la situación sobre el terreno. Salgo para allá a mediodía. Ya he alquilado un coche y he avisado al Larry. Después te diré algo sobre si podremos trincarlos o no, y sobre si podrá recuperarse algo o no.

El Turco se rascó la cabeza y luego se acarició la parte superior del cráneo, dejó su mano allí, con los dedos jugueteando suavemente con sus rizos. Cuando se cansó, se hizo hacia delante en el asiento y dijo:

—No quiero que vayas solo. Llévate al Genaro. O a Sebas. O a los dos.

Sanchís negó con la cabeza.

—No, Turco. Por esta vez, déjame hacer las cosas a mi manera. Cuanta menos gente se entere de esto, mejor. Además, no estaré solo. Allí está Beltrán. Siempre nos ha hecho un buen servicio. Puedo contar con él para que me consiga información y, en un momento dado, para que me cubra las espaldas. Y confío más en él que en ninguno de estos.

El Turco recapacitó un momento.

—También está Larry.

El Gordo, al escuchar esto, estalló:

—Yo con Larry no cuento ni para que me limpie el culo. Es un puto inepto de los cojones y me voy a cagar en él y en toda su familia, empezando por el perro. —Hizo una pausa y tomó otro trago de zumo, procurando tranquilizarse, antes de continuar hablando. El Turco, durante esa pausa, permaneció en silencio. El cabreo de Sanchís estaba perfectamente justificado—. De hecho, cuando aclaremos todo esto, vamos a tener que volver a organizar las cosas en Gran Canaria: camellos que se olvidan de ir a buscar la mercancía, socios que se dejan quitar la pasta... Eso es un jodido desastre, Turco.

El Turco apuró su vaso de zumo. Lo dejó, vacío, sobre la mesa y consultó con Sanchís:

—¿A ti qué te parece que deberíamos hacer?

El Gordo reflexionó solo unos segundos, atusándose el bigote, procurando serenarse para que lo que iba a decir sonara a decisión reflexiva.

—Para mí que solo hay dos opciones: cambiar el personal o desmantelar. Si hacemos una cosa u otra, eso ya lo decides tú. Pero seguir con la misma gente no es seguro.

—¿Cuánto perdemos si desmantelamos?

—Bastante, pero no tanto como lo que podríamos perder. Con lo imprudentes que son, cualquier día hasta se dejan poner una escucha y salimos todos en directo en Radio Madero. O peor: imagínate que aquí se enteran de que nos hemos dejado quitar cuatrocientos y pico mil sin pegar un solo tiro... En dos días, se nos iban a echar encima los rumanos, los colombianos, los ucranianos y todos los demás que terminen en ano y se dediquen al volcado. Eso, sin contar con los del país, que sabes que nos tienen el ojo echado desde hace rato...

Sanchís prefirió no continuar hablando. Sabía mejor que nadie la presión a la que estaba sometido el Turco en ese momento. Este se levantó, avanzó hasta el ventanal y miró a la calle. Sin volverse, dijo:

—Para empezar, que el Larry hable con todos los testaferros. Hay que liquidar las cuentas. De los envíos, por ahora, que se olviden. Luego ya veremos, pero, por el momento, que vuelva todo el dinero, porque necesitamos líquido para tapar este agujero. Y tú, por favor, ve allí y haz lo que tengas que hacer para enterarte de quiénes son los hijos de puta que han hecho esto. Y, cuando te enteres, ya sabes: café para todos. Si para eso necesitas que te mande gente o pasta, o las dos cosas, no hay problema.

## 2

Nada más despertarse, Tito Marichal constató dos cosas: que Cora no estaba a su lado y que le dolía hasta la partida de nacimiento. Lo primero quedó explicado con el carraspeo proveniente del recibidor. Lo segundo, con el recuerdo de lo que había sucedido por la noche. Se sentó al borde de la cama y se miró al espejo del armario. Le faltaba perspectiva, porque el golpe había sido en la parte posterior del parietal derecho, pero logró adivinar el chichón del tamaño de una pera. Recordó que, al llegar a casa, se habían duchado y él había metido en una bolsa de basura toda su ropa y había ido a tirarla al contenedor.

Al volver, Cora estaba deshaciéndose del tinte. Su pelo volvía a ser castaño. Observándola inclinada sobre la bañera, pudo contemplar su cuello y pensó que eso había sido lo único agradable de esa noche.

Habían intentado dormir durante horas, en medio de sábanas húmedas por el sudor, tibias por el agobio. Se habían escuchado mutuamente revolverse en la cama, dar resoplidos, despertar del duermevela en medio de pesadillas. El Palmera suponía, pero no sabía, en qué consistían las de Cora. Las suyas estaban pobladas por un teléfono móvil, por un Rolex, por el cadáver del Rubio y el rostro de Felo en el instante en que él le apuñalaba el corazón, por la imagen de Estela, sentada en la cama, mirando el reloj.

Al filo del amanecer, habían logrado conciliar un sueño breve, profundo, plagado de fantasmas y monstruos abisales. Ahora eran las diez y una especie de bruma cubría el recuerdo de todo lo ocurrido, como si formara parte de los malos sueños que los habían perturbado casi hasta el alba. Pero el chichón estaba ahí, como estaba ahí el dolor de todo su cuerpo. Y, al entrar en el salón, comprobó que Cora y el dinero también estaban ahí.

Ella estaba en bragas y camiseta. Con un cuaderno, un bolígrafo y una calculadora en el regazo. Sobre la mesa, un móvil, un cedé, una taza de café ya tibio y 420.000 euros en fajos de billetes de diverso valor.

Se saludaron con un beso. Cora le dijo que el café que había en la cafetera aún estaría caliente. Él se sirvió uno y vino a sentarse junto a ella.

—La cuenta estaba bien, Tito. La he repasado mil veces y sigue estando bien.

—Y aunque estuviera mal, daría lo mismo. Sigue siendo un pastón. Ese no es el problema.

Ella se volvió hacia él.

—¿Y cuál es el problema?

—Que es tanta pasta que nos van a perseguir hasta el infierno.

—¿Quién?

—De entrada, el que preparó el palo, el amigo del Rubio. Porque tengo claro que el Rubio le habrá dicho quiénes somos.

—Sí, pero eso es una cosa, y otra que nos conozca o sepa dónde estamos. Además, aunque lo supiera, podemos movernos rápido y salir por patas.

—Tú haz lo que quieras, pero yo no pienso salir por patas —Tito hablaba con serenidad, con la tranquilidad de quien ha pasado toda la noche meditando en lo que está diciendo.

—¿No?

—No. Si me metí en toda esta mierda fue, precisamente, para vivir tranquilo, no para pasarme la vida huyendo. Y, en cuanto a ti, te pregunto: cuando salgas por patas, ¿cómo piensas llevarte la mitad de toda esta pasta? Date cuenta: vivimos en una puta isla. —Había en su rostro una mueca de sarcasmo. Cora no sabía si se debía a que opinaba que ella era una ingenua o a la aceptación indolente de la separación, pero allí estaban aquella media sonrisa, aquel ceño fruncido, aquellas manos que adoptaban actitudes abiertas—. Para empezar, en un banco no puedes ingresarla de golpe. Tampoco te la puedes llevar en un avión. Sí, podrías invertir algo en joyas, oro, sobre todo, que pudieras llevarte puestas; pero ¿qué ibas a hacer con lo demás? No: para digerir esto sin que se note necesitas algo de tiempo en la isla, tranquila y sin llamar la atención. Y para disponer de ese tiempo, necesitas tener la seguridad de que no van a por ti.

Cora lo había estado escuchando atentamente. No le quedaba más remedio que aceptar que estaba en lo cierto. Aun así, dijo:

—De todos modos, no creo que el tipo dé con nosotros. Y no sabemos ni quién es.

—Sí que lo sabemos. Bueno, yo no lo sé, pero sé cómo lo llaman. Se llama, o le dicen, Júnior. El tal Felo lo mencionó antes de que se armara el pitote.

Toda la sangre huyó del rostro de Cora y su piel adquirió, de pronto, un tinte grisáceo.

—¿Júnior? —repitió, poniéndose en pie.

—Sí, Júnior. Así lo llamó.

Cora comenzó a andar de un lado a otro de la estancia, inquieta como si hubiera visto una rata.

—Joder, joder, joder, joder —repetía esta letanía una y otra vez, en voz baja, mientras agitaba compulsivamente la mano derecha, como si se hubiese quemado.

Tito la dejó desfogarse unos momentos. Después se levantó, la tomó por los hombros y, bruscamente, la hizo sentarse. Ella quedó allí, inmóvil, en el sillón, mirándolo con ojos enormes. El Palmera permaneció en pie.

—Tranquilízate, mujer, que estás más tensa que un gato en un *jacuzzi*. A lo mejor es otro al que le dicen igual.

Ella lo miró con una expresión cercana al desprecio.

—No, Tito. Júnior que pueda hacer algo así, en esta ciudad solo hay uno.

También lo llamaban Míster Proper y Cocoliso, pero todo el mundo le decía Júnior. Eso sí: Júnior no se llamaba Júnior. Se llamaba Fulgencio y era hijo del dueño de una tienda de ropa de las de Pedro Infinito. Confecciones Mendoza. Se conocían de siempre (Júnior se había criado en Schamann y Cora en las Rehoyas, el barrio de al lado). Y la madre de Cora compraba en la tienda del padre de Júnior, que era un pan de Dios y no se merecía la mala bestia que le había tocado por hijo. En la adolescencia, Júnior había sido siempre el líder de la manada del barrio. Camello, atracador, chulo a sus horas. Luego se había casado, había tenido una hija. Había heredado el negocio y adquirido cierto aire de respetabilidad, pero a nadie se le escapaba que continuaba siendo el mismo hijo de puta de siempre, aunque con los métodos refinados. Porque el que nace cabrón, nace cabrón, y Júnior, de joven, había cumplido un par de años por drogas, pero si se lo hubieran podido probar se habría comido algún homicidio. Sí: claro que había matado a alguno. De eso Cora no tenía duda. Y, sin llegar a matarla, también era capaz de hacerle cosas terribles a la gente. Cora había sido testigo de ello al menos en dos ocasiones. La primera vez, cuando eran muy jóvenes, a uno del barrio que intentó meterle una negra le había reventado un pie con un martillo de obra. Al pobre tipo lo agarraron Júnior y sus colegas, le quitaron un zapato y el mismísimo Júnior le descargó un golpe tremendo con el marrón. La segunda, años más tarde, en la época en que Cora ya andaba en el oficio, en casa de Isadora. Una de las chicas de la casa de al lado, que recaudaba para él, intentó también hacerle la cuenta de la pata y Júnior la había reventado a patadas, antes de rociarle la cara con una botella de lejía.

—Le dejó un ojo ciego, Tito. Así, sin cortarse un pelo. Y creo que fue por veinte mil pesetas. ¿Te imaginas lo que puede llegar a hacer por esto? —concluyó Cora señalando a la mesa sobre la cual estaba el dinero.

Tito Marichal no contestó. Fue a por su ordenador portátil, lo inició e introdujo el cedé que se habían llevado de la caja fuerte de Larry. Cora registró sus movimientos con la mirada. Cuando ya se abría la única carpeta de archivos que contenía el disco, preguntó:

—¿Es que no me oíste? ¿Te lo imaginas?

El Palmera se volvió hacia ella.

—Sí, me lo imagino.

185

ALEXIS RAVELO

—¿Y qué te parece que podemos hacer si no es pirarnos de la isla?

—Todavía no lo sé. Espera un poco.

Cora cogió la bolsa de deporte, que había dejado en el suelo, y comenzó a meter de nuevo en ella los fajos de billetes.

—En cualquier caso —observó Tito—, todavía no podemos mover la pasta. Para empezar, no sabemos si hay que repartir entre cuatro o entre tres. Puede que tengamos que negociar con el tal Júnior. Aunque, antes de negociar —añadió señalando a la pantalla del ordenador—, hay que saber con qué contamos para negociar.

Cora se paró en seco:

—¿Tres o cuatro? En todo caso, tres: Júnior y nosotros.

—No. La parte del Rubio se sigue respetando.

—El Rubio ya no está.

—Pero Estela sí. Él hizo esto para poder pagarle un tratamiento. Así que, pase lo que pase, ese tratamiento lo va a tener.

Cora no se atrevió a replicarle. Terminó de guardar el dinero, llevó la bolsa al dormitorio y volvió a la cocina a preparar más café. Al regresar con las dos tazas, se encontró a Tito con el ceño fruncido ante una hoja de cálculos que se enroscaba sobre sí misma en la pantalla.

—¿Qué?

Tito miró alternativamente a Cora y a la pantalla.

—Que no tengo ni puta idea de lo que es todo esto.

—Pues entonces...

—Pues entonces habrá que ir a hablar con alguien

que sí pueda tenerla —dijo el Palmera, extrayendo el disco—. Pero, antes, vamos a ver si es tan fiero el león como lo pintan.

## 3

Júnior bajó del avión poco antes de las diez de la mañana. Enseguida fue dejando atrás al resto de los viajeros: a aquellos que habían facturado equipaje, a los que se encontraban con personas que habían ido a recibirlos, a los que se dirigían a las paradas de Global o de taxi. Su único equipaje era una pequeña mochila de tela en la que había un neceser de aseo, una muda limpia y una revista; nadie había ido a recibirlo ni estaba previsto que lo hiciera; no necesitaba coger un Global o un taxi, porque había dejado su coche, la tarde anterior, en el parking del aeropuerto. Pagó en la máquina y fue adonde estaba estacionado el Lexus, dejó la mochila en el maletero y arrancó. Cuando salió del aparcamiento, tomó la rotonda que lo incorporaría a la Gran Canaria 1, en dirección a Las Palmas de Gran Canaria, pero, justo antes de esa salida, tuvo una corazonada y continuó tomando la curva hasta ingresar en la autopista en sentido contrario. No tardó en ver el cartel que señalizaba el desvío hacia el polígono industrial de Arinaga y lo tomó, ahora decidido a quitarse de encima la duda. Tomó la carretera que llevaba al punto de encuentro, pero, aunque aminoró la marcha para observarlo todo con atención, no llegó a detenerse. Allí estaban las cintas amarillas acordonando la zona, el furgón del forense, los coches zeta y tres turismos oficiales, que debían de corresponder a la Científica, la Brigada y el juez, respectivamente. Algo más allá, la furgoneta de Televisión Canaria, los autos en los que se habrían desplazado hasta allí los fotógrafos y los reporteros a quienes los agentes de uniforme no les permitían acercarse más. Y, en medio de todo aquel jaleo, lo que parecía motivarlo: una furgoneta blanca y un monovolumen. Júnior conocía bien los dos vehículos, sabía por qué habían llegado hasta aquel lugar y a quiénes pertenecían. Lo que no sabía era por qué aún estaban allí, ni qué era lo que había ocurrido con sus propietarios.

Maldijo entre dientes y dio la vuelta en cuanto pudo para volver a la ciudad. Allí intentaría averiguar qué había pasado.

Por el camino, comenzó, inevitablemente, a especular. No le hubiera extrañado ver todo aquel jaleo en torno al Touran. De hecho, eso era lo previsto, aunque, al parecer, las cosas no habían salido así. Tampoco le hubiera extrañado que estuviera allí solo la furgoneta. Eso querría decir que el plan no había resultado, que todo se había ido al garete. Lo que lo mantenía desorientado, lo que lo estaba comenzando a sacar realmente de quicio, era que estuvieran allí la Trade y el Volkswagen, porque eso, en lugar de disminuir, aumentaba las posibilidades. Podía querer decir que la gente del Rubio los había traicionado a todos. O que alguien de su propia gente (y él apostaba por el Garepa, que siempre había sido un descerebrado) hubiese hecho lo propio. Además, entraba en lo posible que, al empezar los fuegos artificiales, hubiese habido desbandada general en otro u otros vehículos. Y, por último, tampoco podía descartarse que se hubieran matado todos entre ellos. Si este era el caso, habría que decir adiós al dinero, todo se habría ido a la mierda. En cualquiera de los otros supuestos, alguien se lo había llevado todo.

Ya había entrado en la ciudad cuando notó que la cabeza estaba casi a punto de estallarle. Y, justo en ese instante, sonó su teléfono móvil. Dio un suspiro de alivio al ver el nombre de Felo iluminando la pantalla. Puso el manos libres y dijo:

—Felo, coño, en Arinaga hay montado un trifostio de mil pares de cojones. ¿Qué coño pasó? ¿Estás bien?

Estuvo a punto de estrellarse cuando escuchó la voz profunda al otro lado, diciendo:

—No. Felo no está bien. Con una puñalada en el pecho nadie está bien.

Instintivamente, buscó una salida de la autopista y se adentró en el barrio de San José.

—Espera un momento mientras aparco —dijo.

—Está bien. La llamada la paga Felo —respondió el hombre del otro lado de la línea.

Ambos habían adoptado un tono seco y tranquilo, de hombres que hacen negocios. De estar frente a frente, hubieran puesto cara de póquer. Pero no estaban frente a frente. Uno de ellos estaba sentado en el sofá de su apartamento estudio, mirando cómo Cora, aterrada y expectante, se sentaba boquiabierta junto a él. El otro buscaba un hueco para parar. Acabó encontrándolo en un aparcamiento existente entre un alto edificio de viviendas y la Comandancia de la Guardia Civil. Cuando por fin estacionó, apagó el manos libres y se puso el teléfono en la oreja.

—Vale, te escucho. ¿Quién eres?

—¿Me escuchas o me preguntas? —dijo el otro. Júnior guardó silencio—. De acuerdo. Ya veo que no andas muy fino. Te voy a dar pistas: si no soy Felo, ni soy el Rubio, ni soy ninguno de los tuyos, ¿entonces soy...?

—Tito el Palmera.

—Bingo, Júnior. Tito, sí. No nos conocemos, pero puede que ahora tengamos oportunidad.

—¿Qué fue lo que pasó? ¿Dónde está el Rubio?

—El Rubio está donde tú querías que estuviera, igual que todos los demás.

—O sea, que decidiste montártelo por tu cuenta.

—Oh, no. Ese no es mi estilo, amigo. La verdad es que todo iba bien hasta que tu gente la cagó. Nos preparaste una buena jugada, pero, fíjate tú, al final, no te salió tan bien.

Júnior reflexionó un instante. Decidió adoptar una postura más agresiva, echarle un pulso al Palmera para ver hasta dónde aguantaba.

—Bueno, ¿y qué quieres? Ya tienes la pasta. Si te parece, hago como que me tropiezo y te hago una mamada...

—No. Me gusta que me la chupen por la tarde —respondió el otro sin perder la serenidad—. Lo que quiero es asegurarme de que no me sale una sombra aparte de la que me hace el sol.

—O sea, que quieres negociar.

—Ese es el asunto.

Júnior sintió que se relajaba, que las uñas de sus

pies dejaban de clavársele en las suelas de los zapatos, que su mano izquierda aflojaba la tenaza que había hecho en el volante. Al final, todo saldría bien.

—De acuerdo, negociemos —propuso—. Nos vemos, nos repartimos *fifty-fifty* y a viaje...

—No tan rápido. Ya no te tocan los dos diez.

—Ahora solo somos dos a repartir.

—Error. Seguimos siendo cuatro: la piba, tú, yo y la viuda del Rubio, que algo tendrá que llevarse, digo yo.

—¿Ella también está en esto?

—No. La pobre mujer no sabe nada. Pero hoy se ha despertado sin marido.

—¿Y quién me dice a mí que tú le vas a dar su parte? ¿Y a Cora?

—Te lo digo yo, que bien podría no decirte nada y dejarte en Babia.

—Oye, Palmera, no pierdas la compostura, que hasta ahora íbamos bien. Tú no sabes con quién estás hablando...

—Otro error. Y al tercer error, voy a tu puta tienda y te pateo el culo —le cortó Tito sin alterar para nada el volumen de su voz—. Yo sí sé con quién estoy hablando: Fulgencio Mendoza, el de Schamann. Un chorizo, un camello y un chuloputas que manda a los otros a hacer lo que no tiene huevos de hacer él. El que no tiene ni puta idea de con quién está hablando eres tú.

—A ver si todavía voy adonde estás y te vas a quedar sin nada.

—Vale. Ven donde estoy.

Después de soltarle esto, Tito aguardó unos instantes, para que Júnior digiriera su propia estupidez. Como se quedó callado, él mismo aclaró:

—No puedes. Sencillamente, porque no sabes dónde estoy.

—De acuerdo —bufó Júnior—. De acuerdo. Cuatro partes. Pero, de todos modos, eso no era lo acordado. Es mi palo: es la mitad para mí y la otra mitad a repartir entre ustedes.

—Ahora ya no. Ahora son ciento cinco mil para ti y te la mamas.

—¿Cuándo cambió el trato?

—Cuando tu amiguito se cargó al tío con el que lo habías hecho. ¿Te vale? Y da gracias, porque podría no tocarte nada.

Júnior cayó en la cuenta de que estaban hablando demasiado.

—Oye, esto es un teléfono móvil. Nos puede oír cualquiera que tenga una radio de cuarenta canales, y estoy al ladito de la Guardia Civil.

—Vale.

—¿Dónde y cuándo quedamos?

—Ya te diré algo —anunció Tito antes de colgar.

Júnior fue a preguntar cuándo, pero se quedó con la palabra en la boca. Volvió a llamar al móvil de Felo, pero el otro lo había apagado.

Se puso de nuevo en camino, dando puñetazos al volante, diciendo entre dientes que el Palmera se iba a acordar del día en que lo parieron.

# 4

—Pero ¿quién coño te crees que eres? ¿Clint Eastwood?

Cora hizo esta pregunta en cuanto Tito cortó la comunicación y mientras este apagaba el teléfono. La hizo con los ojos abiertos de par en par, igual que lo habían estado mientras seguía, atenta y aterrada, el desarrollo de la comunicación.

Tito encendió un cigarrillo, tomó de un sorbo el café que quedaba en su taza y le sonrió antes de decirle:

—Yo me crié en San Juan. En la ladera alta. Por allí había un perrillo chico abandonado. Un pequinés que dormía debajo de los coches y estaba siempre lleno de mugre. Alguna vieja del barrio le ponía de comer.

—¿Y eso a qué viene? —le escupió Cora.

Tito alzó las palmas de las manos, pidiéndole tranquilidad.

—Espera. Espérate un momento y escúchame. Por el barrio había perros grandes. Estaba de moda que la gente tuviera dóberman, presas canarios, pastores alemanes y todo eso. ¿Tú sabes lo que hacía el jodido pequinés? En cuanto veía que había algún perrazo cerca, en vez de salir corriendo, se le enfrentaba, ladrando. Y si el grande se despistaba, se le colgaba de los huevos o del cuello. Así fue como sobrevivió un montón de años.

—Pero ¿qué me intentas decir?

—Te intento decir que Júnior será un buen perro de presa, pero que, en un caso como este, es mejor adoptar la estrategia del pequinés: dar el primer paso, plantar cara y, si puede ser, meterle una buena chascada en los cojones. —Tito dulcificó algo el tono para añadir—: Fíjate, reina: ahora Júnior ya no lleva la delantera. Por el momento, no tenemos que salir corriendo porque no va a buscarnos. No le queda otra que esperar a que vuelva a llamarlo. Y, entretanto, nosotros tampoco nos vamos a quedar quietos.

Cora comprendió. Quizá Tito tuviera razón, pero Júnior continuaba produciéndole verdadero pánico. Ni el abrazo que el Palmera le dio, ni su beso suave en el pelo, ni sus caricias en su costado lograron que el miedo se fuera.

Luego, mientras él se duchaba, mientras lo escuchaba canturrear aquello de «Desde chico ya tenía en el mirar esa loca fantasía de soñar; fue mi sueño de purrete ser igual que un barrilete que, elevándose entre nubes, con un viento de esperanza, sube y sube», sopesó muy seriamente la idea de coger su parte del dinero y salir huyendo. Incluso fue al dormitorio y comenzó a hacer la maleta, «mas la vida no es juguete y el lirismo en un billete sin valor». Pero, en algún momento, Tito cantó «Yo quise ser un barrilete, buscando altura en mi ideal, tratando de explicarme que la vida es algo más que un simple plato de comida», y Cora hubo de sentarse al borde de la cama, con la maleta abierta y una falda en las manos. Se miró al espejo. Vio a una mujer sola, en un cuarto revuelto, junto a una maleta abierta, sentada en una cama deshecha. Oía de fondo a Tito concluyendo el estribillo, «No sé si me faltó la fe, la voluntad o acaso fue que me faltó piolín». Se preguntó, como antes Tito le había preguntado, adónde podría ir, cómo haría para que Júnior no la persiguiera, para llevar el dinero consigo, para no volver a tener ningún problema más. También se preguntó si no sería un error alejarse de Tito. No solo por aquella seguridad inesperada, sino porque hacía años que nadie la había acariciado sin otra intención que la de reconfortarla. Y nunca, jamás, había conocido a un hombre como aquel, que fuera capaz de mantener la serenidad en una situación como esa, que tuviera lo que hay que tener para tutear al mismísimo Satanás inmediatamente antes de darle un abrazo y marcharse a canturrear tangos bajo la ducha.

Permaneció así hasta que él entró en el dormitorio, terminando de secarse, para buscar unos calzoncillos en la cajonera. Al verla allí, junto a la maleta, se quedó parado, observándola. Su rostro no expresó enojo ni sorpresa; solo una sobria tristeza que intentó disimular al preguntarle si iba a marcharse.

Cora negó con la cabeza. Respondió a media voz, igualmente triste, igualmente sobria:

—No. Iba a hacerlo, pero, aunque te parezca increíble, no sé adónde ir sin ti. Pero vamos a salir perdiendo, Tito. Lo sé.

—¿Por qué?

—Porque en este mundo solo hay dos tipos de personas: los ganadores y los perdedores. Y tú y yo no somos ganadores: la gente como tú y como yo pierde siempre.

Una sonrisa afloró a los labios de Tito. Se agachó junto a ella, soltó la toalla, la tomó de las manos y le buscó la mirada:

—Escúchame: te prometo que esta vez no. Te prometo que esta vez no vamos a perder.

—Mucho tendría que cambiar la suerte, Tito.

—No es cuestión de suerte, sino de mantener la cabeza fría. —Tito hizo una pausa, para besarla en los labios—. Reina, yo no quería que esto saliera así. Yo quería solo mi parte, montar mi negocio, no volver a saber nada de todo esto. Pero las cosas han venido dadas de otra manera. Así que, ya que estamos montados en el burro: arre, burro. Tú déjame que haga lo que tenga que hacer y ya verás. ¿De acuerdo?

—De acuerdo —musitó Cora.

—¿Confías en mí?

Cora asintió. Iba a añadir algo, pero, de pronto, comenzó a sonar el teléfono móvil de Tito y ella volvió a palidecer. Tito fue al salón, a buscar el teléfono. Ella lo siguió. Llamaban desde un número que no conocía y se lo mostró a Cora. Tras consultarse con la mirada, Tito aceptó la llamada y preguntó quién era. Era un tal Jaime, el propietario de un Mitsubishi Montero que tenía un golpe en el parachoques. Quería tramitar un parte amistoso. Cuando comprendió, Cora dio un suspiro de alivio y volvió al dormitorio para deshacer la maleta, mientras Tito se disculpaba con el individuo y le pedía que esperase un momento, que iba a buscar lápiz y papel para anotar sus datos y llamar a la aseguradora.

# Cazadores

## 1

Cuando Júnior entra en casa, sus nervios han comenzado a templarse. Por el camino ha llegado a la conclusión de que no le queda otro remedio que esperar hasta que el Palmera vuelva a llamarlo. Por eso renuncia a sus primeros impulsos y se da una ducha, hace café, se sienta ante su ordenador y consulta la prensa *online*. Ya han comenzado a aparecer las primeras noticias, con fotos de la zona y primeros planos de charcos de sangre, de automóviles y de mantas que cubren cadáveres. Las informaciones no están muy completas, pero ya se cuenta que fue un camionero quien hizo el macabro hallazgo, se apunta la posibilidad de un ajuste de cuentas, pese a que la investigación está en curso y el juez de instrucción ha decretado el secreto de sumario.

Lo que Júnior se pregunta es cómo pudo salir mal. Él y Felo habían planeado minuciosamente todo el asunto. Felo disponía de una pistola de tiro olímpico, que le habían vendido hacía años en el polígono, y el Garepa llevaría una escopeta. El Rubio había anunciado que usaría armas de juguete en el palo, que no iría arma-

197

do al encuentro. Así que no imagina hasta qué punto pudieron descuidarse los suyos para permitir que se cambiaran las tornas. O, acaso, el Rubio y el Palmera no eran tan ingenuos como parecía. De hecho, ahora mismo, le conviene reflexionar, preguntarse con cuidado quién es realmente el Palmera. Quizá no se trate simplemente de un pringao que necesitaba pasta. Quizá tenga más agallas de lo que parece y, sobre todo, más capacidad para hacer daño de lo que él hubiera pensado. Porque sí, si se le hubiera preguntado acerca de quién era más peligroso, él hubiera respondido, sin pensarlo un instante, que el Rubio. Puede que incluso el Rubio hubiera pensado lo mismo. Sin embargo, ahora el Rubio es una cosa con la pata estirada debajo de una manta térmica y el Palmera anda por ahí, vivito y coleando, haciéndole llamaditas y poniéndosele más chulo que un ocho. Júnior acaba el café, apaga el ordenador, se lava los dientes y sale de casa. Baja los dos tramos de escaleras y entra por la puerta de servicio al local de Confecciones Mendoza e Hijo. En su despacho, abre la caja fuerte que hay en el suelo, tras su escritorio.

Saca el dinero que queda allí. También la bolsa con las papelinas restantes. No hay suficiente polvo para aguantar hasta el mes que viene. Tampoco hay demasiada pasta. Podría recaudar algo más en los barrios. El problema es que Júnior lleva años sin patearse los barrios. Desde que se organizaron, desde que él decidió montárselo a lo grande, dejar de ser un simple camello, era Felo quien controlaba a los que trapicheaban para ellos. Muchos de los que se dedican al menudeo para él no le han visto ni siquiera la cara.

De la gente de confianza, únicamente le queda Coco. Y no podrá confiar en Coco como confiaba en Felo. Demasiado alocado, demasiado indiscreto, demasiado simplón. No hay más que mirarlo de frente para comprobar que ahí, detrás de esos ojos acuosos, no hay nadie pilotando. Así que a Júnior, cuando pase este temporal que él mismo ha desatado, le va a tocar patear nuevamente la calle.

Vuelve a meter el dinero y el perico en la caja fuerte. Piensa en cómo se le ha ido todo de las manos, cómo ha metido la pata por querer quedarse con todo. Al final eran cuatro veinte. Le hubieran tocado dos diez. Doscientos diez mil euros. Hubiera tenido de sobra para sanear. Hubiera sido perfecto. Ahora, en cambio, si llegara a un acuerdo con el Palmera, podrá tener acaso la mitad de eso. Tampoco es cifra despreciable. Pero se resiste a esa idea; más que nada, por principios. El Palmera se ha cargado a Felo y al Garepa. Probablemente, también al Rubio, diga lo que diga. Y, si quiere negociar con él, es porque se lo ha pensado dos veces y se ha acojonado. Aunque, si estuviera realmente acojonado, serían dos diez lo que le ofreciera. Eso es lo que más desorienta a Júnior. El hecho de no saber qué carajo hay en la cabeza de ese tío.

Definitivamente, se podría contentar con lo que le ofrece el Palmera. Pero no puede dejarse coger la camella de esa forma. Es una cuestión de principios. El Palmera tiene que pagar por esta putada. Simplemente porque sí, porque es peligroso dejar suelto a un tipo que es capaz de chorizarte toda esa pasta en tus propias narices.

Se pregunta cómo podría dar con el Palmera. Y, consecuentemente, se pregunta qué sabe de él. Sabe de él que es (o era) amigo del Rubio. Que trabajó con él en el Hespérides. Que necesita pasta para no sé qué negocio. Aparte de eso, sabe que debe de andar por ahí con la Cora. Y, entonces, es cuando se llama a sí mismo estúpido. Porque de Cora sí que sabe un montón de cosas. Para empezar, sabe dónde vive. O dónde vive su madre. Y es allí cerca, a solo unas cuantas calles, en el barrio de al lado. Y sabe también dónde estaba parando cuando la contactó el Rubio. Por último, sabe con quién paraba. Se pregunta si empezar haciéndole una visita a la madre o haciéndole una visita a la Iovana.

## 2

Pepe Sanchís fue a El Prat en taxi, vestido con un traje azul marino de buen corte, una camisa celeste y una corbata de seda en color Burdeos. Si debía viajar por trabajo, siempre prefería adoptar esa apariencia de ejecutivo que le recordaba sus tiempos en el Cuerpo.

Había llegado con tiempo de sobra para facturar la maleta, su único equipaje a excepción del maletín del ordenador portátil. Mientras esperaba en la cola de facturación, aprovechó para darle un telefonazo a Beltrán.

—Pepe, jodío, ¿dónde te metes? —preguntó este, jovial. De fondo se escuchaban conversaciones, griterío de niños, rumor de olas.

—Pues mira, ahora mismo en el aeropuerto, a punto de tomar un vuelo para allá.

—No jodas... ¿Vienes para Las Palmas? Pues habrá que verse, ¿no?

—Sí. Por eso te llamo. Voy por trabajo y puede que necesite que me orientes un poco.

El otro se tomó unos segundos para comprender. Luego dijo:

—Vale, perfecto. Yo estoy terminando las vacaciones. Me incorporo el martes, así que, si quieres, nos vemos mañana.

—¿No podría ser esta noche, Paco?

Escuchó a Beltrán chasquear la lengua.

—Hoy está jodida la cosa. Estoy en San Agustín, en el apartamento, con la familia. Oye, ¿por qué no te vienes esta noche? Te podemos hacer un hueco.

—No va a poder ser. Esta tarde tengo que verme con alguien y no sé a qué hora voy a terminar.

—Pues entonces, tendremos que vernos mañana. Por la mañana me vuelvo a la ciudad. Encarna se queda aquí con los chiquillos el resto de la semana. Pero tú y yo podemos quedar para comer.

—Perfecto. Mañana, entonces. Da un beso a Encarna y a los niños.

—De tu parte.

Cuando colgó, se dio cuenta de que no había comprado ningún detalle para la familia de Beltrán. Después de facturar y de hacer el pertinente *striptease* parcial en el arco de seguridad, se encaminó a la zona de los *dutyfree*. El mayor de los chicos tenía quince años; el otro, diez. Bastaría con algún juego de mesa para el crío, un libro de fantasía épica para el grande y un perfume para Encarna.

Sanchís solía ir a Gran Canaria cada seis meses,

aproximadamente, para controlar los negocios del Turco (ambos eran de la opinión de que el ojo del amo engorda el caballo), y siempre se citaba, al menos una vez, con Beltrán para comer, tomar copas, recordar los viejos tiempos. Beltrán y él habían trabajado juntos casi quince años en Barcelona, hasta que la Unidad de Asuntos Internos les abrió ficha y Sanchís tuvo que salir del Cuerpo. Jamás pudieron probarle lo suficiente para procesarlo con éxito, pero había suficientes indicios como para que le resultase imposible seguir adelante sin que los de la UAI le echaran constantemente el aliento en el cogote. En cuanto a Beltrán, no estaba tan pringado y, muy prudentemente, se alejó de todo, aunque no se libró de que lo destinaran a Subsuelo, donde estuvo oliendo y pisando mierda hasta que a mediados de los noventa los Mossos comenzaron a asumir competencias. Entonces, Beltrán aprovechó y solicitó destino en Gran Canaria, de donde era Encarna. A partir de ese momento, reanudaron su amistad. Había correos electrónicos, llamadas por Navidad y cumpleaños, intercambio de regalos cuando Sanchís iba a Canarias o cuando Beltrán y la familia hacían algún viaje turístico a Cataluña. Y, cuando alguno de los dos antiguos camaradas se hallaba en algún aprieto, había también intercambio de información, recomendaciones a contactos necesarios, préstamo de alguna cantidad de dinero que siempre era devuelta puntualmente, pero sin intereses. La última vez había sido Sanchís quien le había echado una mano a Beltrán, que se había metido en un pequeño agujero por culpa de la compra de un apartamento en el sur. El mismo en el que estaba pasando las vacaciones. Y el dinero aún no había sido devuelto, así que Beltrán estaba en deuda con él. Cosa muy conveniente, dadas las circunstancias, pensó Sanchís mientras deambulaba entre las estanterías de la tienda de regalos.

## 3

Para almorzar, pidieron chino. Comieron viendo la tele. Después de ver el informativo local en televisión (triple homicidio en el polígono de Arinaga), abreviaron la sobremesa y leyeron las ediciones digitales de los periódicos. Se hablaba de los tres hombres, de los vehículos, de los objetos de valor, de que se barajaba un ajuste de cuentas. De cualquier modo, decidieron poner el dinero en una simple bolsa de playa. La bolsa de viaje estaba manchada de sangre. Tito no hubiera podido decir si la sangre era de Felo o del Rubio, pero lo implicaba igualmente en los homicidios, así que la metieron a su vez en otra bolsa de basura. Había que deshacerse de ella. Antes, insistió Cora, había que esconder bien el dinero. La casa no era muy grande. Cualquier rincón del salón quedaba descartado. Barajaron el congelador, pero ninguno de los dos sabía lo que ocurría al congelar un billete. También pensaron en el armario empotrado, un sitio demasiado evidente. Al fin, Tito tuvo una iluminación: levantó una de las placas del falso techo del baño y metió allí la bolsa. Por último, decidió que también sería un buen escondite para la pistola del Rubio. Se sintieron más tranquilos.

—¿Y ahora qué? —preguntó Cora.

—Ahora voy a salir —respondió Tito, mientras acababa de vestirse—. Tengo que ir a casa de mi hija. Mi yerno se acaba de pillar un coche nuevo y todavía no ha logrado vender el viejo, así que se lo voy a pedir prestado para que nos podamos mover estos días. No podemos ir por ahí en el mío.

—¿No le parecerá raro?

—No veo por qué. Hace un mes ya tuve una avería y me lo prestó un par de días, mientras tenía el Fiesta en el taller.

—¿Y yo?

—Tú descansa, que dormiste menos que un ojo de cristal.

# 4

Pepe Sanchís visionó, por enésima vez, la grabación, intentando encontrar algún detalle significativo, algún hilo por el que comenzar a tirar. Pero no había manera, siempre veía simplemente lo mismo: dos sombras (indudablemente dos hombres fornidos, uno más alto que el otro) apareciendo en la esquina, acercándose a una de las cámaras, trepando para cegarla con pintura en espray antes de hacer lo mismo con la otra.

No había nada significativo y, sin embargo, eso era precisamente lo significativo: las capuchas y las máscaras, los chándales iguales, los escarpines de escalada, la previsión (un tanto innecesaria, dado el embozo) de cegar las cámaras. Todo ello implicaba experiencia, precisión, oficio. Si habían hecho eso antes de entrar, había sido de modo casi protocolario, como quien acostumbra a empezar haciendo precisamente eso.

Hastiado, salió del programa de reproducción y se levantó del escritorio del despacho de Larry. Miró a su alrededor, al suelo lleno de papeles y cajones vueltos del revés, al mueble bar hecho un infierno de cristales rotos. Sus ojos acabaron fijándose en unos jirones de cinta americana manchados de sangre. A Larry debían de haberlo atado con esa cinta.

Alzó la vista y la clavó en Larry. Sentado en la silla que había frente a él, presentaba un aspecto penoso, con el moratón en la mejilla, la tirita sanguinolenta en la ceja, el apósito en la parte posterior del cráneo. Evidentemente, le habían dado un buen repaso. Sin pronunciar ni una sola palabra, el Gordo salió a la parte posterior, caminó por el césped, bordeó la piscina siguiendo el rastro de gotas de sangre hasta llegar al otro lado, el más cercano a las pajareras. Al llegar allí, al lugar donde la sangre formaba una mancha mayor, se volvió hacia Larry, que había ido tras él y señaló al extremo opuesto de la piscina.

—Entonces, cuando los tipos llegaron, la chica estaba allí.

Larry asintió.

—¿Y no has vuelto a saber nada de ella? ¿No te llamó?

—¿Cómo me iba a llamar? No tenía mi número.

—Y luego, evidentemente, no fue a la policía.

—¿Eh?

—No fue a la policía. Porque, si hubiera ido, la policía se hubiera presentado aquí, ¿verdad?

—Hombre, supongo que sí.

—Pero, si tú fueras una chica que se lía con un tipo y que acaba sirviendo como rehén en un atraco, cuando te soltaran, ¿qué es lo primero que harías?

Los ojos de Larry buscaron la respuesta por el suelo. Al fin, tímidamente, apuntó:

—¿Llamar a la policía?

—Eso es. Y, además de eso, amigo Larry, ¿no te parece un poco extraño que salgas a tomarte una copa y, de repente, una tía estupenda te ponga tan claro que quiere venir a bañarse a tu piscina? ¿Y no te parece todavía más raro que, justo cuando te tiene más entretenido, entren dos tipos y nos desvalijen?

Pepe Sanchís decidió ahorrarle a Larry la humillación de darle una respuesta. Volvió a la casa, con Larry siguiéndole las huellas como un perro hambriento. El abogado se quedó apoyado en el marco de la puerta y lo vio sentarse nuevamente al escritorio, mirando otra vez en derredor, hasta dejar la vista clavada en el mueble bar. Se dio dos o tres tirones a los pelos del bigote y, sin mirarlo, ordenó:

—Entra y siéntate. —Esperó a que el otro ocupase nuevamente su sitio en la silla del otro lado de la mesa—. Esto no lo han hecho dos yonquis, ni ha sido casualidad.

—Pero, entonces, ¿por qué tanto destrozo?

Sanchís lo fulminó con la mirada.

—Para disimular, joder. Que parece que hay que explicártelo todo. A ti te han estado vigilando durante algún tiempo. Pero no es solo eso. Quien entró aquí, sabía lo que venía a buscar, dónde tenías la pasta.

Los ojos de Larry formaron dos círculos perfectos.

—¿Puede haber sido alguno de los testaferros? —inquirió el Gordo.

—Ni de coña, Pepe.

—¿Por qué no?

—Para empezar, son gente elegante. Son empresarios serios. No serían capaces de montar algo así, violento. Aparte de eso, la pasta se la llevo yo. Nunca vienen a casa y no podrían saber que la caja está ahí.

—Entonces, ¿quiénes son los que saben que tienes una caja en casa? ¿Alguna de tus putitas?

—No. Yo soy un tío discreto, Pepe...

Al escuchar esto, Sanchís dio una fuerte palmada en la mesa.

—¡Por mis cojones! Por mis cojones eres un tío discreto, pedazo de mamón. —Intentó tranquilizarse y cerró los ojos, respirando hondo, al decirle a Larry—: Vamos a ver... Dime quién coño podía saber dónde tenías la caja fuerte.

—No lo sé, Pepe... Puede que alguno de los distribuidores haya logrado adivinar...

—¿Cómo que «logrado adivinar»? ¿Qué coño quieres decir con eso de «logrado adivinar»?

—Es que a veces, cuando vienen aquí...

Sanchís volvió a estallar.

—¿Cuando vienen aquí? ¿Me estás queriendo decir que te reúnes aquí con los distribuidores? Pero, bueno, ¿tú eres gilipollas o qué coño te pasa? ¿No puedes quedar con ellos en tu despacho? —El tono de voz de Sanchís había ido subiendo tanto que, en algún momento, le falló la respiración y en el fondo de su garganta se le ahogó un gallo.

—Cantaría mucho tener a gente así entrando y saliendo del bufete...

—Claro, como si en el bufete cantara y aquí no...

Tras esta última recriminación, ambos quedaron en silencio. Larry mirando al suelo. El Gordo procurando serenarse, para poder pensar con claridad.

—Bueno, está bien... Los distribuidores... ¿Cuáles son los que no tienen las cuentas al día?

Ahora Larry alzó la mirada y la cruzó con la de Pepe, que estaba pensando exactamente lo mismo que él. Por primera vez, en los ojos del abogado hubo un asomo de ira, al mascullar:

—El hijo de la gran puta...

Sanchís se levantó un momento, se quitó la americana, la dejó sobre el respaldo de la silla y volvió a sentarse, aflojándose la corbata. Ahora ya tenía un hilo del que tirar. Se frotó la frente con la palma de la mano, haciendo un esfuerzo por ordenar sus pensamientos.

—Está bien. Aparte del dinero y de tus chucherías, me dijiste que se habían llevado la contabilidad.

—Sí.

—¿En papel?

—En un disco de datos.

—¿Y por qué guardas esa contabilidad?

Larry se puso algo gallito al contestar:

—Porque hay que saber quién paga y quién debe. Yo, mis cuentas, quiero tenerlas claritas por si las necesitan ustedes. Y dejarlas en el disco duro del ordenador es un peligro.

—Vale, para ti la perra gorda —concedió el Gordo.

—De todos modos, casi todo está puesto de modo que solo lo entendamos nosotros. Las empresas están consignadas con siglas. Igual que los nombres de los bancos...

—¿Los nombres de los bancos?

—Sí, donde se hacen los ingresos...

Sanchís se llevó las manos a la cabeza.

—La madre que lo parió... ¿Tienes en un mismo disco la contabilidad y los números de cuenta de los bancos?

El silencio culpable de Larry acabó por sacar de quicio a Sanchís. Le propinó un puñetazo a la pantalla del ordenador, que voló por los aires y se estrelló contra el suelo cuando el cable de alimentación no le dio para más. El abogado se le quedó mirando aterrorizado. Sanchís apoyó los codos en la mesa y se adelantó para decirle, muy lentamente, masticando con rabia cada palabra:

—Eres un puto inepto, Larry. Lo supe desde la primera vez que hablé contigo. Sabía que eras un jodido gilipollas y que nos ibas a traer problemas. Pero no sabía que fueran a ser tantos, porque, si lo llego a saber, te meto un tiro en la cabeza en ese mismo momento. Y si no te lo pego ahora es porque la cosa ya está lo suficientemente caliente. Así que, cuando todo esto se solucione, te aconsejo que te cojas un billete de avión rumbo a algún sitio que yo no conozca, a un país que yo no sepa ni que existe, y que te quedes allí hasta que leas mi esquela en el periódico.

El abogado estaba a punto de echarse a llorar. No pudo mantener la mirada de hielo del Gordo. Por su parte, este, tras soltarle esta amenaza, sacó su teléfono móvil y marcó línea segura con el Turco.

## 5

Júnior fue a ver a la madre de Cora, pero se comportó de manera bastante amable. La mujer, el barrio entero, lo conocía, así que hizo la comedia del tipo que anda buscando a la amiga de juventud para ver cómo le va. De todas formas, aunque no hubiera sido tan suave, no habría logrado averiguar nada, porque la vieja nada sabía.

Decidió ir al sur, al último domicilio conocido de Cora, según el Rubio. Cuando Iovana le abrió la puerta de su apartamento, Júnior constató que los años le habían pasado por encima dejándole alguna cicatriz, varias patas de gallo y una cantidad considerable de tejido adiposo. Vestía un pantaloncito vaquero y una camisilla que apenas lograba contenerle el busto abundante y fofo, y su piel mulata presentaba estrías, zonas de celulitis, flojedades carnosas donde antes había habido turgencias y músculos y epidermis lisa y brillante. En su rostro, apenas quedaba rastro de la hermosa joven que fue. Tal vez, si uno se fijaba bien, conservaba aún aquel brillo en la mirada, aquellos labios que la habían hecho tan popular en el barrio del Lugo, pero, con todo, a Júnior le resultaba lógico que la Iovana, tal y como había oído decir, se hubiera ido saliendo del oficio para dedicarse a hacer viajes al moro y menudear con el chocolate entre conocidos y conocidos de conocidos. Probablemente, algo similar pensó Iovana al verlo a él, pero ella sabía mentir mejor y le dio un gran abrazo, un beso enorme, le regaló una expresión de alegría sorprendida mientras lo hacía pasar al minúsculo cuarto de estar y lo invitaba a sentarse.

—Cuánto tiempo, mi amor. Te haces echar de menos, ¿eh?

—Bueno, estoy muy liado... ¿Y tú? Me costó dar con esto...

—Ah, alquilé hace un tiempito... No me cobran demasiado y aquí no se está mal. Zona turística. A ver si un día me ligo a un viudo viejo y millonario, que me retire... —dijo ella yendo a la cocina, abriendo la nevera, sacando cervezas, volviendo con ellas para sentarse junto a él en el sofá, poniéndole una mano sobre el hombro—. ¿Y a ti, qué te trae por aquí, chiquillo? ¿Te apetece algo de marcha para el sábado por la noche?

La mano de Iovana permaneció allí, acariciándole el hombro con los dedos, que describían pequeños círculos en un movimiento rítmico, pretendidamente sensual y, en la práctica, sumamente irritante. Júnior alzó las cejas y sonrió.

—Oferta tentadora... Pero no. En realidad tengo un problemilla y a lo mejor tú me puedes ayudar.

—¿Yo? No sé... Cuéntame, a ver si puedo hacer algo por ti.

—Necesito hablar con Cora.

—¿Cora? ¿Qué Cora, mi niño?

Júnior se dio cuenta de que la cosa no iba a resultar tan fácil como había pensado. Aun así, hizo otro intento.

—Nuestra Cora.

—Ah —Iovana fingió caer en la cuenta justo en ese instante—. Cora, la niña... Bueno, yo hace mucho que no sé de ella, cariño. Desde que se fue con el tío aquel a Galicia, no me ha vuelto a...

Júnior necesitó solo dos movimientos para interrumpirla. El primero, hacia su izquierda, para desplazar la mano que ella aún tenía sobre su hombro. El segundo, hacia su derecha, para hundirle el codo en la cara. Iovana ni siquiera logró emitir un quejido. El golpe fue tan brutal, tan repentino, tan dolorosamente insoportable que solo tuvo tiempo de notar cómo la sangre brotaba de golpe de sus senos nasales, manchándole la camisilla. A través de una nube de babas del diablo, pudo ver la amenazante figura de Júnior, que se había puesto repentinamente en pie y ahora se acercaba a ella, diciendo con aire chulesco, mientras se quitaba el reloj de la muñeca:

—Vamos a volver a empezar. ¿Dónde está Cora?

## 6

Cuando entró en el apartamento, Cora se le echó encima y lo abrazó con fuerza. Tenía el teléfono móvil en la mano.

—Fue a mi casa —repetía una y otra vez—. Fue a mi casa y estuvo preguntándole a mi madre.

Tito se esforzó en comprender mientras la obligaba a separarse un poco, a sentarse, a recapitular.

—Júnior —explicó Cora—. Júnior estuvo en casa de mi madre, a eso del mediodía. Le estuvo preguntando por mí.

—¿La amenazó o le hizo algo?

Cora negó con la cabeza.

—No. Júnior no es tan idiota como para hacerle algo a una pobre vieja del barrio. Pero sí que le insistió mucho.

—¿Y tu madre? ¿Qué le dijo?

—Pues qué le iba a decir... Lo que sabía... Que yo entro y salgo sin parar... Y que me había ido de viaje.

Tito suspiró.

—Entonces, ¿a qué vienen tantos nervios?

Ella lo miró, algo confusa, comprendiendo, no obstante, que tenía razón: en realidad, no había ocurrido nada grave.

—Se acabaron los acojones y los histerismos. El que tiene que estar acojonado es el tal Júnior. ¿De acuerdo?

Cora asintió. Entonces, el Palmera sonrió y le dijo:

—Te voy a decir lo que vas a hacer. Ahora mismo, te vas vestir. Y tú y yo vamos a coger un par de billetes de esos que nos hemos ganado a pulso y nos vamos a ir de paseo por ahí.


# 7


Pepe Sanchís salió de casa de Larry y volvió a ponerse al volante del coche de alquiler. Por Internet, había reservado una Kangoo, pero, como le solía ocurrir, al llegar a la oficina del *rent a car* en el aeropuerto, el empleado se disculpó, le dijo que había algún error, que intentaría subsanarlo. Finalmente, tuvo que conformarse con un Kia, un cochecito gris de tres puertas de aspecto amable pero poco dúctil. Si Sanchís no hubiera pesado ciento veinte kilos no le hubiese importado. Pero pesaba ciento veinte kilos y conducir aquel coche era lo más parecido a llevarlo puesto.

Antes de irse, había ordenado a Larry que no hiciera absolutamente nada, salvo avisar a los testaferros de que devolviesen todo el dinero. Por lo demás, podía limpiar, si quería, su asquerosa casa, llamar a su mamaíta para que lo consolara o hacerse una paja con la cadena de la cisterna. En lo tocante a él, solo necesitaba dos cosas: que hiciese que los testaferros moviesen la pasta y que no telefoneara ni respondiera a la llamada de ningún distribuidor, especialmente de Júnior. Porque, evidentemente, Júnior era cosa suya, de Pepe Sanchís, que lo pondría en su sitio. Pero, antes que nada, lo necesitaba confiado y desprevenido; precisaba que pensase que todo le había salido bien, que el palo había sido redondo, que nadie desconfiaba de él. Además, no quería hacer nada más antes de reunirse con Beltrán.

Condujo directamente a su hotel, que estaba en la avenida Marítima. Allí, de nuevo hubo de enfrentarse a «un malentendido, señor», y esperar a que comprobaran si podría disponer de la habitación doble que había reservado por Internet. Para desentenderse del recepcionista, que se deshacía en disculpas al tiempo que telefoneaba a alguien que podría confirmarle si era posible solucionarlo, Sanchís hojeó con hastío el periódico del día, ya ajado de lecturas, que había a un lado del mostrador. Era un periódico local, de esos que sobreviven en papel a régimen de noticias de agencia y regalos a los lectores. Precisamente, a Sanchís le llamó la atención una esquela publicitaria, que anunciaba que al día siguiente, domingo, el matutino obsequiaría a «sus lectores con un nuevo DVD de la serie Cine del Oeste». El wéstern de esa semana era *Río Bravo*. Uno de los vicios secretos del Gordo era el wéstern y, en su colección de DVD, no contaba con *Río Bravo*, así que anotó mentalmente comprar el periódico por la mañana, nada más desayunar.

Por fin le dieron un sobrecito con la llave electrónica de su habitación. Era en la cuarta planta. Al entrar, lo primero que hizo fue quitarse los zapatos, acercarse a la ventana y mirar al exterior, observar cómo el cielo iba volviéndose azul oscuro sobre el mar. Los cristales aislaban el bullicio de coches que transitaban por la autopista, volviendo de gastar el día en las playas del sur o yendo a pasar la noche en sus discotecas. Se preguntó a sí mismo si cenaría en el hotel o saldría a dar un paseo y buscar algún restaurante agradable. Había pasado muy mala noche, se había despertado temprano y a lo largo del día había pasado tres horas en un avión y dos horas más en casa del inútil de Larry, así que se respondió que lo mejor sería darse una buena ducha, relajarse, comprobar que el Wi-Fi funcionaba bien en la habitación (de lo contrario habría un nuevo «debe de haber un malentendido, señor» y no sabía si aguantaría otro más en el mismo día), pedir algo al servicio de habitaciones y acostarse temprano. Sacó su neceser de aseo de la maleta y comenzó a desnudarse. Justo entonces, Miralles le hizo una llamada perdida a su móvil. El Gordo sacó el teléfono que ellos llamaban «la línea segura». Aquellos teléfonos eran otra de las ideas de Sanchís. Se los habían comprado a Omar, un contacto suyo que regentaba un locutorio en Sabadell. Eran teléfonos móviles de tarjeta prepago que figuraban a nombre de personas que habían fallecido. En caso de que alguien estuviera haciéndoles un seguimiento electrónico a él o a alguno de los suyos, jamás se les ocurriría monitorizar aquellas líneas. Además, periódicamente, el Gordo volvía a visitar a Omar y a renovar los aparatos. Desde aquellos móviles podían tratar asuntos delicados. Aun así, procuraban hablar, siempre que fuera posible, en camelo, sin desvelar información demasiado comprometedora.

Sanchís, antes de contestar, se sentó al borde de la cama, se quitó la corbata y se desabrochó el cuello de la camisa.

—¿Dónde estás? —preguntó Miralles.

—Acabo de llegar al hotel. ¿Qué hay?

—¿A que no sabes quién me acaba de llamar?

Sanchís no estaba para adivinanzas. El Turco lo dedujo de su silencio, así que no se demoró en contestar a su propia pregunta:

—El mismísimo Júnior. —Tras conceder a Sanchís unos segundos para digerir la noticia, el Turco prosiguió hablando, casi divertido—. Sí, señor. Acaba de llamarme. No se da por enterado de lo de L, por supuesto.

—¿Y entonces, para qué te llamó?

—Para pedirme una prórroga. Tenía que pagar esta semana. Decía que venía de Lanzarote. Viajó allí ayer, a intentar cobrar una deuda. Pero, según él, no ha podido reunir el dinero y necesita unos días más.

—Manda huevos. ¿Y qué le dijiste?

—Le dije que no había problema, que me fiaba de él y todo eso. Pensé que era lo mejor, hasta saber qué vas a hacer tú.

—Buena idea. Además, ahora que me cuentas esto, estoy pensando que igual nos estamos equivocando y el tipo en realidad no sabe nada.

—No sé qué pensar, tío.

—En fin, lo consultaré con la almohada. Todo esto se está complicando bastante. Yo necesito dormir un poco. Anoche no pegué ojo. Mañana me pongo al tajo.

—¿Estás seguro de que no quieres que te mande a nadie?

—No, por ahora, no. —De pronto, Sanchís recordó la recomendación que le había hecho desde casa de Larry, el consejo de comenzar a vaciar las cuentas en el extranjero—. Oye, ¿comenzaste a enviar las invitaciones de boda?

—Sí. Mi mujer está en ello —curiosamente, eso era literalmente cierto. A su lado, mientras hablaba, Remedios, sentada en el sofá, sin quitarle ojo a la niña, que jugaba sobre la alfombra, hacía transferencias desde su ordenador portátil—. Yo creo que mañana a estas horas estarán todas enviadas.

—Perfecto —opinó el Gordo—. Los invitados de aquí comenzarán a viajar mañana. Va a ser un fiestón.

—Eso espero —dijo el Turco—. Ahora descansa, que llevas un día de perros.

—No lo sabes tú bien. Te llamo mañana.

Cuando cortaron la comunicación, Sanchís pensó un instante en la mujer de Miralles. Se la envidiaba. En su vida nunca hubo una mujer como esa. Después de quitarse la ropa y antes de entrar en la ducha, dedicó unos minutos a buscar un número de teléfono en la sección de contactos. Lo marcó y pidió, para una hora más tarde, una chica morena, delgada y alta, de unos treinta años y, a poder ser, que llevara el pelo más bien corto.

## 8

Había colado. Juraría que había colado. El Turco no era tan listo. Sonaba convencido. Se lo decía a sí mismo una y otra vez mientras conducía a toda mecha hacia Las Palmas. Y, con los datos que le había sacado a Iovana, tal vez podría dar con aquel tipo. Por lo pronto, tenía que buscar un local en la zona de La Puntilla. Un sitio que se llamaba Mondongo o Quilombo o Colombo. Un garito regentado por un argentino donde las viejas glorias se reunían para cantar tangos. Si todo salía bien, incluso podría pillar al tipo con los pantalones bajados. Ya anochecía cuando entró en la ciudad. Condujo hasta el centro comercial que había en el muelle. Solía aparcar allí cuando iba a esa zona. Muchos lo hacían. Fingirse cliente del centro comercial era la mejor forma de no cogerse un cabreo mientras se daban vueltas idiotas por el laberinto de calles que se extendía entre el parque de Santa Catalina, Las Canteras y el nacimiento del barrio de La Isleta. Antes de salir, abrió la guantera y sacó la pistola. Era un arma pequeña, una vieja Dickson del calibre 32. Se la había comprado, años atrás, a un marinero ruso, no lejos de allí, en el Muelle Grande. Alguna vez, cuando hubo de reunirse con gente peligrosa o que parecía serlo, la llevó encima por si acaso. Pero, normalmente, la pistolita dormía en una caja de zapatos, en la parte alta del ropero. Si lograba encontrar al dichoso Palmera, le convendría llevarla encima. Para intimidarlo, en el mejor de los casos; para defenderse, en el peor. Se la guardó en uno de los bolsillos de la cazadora y comprobó que no abultaba demasiado.

## 9

El coche viejo del yerno de Tito Marichal resultó ser un Mégane Berlina, de color naranja oscuro. Ese tono, según había informado el yerno en su momento, tenía la denominación de «naranja *paddy*», un nombre que siempre le había hecho mucha gracia al Palmera, vaya usted a saber por qué. En cuanto a Cora, cuando subió al vehículo de tapicería y tablero impolutos, declaró que si ese era el coche viejo, prefería no saber cuál era el nuevo. El yerno, según dijo el Palmera, era un loco de los coches y se lo podía permitir.

—Es un buen tipo, pero entre oreja y oreja solo tiene fútbol y carreras de cualquier cosa que lleve ruedas. Ahora anda como loco por pillarse una moto. De todos modos, mi hija tuvo pretendientes peores, así que no puedo quejarme —dijo Tito conduciendo hacia la salida Norte de la ciudad.

De repente, Cora sintió curiosidad.

—No me has hablado de tu familia. Tu hija, ¿cómo es?

—Pues no sé... Supongo que como todas las de su edad... Tiene dos chiquillos muy guapos, pero que dan mucho el coñazo. Y lleva toda su vida estudiando para unas oposiciones que no salen. Por épocas trabaja como comercial, cuando la llaman. Cuando no, se pasa todo el tiempo libre yendo al gimnasio y merendando con unas amigas que tiene, que quieren parecerse a las cuatro pijas de *Sexo en Nueva York*.

—¿Y tu mujer?

—Mi exmujer —corrigió Tito.

—Tu ex. ¿Cómo es?

Tito reflexionó unos momentos. Luego dijo:

—Mi exmujer es buena gente. Me aguantó un montón de años, hasta que ya no pudo más con el aburrimiento.

—¿Aburrimiento?

—Aburrimiento. Soy el tío más aburrido del mundo.

Cora frunció el ceño. Pensó en lo que acababa de decir Tito y le soltó:

—Cariño: lo serías antes. Yo te puedo decir que, desde que te conozco, no he tenido ni un solo momento para aburrirme.

El Palmera casi se ruborizó. Continuó conduciendo hacia el Noroeste, hasta Gáldar. El atardecer los sorprendió en la playa de Sardina, que daba a Occidente. Y aquella parte de la isla se había librado, por el momento, de la gris panza de burro que se había posado sobre la ciudad, así que pudieron ver una hermosa puesta de sol, tomando una cerveza en una terraza del paseo. Cora la disfrutó en silencio, echada hacia atrás en la silla, sin perderse ni un solo segundo de aquella luz anaranjada. Tito la contemplaba también a ella. No se había maquillado y se había vestido con sencillez: una falda vaquera, una camiseta negra, su colgante azul de siempre. Mirándola, Tito pensó que así le parecía incluso más atractiva.

—Ojalá la vida fuera siempre así —dijo ella, sin mirarlo, pero alargando la mano para acariciar la suya, que estaba apoyada sobre la mesa de plástico.

El Palmera preguntó por qué no podía serlo. Ahora tendrían dinero y, en cuanto se quitaran a Júnior de encima, podrían hacer lo que quisieran.

—No nos lo vamos a quitar de encima, Tito. La gente como Júnior no se queda tranquila hasta que no se ha salido con la suya.

—Voy a llegar a un acuerdo con él. Le doy su parte y que se conforme.

Ella retiró la mano, dio un trago a la cerveza, giró la silla hasta que quedó encarada con Tito, dando la espalda a la puesta de sol.

—No se conformará.

—Tendrá que conformarse.

—Vale, pero ¿y si no se conforma? ¿Qué vas a hacer? ¿Nos dedicaremos a correr de un lado a otro, con Júnior pegado al culo?

—Está el cedé. Es un buen seguro de vida.

—El cedé, por lo que me contaste, a Júnior se la refanfinfla.

—Pero a la gente con la que trabaja, no.

Cora se echó a reír.

—Tú lees muchas novelas policíacas, Tito. La vida real no es así. Además, aunque estuvieras en condiciones de ofrecerles algo que les interese, ¿cómo vas a ponerte en contacto con ellos? No sabes ni quiénes son.

Tito la miró de reojo y se quedó en silencio. Ciertamente, para jugar esa baza hubiera tenido primero que averiguar quiénes eran. Se le ocurrían dos únicas fuentes: Júnior y Larry. Uno de ellos jamás les daría esa información, porque se jugaba el pellejo; al otro podrían sacársela, pero, seguramente, solo a patadas.

Cora pensó aproximadamente lo mismo y sintió que se le ponía carne de gallina. Pero, antes de que pudiera decir nada, su teléfono móvil comenzó a sonar dentro del bolso. Lo sacó y miró la pantalla.

—Es Iovana.

—¿Quién es Iovana?

—Una amiga.

—No lo cojas.

—¿Por qué no?

—Por unos días, es mejor que no hables con nadie.

Cora no insistió. Rechazó la llamada, apagó el teléfono y volvió a guardarlo. Tito pidió la cuenta.

—Vamos a cenar. Sé de un buen sitio, en la zona de San Felipe. Y después, si te apetece, nos tomamos algo en el Quilombo. ¿Qué me dices?

Cora lo miró. Una luz extraña le iluminaba el rostro. Ella no supo si era alegría o simple inconsciencia. En todo caso, le gustaba ver aquella cara que sonreía como si no hubiese una mala bestia buscándolos por toda la isla, o como si la hubiese pero no importara lo más mínimo. Por un instante, se sintió protegida y pensó que, pasara lo que pasase luego, le apetecía dejarse llevar por aquella ilusión de seguridad.

—Solo si me dedicas un tango.

## 10

Ha sido solo cuestión de plantarse en la zona y preguntar. No tardó más de media hora en dar con el sitio. Preguntando en La Puntilla llegó al tugurio, que finalmente se llama Bar Quilombo y está situado en la segunda manzana de la calle Luján Pérez, antes de que esta se interne en La Isleta. Observa el cartel, rotulado sobre un leño de madera, con la silueta de un gaucho pintada junto al nombre. Se accede por una puerta doble, que aísla acústicamente el local. Dentro está oscuro y en el mobiliario predominan la madera y el hierro forjado. No tendrá más de diez o doce mesas, repartidas en el lado opuesto a la barra, el más largo del espacio rectangular que ocupa el negocio. De las paredes penden retratos de tíos engominados o de esmoquin, con bandoneones o guitarras. También una fotografía antigua que representa a un tipo con ropa de gaucho y cara de hambre, que posa mostrando unas boleadoras. Al fondo hay un pequeño escenario, sobre el que aguardan dos pies de micrófono y una banqueta. En las mesas se distribuyen dos parejas de edad y tres hombres, también mayores, conversan en la esquina de la barra más cercana al escenario. La música ambiente no está alta; más bien parece un hilo musical para defender a la clientela de silencios incómodos.

De la atención que despierta su entrada en el local, Júnior extrae la conclusión de que al Quilombo suelen acudir pocos clientes desconocidos. Lo mejor para dejar de llamar la atención es mimetizarse rápidamente. Por eso toma posesión de una de las banquetas de la barra cercanas a donde charlan los tres ancianos, mira el reloj como si esperara a alguien y sonríe al camarero cuando viene a atenderlo.

El camarero le devuelve el gesto cordial, le sirve la cerveza que ha pedido y lo obsequia con un plato de manises. Es un hombre de unos cincuenta, argentino. Tiene pinta de ser el dueño.

—Ahora está muerto como Las Chacaritas, porque recién abrimos —comenta al observar los vistazos en derredor que lanza el cliente—. La animación comienza más tarde, cuando se vienen los amigos.

Júnior aprovecha la coyuntura.

—Ya, si me han contado... Vine a buscar a un colega que es de los habituales.

—¿Sí? —se interesa el otro.

—Sí. Tito. Un tipo alto, que le dicen el Palmera.

El argentino se asombra, se alegra, amplia la sonrisa.

—Ah, carajo. Tito. Buen punto, el Tito. —Le tiende la mano—. Marcelo. Ya sabés qué dicen: los amigos de los amigos...

—Fran —miente Júnior, estrechándosela.

—Estás en tu casa, Fran, para lo que se te ofrezca.

Júnior asiente, sigue el juego de dejarse agasajar, hacerse simpático. Entretanto Marcelo atiende a los viejos, que han solicitado otra ronda, mira ostensiblemente el reloj.

—¿Tenés prisa o quedaste con el Tito a alguna hora? —pregunta por fin el propietario.

—No... Bueno, la verdad es que no quedamos. Vine a ver si lo encontraba. No tengo el teléfono y tengo que hablar con él. Es que ha salido un trabajo que podría interesarle... Ya sabes: como anda en el paro...

—Malos tiempos, sí, señor...

—Pues eso... Que recordé que me dijo que paraba por aquí y...

Marcelo niega varias veces con la cabeza.

—Ya me extrañaba a mí... Porque el Tito nunca viene en sábado. Siempre el día viernes, puntual como reloj de verdugo...

Júnior exhibe un disgusto, no del todo fingido.

—Joder, qué putada... Si no lo localizo hoy, seguro que cogen a otro...

—Esperá... Creo que no vive lejos... —Marcelo frunce el ceño, mira hacia el techo, piensa en voz alta—. No sé si me dijo... Sí... Poco más allá, por Juan algo, o Juan de no sé qué... Es una callecita peatonal que hay por allá, por detrás de la Clínica de San José... Sé que va a dar a Sagasta.

Expectante, Júnior casi siente lástima ante la ingenuidad del individuo.

—¡Ah, sí! Ya sé... —dice Marcelo. Ha caído en la cuenta. También ha caído en la trampa—. Juan de Miranda... Sí, eso, Juan de Miranda...

Por desgracia, Júnior no consigue averiguar más. Marcelo no recuerda, o no sabe, en qué número vive Tito. Y suerte ha tenido de que recordara la calle, de alguna conversación suelta.

Cuando Júnior paga su cerveza, da las gracias y sale a la calle, Marcelo se queda sonriente, con la satisfacción de haber hecho un favor al Palmera.

# La huida

## 1

Han comido pescado frito y bebido vino blanco en un restaurante familiar, muy cerca de la costa. La cena ha resultado agradable. Han hablado de los tiempos de Tito Marichal en el Hespérides, de la época de Cora en Galicia, de los nietos de él, de los padres de ella (la madre ludópata y depresiva; el padre portuario que le regaló cuando cumplió quince años ese colgante que ahora jamás se quita; ese padre que murió poco después y se salvó así de ver aquello en lo que su mala cabeza la había convertido). Por último, hablaron de viajes que han hecho o viajes que desearían hacer o que seguramente harán cuando todo se solucione, cuando Júnior ya no les pise los talones y se hayan asegurado de que la policía no puede relacionarlos con lo ocurrido.

Ahora han regresado a la ciudad, han conseguido aparcamiento en las inmediaciones del parque de Santa Catalina y casi se han hecho la ilusión de que lo de la noche anterior no ha ocurrido, de que no están en peligro, y son una pareja más de las que han salido a pasear, a tomar algo y a dejarse lamer por la brisa que ha llegado a la ciudad para aliviarle el bochorno. Cora, especialmente, se ha relajado bastante e incluso ha sonreído en algún momento. Y cuando toman la calle Sagasta se coge del brazo de Tito y él, en ese instante, experimenta hacia ella una devoción de converso. Es solo un momento, pero basta para que note algo en la boca del estómago, algo que no sentía desde hacía más de treinta años y que le muestra una imagen de sí mismo simultáneamente ingenua y feliz.

El aire se ha limpiado. La gente con la que se cruzan es agradable. Una familia marroquí (un padre, una madre con un bebé en brazos, dos niñas pequeñas) camina unos metros por delante de ellos, y dobla hacia Las Canteras. Tito recuerda que ha comenzado el Ramadán y Cora contempla los ojos de pestañas enormes de la menor de las niñas, que se ha quedado rezagada y les sonríe antes de que su madre la llame a gritos. Todo es perfecto en ese paseo. Uno puede olvidarse de la violencia, de la sangre, del dinero sucio, del pasado turbio, del futuro incierto, de los perros de presa.

Entran en el Quilombo y la vida continúa sonriéndoles, porque el local está muy concurrido pero hay mesa libre, precisamente la que ocuparon la primera noche. Desde el escenario, Marcelo, guitarra en mano, les sonríe, saludándolos con la cabeza, mientras canta «Naranjo en flor». Es extraño observarle esa expresión alegre, mientras continúa cantando, con mucha intensidad, esos versos tan tristes: *Primero hay que saber sufrir, después amar, después partir y al fin andar sin pensamiento; perfume de naranjo en flor, promesas vanas de un amor que se escaparon con el viento*. Pero así son las cosas del tango y del cariño y de los viejos amigos. Por eso se sienten tranquilos y blandamente felices entretanto el camarero les trae los cubalibres que han pedido y ellos saludan y se dejan saludar por los conocidos de Tito, escuchando la voz rasposa y la guitarra desacompasada de Marcelo, hasta que finalmente el argentino arrastra los últimos versos (*eterna y vieja juventud que me ha dejado acobardado como un pájaro sin luz*) y aprovecha los aplausos para anunciar una pausa (la hora del alpiste del gorrión, lo llama) y bajarse del escenario. Suena a medio volumen el «Libertango» de Piazzolla, y, mientras las convesaciones tejen un murmullo persistente que nimba el local, el propietario viene a su mesa.

—Caramba, qué casualidad, compadre —saluda Marcelo—. Fijate que nunca venís en sábado y, justamente hoy, aparecés.

Tito, al principio, comprende que Marcelo está sorprendido de verlo. Después de escuchar lo de «justamente hoy», se siente confuso e intrigado. Marcelo se lo lee en el rostro.

—Es que antes, precisamente, vino por aquí buscándote un tal Fran.

—¿Fran? —inquiere Tito, cruzando una mirada de suspicacia con Marcelo.

—Sí, un tal Fran. Amigo tuyo, dijo. Te buscaba para un trabajo. Suerte que tenés que dio conmigo...

—Espera un momento: ¿Fran? ¿Cómo es el tío?

—Ah, qué sé yo... Un pibe alto, calvo como culo de bebé.

La noche se ha torcido. Marcelo no lo sabe, aun-

*

que adivina la inquietud en el rostro demudado de Cora, en el brillo de los ojos de Tito. Ahora se le ocurre que quizá no haya sido tan buen amigo; se le ocurre que quizá resultó algo indiscreto y bocazas; se le ocurre que, por ejemplo, el tal Fran podría ser, perfectamente, el marido o el novio de la mina esta tan linda que anda últimamente con Tito.

—¿Algún problema?

Tito intenta disimular.

—Ninguno. Es que, por el nombre, no lo sacaba.

Marcelo no las tiene todas consigo, porque ellos siguen mostrando inquietud. Por eso intenta dar todos los detalles posibles:

—Vino recién abierto. Me estuvo preguntando por ti y, como me dijo que era para un laburo, le dije la zona en la que vivís.

—¿El barrio?

—La calle. Juan de Miranda, ¿no?

Tito asiente, ahora completamente serio, como Cora, que traga saliva.

—Pues eso: le dije que parabas por allá, que aquí solo venías los días viernes. ¿Hice mal, Tito?

El Palmera niega. Intenta simular alegría, interés. Dice que lo mejor será moverse para su zona, a ver si Fran todavía anda por allá. En silencio, mientras Marcelo va a la barra a alimentar al gorrión, apuran las copas, piden la cuenta, pagan y salen a la calle. Sin ponerse de acuerdo, toman la calle Sagasta. Ahora no se les cruza gente agradable. La humedad ha vuelto. La brisa es un viento contrariado y jodelón.

—Cómo coño habrá dado con nosotros, joder... —se queja Cora.

—Preguntando —zanja Tito la cuestión, intentando centrarse en buscar soluciones mientras caminan a toda prisa—. Para empezar, vamos al coche. Hay que buscar un sitio seguro donde pasar la noche.

—¿Y después?

—Después ya veremos.

—Pero sabe dónde vives, Tito. Y la pasta está allí.

—Sabe *en qué calle vivo*, que no es lo mismo. Llevo poco tiempo en el edificio. No conozco prácticamente a nadie. El vecino de al lado es un colombiano que no está nunca. En los pisos de arriba hay gente de Nigeria y de Senegal. Abajo, unos coreanos y un apartamento vacío. Y no tengo el nombre en el buzón, en el portero automático o en la puerta del piso. Así que la única que le queda es jugárselo todo a la carta de que seamos tan tontos de aparecer por allí. Y, encima, debe de llevar ya un par de horas por el barrio, a ver si suena la flauta. Lo más seguro es que se haya pirado, aburrido de esperar y de intentar que no lo atraque alguno de los changas que pasan por la zona.

Cora casi podría reír ante la idea de alguien intentando atracar a Júnior. Jamás se le hubiera ocurrido. Pero no se ríe. Nada de lo que está ocurriendo desde hace veinticuatro horas es cosa de risa.

—No nos va a dejar en paz, Tito. Desde su punto de vista, el dinero es suyo.

—El dinero es dinero sucio. Eso quiere decir que es de quien lo tenga. Y lo tenemos nosotros.

—Eso le da lo mismo. No nos va a dejar en paz —insiste Cora. Caminan un buen trecho en silencio. Casi están llegando a Santa Catalina cuando agrega—: Solo habría una manera de conseguir librarnos de él.

Pero Tito no responde, prosigue andando y Cora con él, hasta que, ya entre las sombras del parque, justo ante la estatua de Lolita Pluma, que, rodeada de gatos y miseria, vigila en efigie a los transeúntes como los vigiló en vida durante décadas, lo toma del brazo obligándolo a pararse y enfrentarse con ella.

—¿Oíste lo que te dije? Solo hay una forma de que nos deje tranquilos.

El Palmera continúa sin contestar. Ha entendido perfectamente. La mira con severidad. En uno de los bancos cercanos, hay tres chicos marroquíes a quienes ha llamado la atención la pareja que discute. Por eso, Cora baja la voz para repetir:

—Solo una forma, Tito. De lo contrario, lo vamos a tener siempre detrás.

—No —dice él sencilla, rotunda, implacablemente.

—Tito, ya lo hemos hecho antes.

—No —vuelve a decir el Palmera.

—¿Por qué no? ¿Cuál es la diferencia? Fue anoche mismo, por si no te acuerdas... Y vete tú a saber si esos dos pobres diablos se lo merecían en realidad... Pero, de este, estoy segura. Este cabrón se lo merece.

—Lo de anoche fue en defensa propia —dice Marichal con los ojos fijos en el monumento, en los gatos que rodean al tierno esperpento de Lolita, a la anciana inverosímilmente vestida de niña, esperando un alimento que ella ya no les proporcionará.

—Esto también lo sería.

—Pero no sería lo mismo. Lo de anoche fue en caliente: una reacción, un acto reflejo. No. Hay muchas formas de hacer esto. Y esa no va a ser la que elijamos —concluye, poniéndose nuevamente en marcha, pensando que ahora no siente lo que sentía por Cora hace menos de media hora; que ahora ella le recuerda, lejana pero atrozmente, a aquella Cora de la ficción por la que se puso el nombre de faena; que, en último término, él no va a ser ni tan cabrón ni tan idiota como Frank Chambers.

Cora, resignada, le sigue los pasos.

## 2

Es Cora quien propone el hotel. Tito, como todo el que se dio un revolcón de tapadillo en la ciudad en los setenta, conoce el dos estrellas situado en la telaraña de calles existente tras el Mercado Central. Hace unos años, el sitio fue muy nombrado en los medios, porque allí, en una de sus habitaciones, un tipo había asesinado a su novia. Cora no recuerda eso. Ella estaba en Galicia. Tito, entre el asco y el hastío, cuenta lacónicamente que el juicio había sido hacía unos meses, que al elemento le habían caído veintipico años. No lejos de ese hotel hay otro, más lujoso, que se promociona como centro de negocios. Pero no es buena hora para presentarse en un hotel de más de tres estrellas sin reserva ni equipaje. Les dirán que no admiten huéspedes sin reserva previa, que está todo lleno. Así que lo mejor será fingir que son simplemente una pareja que desea pasar la noche dándole al vicio. Será fácil, porque otra cosa no aparentan.

El recepcionista, por lo demás, no hace demasiadas preguntas. Pide los carnés y los 45 euros por adelantado, antes de proporcionarles la llave de una habitación en la cuarta planta. Es una estancia amplia, con balcón, pero, por lo demás, estilo Turismo de Sol y Playa 1973, con influencias del Último Grano en el Culo de España: suelo de gres color *beige*, desnudas paredes blancas, puertas barnizadas en color miel, un baño limpio pero triste, con desconchados en el plato de ducha y un azulejo soplado.

Nada más entrar, ella se sienta a los pies de la cama. Él toma el mando a distancia de la tele y se lo pone en el regazo.

—Vuelvo en un momento —anuncia.

Cora le coge de la mano, reteniéndolo:

—¿Adónde vas?

—No tuvimos tiempo ni de coger el cepillo de dientes. Aquí cerca hay un veinticuatro horas. Voy a comprar cosas de aseo y algo para el desayuno.

Ella hace ademán de levantarse.

—Voy contigo.

—No. Ese tío te conoce. Es mejor que se te vea lo menos posible, por el momento.

Cuando él sale, Cora observa con tristeza las cuatro paredes, la cama de colcha y cabecero pasados de moda. Va al balcón y enciende un cigarrillo, apoyada en la barandilla. Distingue, en la calle, la figura de Tito. Camina con la cabeza hundida en los hombros. No se dirige hacia el veinticuatro horas, que está cuatro calles más arriba, sino hacia el cercano barrio de Arenales, donde han dejado aparcado el coche.

# 3

Era un lugar privilegiado para observar o, al menos, lo parecía cuando se apostó allí, un par de horas antes. La entrada a un garaje subterráneo particular, en la calle Veintinueve de Abril, perpendicular a Juan de Miranda. Un lugar lo suficientemente oscuro, lo suficientemente anónimo. Para justificar su presencia allí, compró algunas latas de cerveza y se sentó en un bordillo a beber y fumar. Y, para evitar que lo reconocieran antes de que él los viera a ellos, se calzó hasta las cejas una gorra de visera que había ido a buscar al coche. Cualquiera que pasara por allí, vería en él a un changa más de los muchos que pululaban por la zona.

Antes de hacer todo eso, había husmeado calle arriba, calle abajo. Había dos edificios de apartamentos, buenos aparcaderos para alguien que está pasando un bache. Su intuición le decía que el Palmera debía de vivir en uno de esos dos edificios. Por suerte, estaban uno frente al otro y podían divisarse ambos desde el lugar en el que se encontraba. Así que Júnior bebió y esperó, esperó y bebió, atento a cualquier hombre que midiese más de uno ochenta y tuviera más de cuarenta años. También estaba atento a la posibilidad de que fuese Cora quien apareciese por allí.

Un par de horas y cuatro cervezas más tarde, había visto pasar de todo, menos alguien que pudiese ser Tito Marichal o alguien que pudiese ser Cora. Más o menos a esa hora, su vejiga le pidió un desahogo. Pero no le pareció oportuno abandonar su puesto de observación. Así que buscó con la vista un zaguán poco iluminado y, unos metros hacia el interior de la calle, encontró lo que buscaba. Se aseguró de que nadie pasara por allí, de que nadie estuviese mirando por la ventana, antes de abrirse la bragueta y comenzar a mear contra la parte inferior de la fachada. Pero, nada más comenzar, sintió a sus espaldas el portazo. Alguien, desde el otro extremo de la calle, había avanzado hasta uno de los edificios de apartamentos y acababa de entrar.

Apresuró el final y observó la fachada del edificio. Unos minutos más tarde, se iluminaron dos ventanas del tercer piso.

## 4

A veces, los milagros ocurren: Tito Marichal encuentra un aparcamiento en la calle Padre Cueto, casi donde hace esquina con Secretario Artiles. Estúpidamente (pensará luego) mira alrededor como si también las calles cercanas estuvieran vigiladas. Luego avanza por Secretario Artiles y, en la primera esquina, se para. Asoma la cabeza y otea a izquierda y derecha. A la izquierda, al fondo de la calle, se ve pasar gente por la calle Sagasta. A la derecha, la calle Juan de Miranda, peatonal y sórdida, completamente desolada, salvo un borracho que mea contra la pared un poco más allá. En dos saltos se planta en el portal y sube al apartamento. Antes de abrir, mira hacia la rendija inferior de la puerta, comprueba que nadie ha forzado la cerradura. Se siente más tranquilo, pero, aun así, abre de un golpe y se abalanza dentro del salón, dispuesto a enfrentarse a lo que sea. Le responden el silencio, la oscuridad y una nueva sensación de estupidez. Prende las luces y se pone manos a la obra, porque, en caso de que ocurra algo, no piensa dejarse sorprender.

Del armario saca una mochila en la que introduce una muda de ropa interior y una camiseta. De entre las cosas de Cora, elige unos pantalones cortos y una camiseta. Por último, va al baño y, en el neceser de aseo de Cora, mete sus cepillos de dientes y su propio desodorante. Luego desplaza la placa del falso techo, busca a tientas la bolsa de playa. También saca la pistola. Con cuidado, monta el mecanismo, introduciendo una bala en la recámara, comprueba que tiene puesto el seguro y se la encaja en los pantalones. No es plan de volarme la polla ahora que le estoy dando uso, piensa con una sonrisa. El chiste le alegra el humor mientras regresa al dormitorio. Añade el neceser al contenido de la mochila, y, por último, antes de cerrarla, mete también en ella el cedé. Se pone un polar gris, comprobando que oculta convenientemente el bulto de la pistola. Una vez dentro del coche, la meterá también en la mochila. Pero, hasta entonces, piensa llevarla preparada por si acaso. Tras comprobar que no olvida nada, apaga la luz del dormitorio y va al salón, con la mochila a la espalda y la bolsa de playa en la mano izquierda. De su hombro izquierdo pende también la funda de su ordenador. Se despide mentalmente de ese cobijo temporal donde casi había comenzado a sentirse a gusto y, tras esos segundos de inútil nostalgia, abre la puerta y sale al descansillo. Cierra tras de sí, sin preocuparse de echar la llave, y se vuelve hacia el ascensor. Entonces se queda clavado al ver al hombre de la gorra, que ha surgido del tramo inferior de escaleras y lo apunta con algo brillante que resulta ser una pistola.

## 5

A Júnior casi le inspira lástima el tipo, ahí, cargado como un árbol de Navidad con la mochila, la bolsa de playa y el portátil. Lleva mucho peso, está desequilibrado y solo tiene libre la mano derecha, que en ese momento está congelada, separada de su cuerpo. Para que pudiera intentar algo, tendría primero que desembarazarse de todo eso que lleva encima, para luego recuperar el equilibrio y echarse sobre él, eliminando el metro de distancia que los separa. En cambio, él tiene la Dickson donde debe estar, apuntando a la altura del pecho, armada y sin seguro. Le bastará con mover un solo dedo. Aunque sería mejor ahorrarse el numerito. Esa pistola, que jamás ha sido disparada, debería poder irse a casa sin disparar: diez años más guardada en el altillo del ropero.

El tipo se ha quedado mudo, pálido, completamente inmóvil. Es, como le había dicho el Rubio, una mole, aunque parece más pequeño, visto desde detrás de un arma. Sin embargo, aunque se muestra sorprendido y, por supuesto, muy cauto (sabe que cualquier movimiento le costaría caro), Júnior no observa en sus ojos ni un atisbo de temor. Y eso le preocupa, aunque intenta disimularlo cuando se ríe y dice:

—¿El famoso Tito Marichal?

—El famoso Júnior —repone el Palmera.

—No va a hacer falta que te diga que no hagas ningún movimiento brusco, ¿verdad?

Tito niega suavemente con la cabeza.

—Vale, entonces, vamos a lo que vamos. Dame la pasta.

—Se la llevó ella —contesta el Palmera de forma automática.

Júnior sopesa la respuesta. Sabe que Cora es perfectamente capaz de eso. Pero esa solución no cuadra con el tipo haciendo las maletas para salir de viaje. Lo que no piensa hacer es acercarse a registrar a ese pedazo de animal y darle la oportunidad de que haga algo.

—Inténtalo otra vez —escupe.

—Se la llevó ella. Es la verdad. Por eso no volví a llamarte. Iba a proponerte un acuerdo, pero ella me dejó tirado...

—Venga —lo interrumpe Júnior—, ya está bien, dame la mochila.

—No.

Júnior se aleja un paso y apunta a la rodilla izquierda de Tito.

—O me das ahora mismo las perras o te pego un tiro en la rodilla.

Marichal ladea la cabeza para mirarlo de reojo y finge indiferencia.

—Haz lo que te salga de la polla, pero no hay dinero.

Júnior decide que ya está bien. El tipo tiene que llevar el dinero encima, en la mochila, seguramente. Podrá pegarle un solo tiro (no se trata de alarmar al vecindario y que venga la policía). Si el tipo tiene razón y no lleva el dinero encima (cosa más que probable), ya se encargará de dar con Cora. Así que decide apuntarle al pecho y dejarlo seco. Desde la mili, Júnior no ha disparado una pistola. Pero sabe que no es difícil. El arma tiembla ligeramente en su mano durante unos segundos. Después, aprieta el gatillo.

Con lo que no ha contado Júnior es con el efecto que la humedad puede tener en unos cartuchos del calibre 32 insertados en el cargador de una vieja pistola que ha estado a su vez metida en un ropero durante diez años, después de haber viajado sabe Dios por cuántos mares antes de llegar a sus manos. Y, como no ha contado con eso, no entiende lo que ocurre cuando la pistola emite el chasquido de la aguja percutora golpeando un pistón mohoso, no entiende el silencio de la carga de proyección húmeda que jamás llega a inflamarse.

En ese instante, comprende que ha cometido un error al no comprobar el estado de la munición. Retira los ojos del semblante, ahora sí alarmado, del Palmera, para llevarlos a su propia arma. Ese es su segundo error, porque la mano de Tito, en un solo movimiento, alza los faldones del polar y saca una pistola más grande, encañonándolo al mismo tiempo que la otra suelta la bolsa de playa y aferra la pistola por la empuñadura. No sabe, pero lo supone, que la palanquita accionada por su pulgar es el seguro.

—¡La pipa al suelo, ya! —oye rugir al individuo, con el tono atroz de quien no dará una segunda oportunidad. Él aún lo apunta, aún podría intentar hacer otro tiro. Pero ambos saben que sería difícil que el disparo se produjera, que Tito podría hacer puntería más rápidamente, que la pistolita podría, incluso, llegar a estallarle en la mano.

Así que Júnior alza la otra mano, pidiendo calma, y se agacha lentamente para dejar la Dickson en el suelo, cagándose mentalmente, de paso, en la madre de José Stalin y del marinero ruso que le vendió aquella cacharra.

El mango de la sartén ha regresado a las manos de Tito y la bestia ha vuelto a despertarse. Rápidamente, analiza la situación. Están en el descansillo. En cualquier momento puede aparecer alguien. Si quiere marcharse, tiene que librarse primero de Júnior. Piensa en lo que le propuso Cora. Sería una solución perfecta, si no fuera porque están, precisamente, en la mismísima puerta de su casa. Pero además, y sobre todo, no tiene pellejo de asesino.

—De rodillas —comienza por ordenarle—. Y las manos detrás de la cabeza. Con los dedos cruzaditos. Ya sabes cómo va la cosa.

Júnior obedece. Así, arrodillado, con las manos en la nuca, ya no parece tan peligroso. Pero continúa mirándolo con ojos de loco.

—¿Y ahora qué? —dice el tipo con insolencia—. ¿Rezo algo?

—No, ahora te vas a tomar por culo.

Los ojos de Júnior no tienen tiempo de registrar nada más. Un segundo después, la culata de la pistola se estrella brutalmente contra su cráneo una, dos, al menos tres veces antes de que él se desplome en el centro de una nada negra.

# 6

*Río Bravo.* De Howard Hawks. Con John Wayne, Walter Brennan, Dean Martin y Angie Dickinson. También salía Ricky Nelson, antes de que empezara a hacer el indio. Había comprado el periódico en la Estación de Guaguas. Ahora lo llevaba bajo el brazo, con el DVD metido en un bolsillo de la chaqueta, mientras cruzaba el parque de San Telmo camino de la terraza del Quiosco Modernista. Conocía el sitio de otras ocasiones. Aún no eran las once y media y no le costó encontrar mesa. Pronto comenzarían a llegar familias, parejas de mediana edad, ancianitos y grupos de amigos que se reunían para hacer el aperitivo del domingo por la mañana. Hacía calor. Antes de sentarse, sacó de su chaqueta el tabaco y el encendedor, y se la quitó, arremangándose. Había decidido no llevar corbata y por entre los botones superiores abiertos de su camisa se veía el comienzo de la pelambrera que le cubría el torso.

Pidió una clarita y decidió que, ya que lo tenía allí, leería el periódico. La noticia le llamó la atención inmediatamente. No sabía por qué, le parecía demasiada casualidad. Esa ciudad no era tan violenta como para que ocurrieran al mismo tiempo el volcado de Larry y aquella matanza. Se interesó aún más al leer las dos páginas interiores que el matutino dedicaba al suceso. La policía, por supuesto, in albis, como casi siempre. Los muertos eran dos tipos de baja ralea y uno que parecía ser un tipo más elegante, un jefe de seguridad de un hotel. Lo que acabó por hacerle relacionar aquello con lo de Larry fue la mención de un

Rolex entre los objetos de valor que parecían haber sido motivo de la reyerta.

Se preguntó si Beltrán habría regresado ya a la ciudad. Cuando lo llamó, Paco le contestó desde el manos libres. Conducía hacia allí. Podían quedar sobre las dos.

—Quedamos en el japonés de calle Venegas. Yo invito —dijo Sanchís antes de colgar.

Le daría tiempo de terminar de leer el periódico, dar un paseo e, incluso, volver al hotel para poner la tele, por si decían algo más sobre el asunto.


## 7


Tito dejó colgar su mandíbula cuando la entrada a la casa de Plácido le fue franqueada por un veinteañero flaco y larguirucho, de pelo negro con raya a un lado y mechón caído sobre la frente. Tenía rostro anguloso, labios finos y ojos grandes. El tipo iba en albornoz y chancletas y le echó un vistazo de arriba abajo a Cora antes de dirigirse a él. No esperaba encontrarse allí a aquel chico, evidentemente amanerado, pero intentó ser justo: seguramente Plácido tampoco esperaba la llamada que él le había hecho por la mañana, pidiéndole ayuda para un problema urgente.

—¿Tito? —preguntó con voz aflautada.

—Sí —dijo el Palmera.

El muchacho sonrió.

—Vayan entrando. Plácido está terminando de vestirse.

Pasaron al salón y ocuparon el sofá. La mochila y el ordenador, en su funda, quedaron en el suelo, ante ellos. Por la mañana decidieron que era más apropiado llevar el dinero en la mochila, más cómoda y con un doble cierre de correa y hebilla.

—Me llamo Néstor —se presentó el otro, tendiéndoles la mano.

Tito, comenzando a comprender, le presentó a Cora, que había comprendido desde el primer momento y se levantó para dar un beso en la mejilla al inesperado anfitrión. La sonrisa del chico se amplió aún más y la mirada de complicidad que la mujer cruzó con él pareció reconfortarlo de alguna preocupación previa a su llegada.

—¿Les apetece algo? ¿Un cafetito?

Antes de que respondieran, apareció Plácido. Tito iba a presentarle a Cora, pero Néstor, con soltura de maestro de ceremonias, se le adelantó. El café fue aceptado y Cora se coló detrás de Néstor para acompañarlo a la cocina.

Cuando Plácido lo hizo pasar al estudio, lleno de la luz de la mañana, Tito mostraba una desorientación enternecedora. Plácido decidió ahorrarle sufrimientos.

—Néstor se viene a dormir los sábados. A veces también los viernes.

El Palmera sintió aún más turbación. Realmente, no sabía qué decir. Plácido se lo adivinó en los ojos, que huían de los suyos por la estancia.

—¿Te incomoda?

Tito dio un resoplido.

—No, no es eso... Es la sorpresa. No sabía que tú... Bueno, ya sabes... ¿Desde cuándo?

Plácido se echó a reír.

—Desde siempre, totorota —dijo dándole una palmada en el hombro—. Con Néstor llevo ya casi tres años.

—Joder. ¿Y por qué no me habías dicho nada?

—¿Y por qué tendría que decírtelo?

Tito Marichal se dio cuenta de que Plácido tenía toda la razón. Lo dio a entender con alzamiento de cejas, fruncimiento de labios y meneo de cabeza.

—Por ejemplo, tú no me habías dicho nada sobre esa belleza que viene contigo.

Ahora Tito sí lo miró fijamente en el fondo de los ojos:

—Es verdad. Hay muchas cosas que no te he contado.

# Los honrados defensores de la ley

## 1

—Para empezar, necesito que me digas lo que puedes averiguar sobre esto —dijo el Gordo, dándole el recorte de periódico por encima del plato de *sashimi* que acababan de servirles. Habían elegido la mesa más discreta del local: la del último rincón del rectángulo acristalado que un día había sido la zona de fumadores del restaurante japonés.

Después de que Sanchís le entregara los obsequios para la familia (ahora descansaban en una de las sillas libres) y de ordenar los platos, Beltrán había sido quien había pedido que entraran en materia.

Paco Beltrán había acudido a la cita en playeras, vestido con unas bermudas color caqui y un polo de imitación Lacoste en un rojo desgastado por los lavados. Sanchís, como de costumbre, había obviado su aspecto deplorable. A Beltrán, los años le habían ido aumentando la frente, que ganaba terreno a su cabello entrecano; también le habían aflojado la piel bajo el mentón, le habían puesto bolsas en sus acuosos ojos marrones y le habían ido acumulando grasa en el abdomen hasta formar una barriga cervecera que daba un aspecto poco saludable a su cuerpo enteco. Esa barriga fue la que se rascó varias veces al tiempo que leía la noticia del recorte, antes de anunciar:

—Después de comer me paso por comisaría y les hago una visita a los de la Brigada.

—¿Tienes a alguien allí?

—Onésimo.

Sanchís mostró su sorpresa.

—¡Coño! ¿Onésimo sigue en el cuerpo?

—Que si sigue: inspector jefe, nada menos. Pero no hizo la oposición: antigüedad selectiva. Yo estaría igual, si no hubiéramos tenido aquel resbalón.

—No te quejes. Mira cómo me fue a mí.

—Joder, pues eso: viéndote, a veces pienso que igual me hubiera ido mejor —dijo Beltrán, haciendo un aspaviento, antes de tomar un trago de vino con el que quitarse el mal sabor de aquella idea tan melancólica—. Bueno, volviendo al tema, ¿tú crees que tiene algo que ver?

—Al Larry le quitaron un Rolex. ¿Cuántos Rolex roban aquí cada viernes? —No esperó la respuesta, bastante evidente—. La cosa está clara: esos tres estaban en el asunto.

—Pero el dinero no estaba allí...

—Exactamente. Así que no nos queda otra: hay un cuarto tipo, que se pasó por la piedra a estos y salió corriendo con todo el pastel.

—O un cuarto y un quinto —aventuró Beltrán.

—O un cuarto, un quinto y un sexto. Yo quiero pensar que es un solo tipo, pero, para el caso, es lo mismo. El tema es que hay por ahí alguien con cuatrocientos y pico mil euros del Turco en billetes surtidos y un cedé de ordenador con datos que podrían hacer caer a mucha gente. Tengo que moverme rápido para dar con quienquiera que sea antes de que se haga humo con todo el percal.

—Mover esa cantidad en billetes no es fácil. Y esto es una isla...

—Esa es la única ventaja con la que cuento.

—¿Qué necesitas saber exactamente?

—El historial completo de los tres fiambres —dijo Sanchís tomando con los palillos un trozo de salmón y sumergiéndolo en su cuenco de salsa de soja con *wasabi*—. Si se dedicaban al trapicheo por aquí, seguramente podrás acceder a las fichas. —Se aseguró bien de que el salmón se había empapado completamente de soja y lo puso en su plato—. Puede que hasta conozcas a alguno. Quiénes eran, a qué se dedicaban, con quién se relacionaban... También me ayudará tener una relación de los objetos que se encontraron en el escenario, sobre todo si uno de esos objetos es un cedé. A estas alturas, me tiene más preocupado el puto disco que el dinero —concluyó, volviendo a tomar el indefenso trozo de salmón e introduciéndolo entre sus fauces.

## 2

Tito aguardaba pacientemente, mirando por la ventana el mar encabritado que golpeaba el pedregal de la costa de San Cristóbal. El cielo continuaba plúmbeo y gris. La temperatura y la humedad no descendían. A esa hora del mediodía, ya los surfistas se habían marchado a comer. Tan solo algún pescador continuaba allá, echando un último lance antes del almuerzo. En el paseo que bordeaba el barrio de casitas terreras se veía a familias o grupos de amigos que intentaban encontrar sitio en alguno de los restaurantes del barrio Marinero, sitios sencillos con mesas de plástico que servían pescado frito y cerveza fresca junto al mar. Alguien, un poco más allá, hacia el final del vecindario, volaba una cometa sobre los acantilados.

Desde el salón, llegaban las voces y las risas de Cora y de Néstor, que parecían haber hecho buenas migas. Tras traerles café y decidir que se quedarían a comer (casi fue una imposición de Néstor, que pensaba preparar lo que él llamaba su «cuscús especial»), habían regresado allá, porque tenían, al parecer, muchas cosas que contarse. A Tito le gustaba ver a Cora así, divertida con los comentarios y halagada con los piropos de Néstor. Volvía a ser la mujer que no era perseguida por nadie, que a nadie temía. Y él volvía a quererla.

A su espalda, escuchó cómo Plácido echaba la silla hacia atrás y se levantaba. Se volvió y lo interrogó con la mirada. Plácido dio un bufido.

—¿Y bien? —preguntó el Palmera.

—Lo que tienes aquí parece un lío del carajo, pero es más sencillo de lo que parece.

Tito fue hasta la mesa, se situó a su lado para compartir la visión de la pantalla del ordenador. Plácido señaló una de las columnas de la hoja de cálculo.

—Hay archivos como este, semestre por semestre, desde el 2006. Esto de aquí, son asientos. Esto otro, debe de significar algún tipo de devoluciones, sin intereses. Las iniciales que marcan cada fila representan, seguramente, empresas o particulares. Fíjate en las fechas de diferencia entre el asiento y la devolución.

Tito se fijó, pero no entendió nada. Plácido mostró el mismo gesto de satisfacción que cuando el Palmera caía imprudentemente en una celada.

—A ver, melón: el que lleva esta contabilidad, le entrega periódicamente cantidades bastante jugosas a estas empresas. Y, justo un mes después, las empresas lo ingresan en estas cuentas de aquí. Casi exactamente las mismas cantidades que entran. Y eso no es lo único raro —añadió, abriendo otro archivo—. Fíjate en esto: es una lista de cuentas corrientes. Hay cuentas en bancos de tres o cuatro países, pero la mayoría son de Belice y Granada. El país —aclaró—, no donde está la Alhambra...

Tito asintió. Eso sí lo había entendido.

—Paraísos fiscales...

—Eso es —dijo Plácido, volviendo a sentarse, encendiendo un cigarrillo, echándose hacia atrás en la silla—. Así que, o mucho me equivoco, o el dueño de este disco se dedica a meter dinero en empresas, seguramente haciendo facturas infladas. Y luego estas empresas, pasadas un par de semanas, cogen la pasta y la ingresan en el extranjero. ¿Puede ser algo así? ¿Se dedican a blanquear capitales?

—Seguro que es algo así. —Tito examinó las siglas supuestamente correspondientes a los destinatarios del dinero. Leyó algunas en voz alta—: CHEH, MDSA, K3, SIIG. ¿Qué coño de empresas serán?

—Vete a saber. Además, habría que tener claro si son de la provincia, nacionales o de otros países. Y, por otro lado, el nombre comercial de las empresas no siempre se corresponde con el nombre con el que están inscritas.

Ahora fue Tito quien señaló la pantalla:

—Hay una que sí: K3. Te juego lo que quieras a que es Kámara3. *Catering* y suministros de hostelería.

—¿Aquí, en Las Palmas?

—Ajá. —Tito tomó asiento en la silla que normalmente ocupaba cuando jugaban al ajedrez.

—Supongo que esta semana nos quedamos sin partida... —comentó Plácido, ajustándose las gafas. Cuando Tito asintió, absorto, contemplando el tablero, el anfitrión preguntó—: ¿Cuándo me vas a explicar en qué andas metido?

—Mejor que no sepas nada, Plácido.

Quizá el Palmera tuviera razón y fuera conveniente no saber más. Pero se había presentado allí un domingo, con una mochila, su ordenador portátil y una Isabella Rossellini (como la había llamado Néstor para elogiarle el atractivo) pidiéndole ayuda para interpretar el galimatías que contenía aquel cedé. Además, había venido con un golpe en la cabeza (cuando lo interrogó sobre eso, dijo que había tenido un accidente, que el coche iba camino del taller). No podía pretender que Plácido no insistiera en enterarse de lo que estaba pasando. Así que Plácido insistió, porque su curiosidad de maduro abúlico que imaginaba en Tito a un hombre de acción necesitaba ser saciada.

Tito volvió a negarse. Ni siquiera lo hizo verbalmente. Simplemente, su cabeza se movió con lentitud de izquierda a derecha, mientras sus ojos cortaban el aire que lo separaba de él.

—Solo puedo decirte que ando en medio de un follón. Me metí en un asunto sucio, Plácido. Quería conseguir pasta para lo de la cafetería y me metí en algo que me viene grande.

—¿Te has dedicado a traficar con droga? —lo interrogó Plácido, sorprendido ante su propia sospecha.

Tito hizo un mohín.

—¿Con droga? No, qué va. Estoy viejito para meterme a traficante —dijo, levantándose—. ¿Me dejas que entre un momento en Internet?

—Todo tuyo —invitó Plácido, cediéndole el puesto. Luego, mientras Tito abría una página web de búsqueda de hoteles, se quedó en pie a su lado y le preguntó—: Oye, si necesitas dinero, tengo...

Tito soltó una carcajada.

—No, gracias, Plácido. Ahora mismo tengo de sobra.

—Entiendo. —Plácido hizo una pausa, asumiendo lo que Tito acababa de decir, reparando en la página que consultaba ahora—. ¿Y un sitio donde quedarte? Aquí hay espacio de sobra. La habitación de mi madre...

Tito le puso la mano en el antebrazo, reconfortándolo:

—Gracias, Plácido. Pero, con lo que has hecho hoy, tengo ayuda de sobra. No puedo meterte en este lío. Cuando nos vayamos luego, olvídate de todo esto.

Plácido se rio y Tito, extrañado, le preguntó de qué se reía.

—De una cosa que leí ayer sobre el olvido. Era algo

así como que olvidar no es algo que uno haga, sino algo que sucede.

Tito Marichal no estaba para filosofías. Continuó buscando en Internet. Plácido ocupó el lugar que antes había ocupado él junto a la ventana y comenzó a hablar a media voz, como si lo hiciera para sí.

—Puede que tú no te des cuenta, pero eres el único amigo que tengo. Quiero decir, amigos de verdad. Conocidos tengo muchos. Pero amigos, gente con la que pueda contar, solo te tengo a ti.

—Tienes a Néstor —dijo Tito, sin apartar los ojos de la pantalla. Acababa de encontrar lo que andaba buscando: un buen hotel en la isla, pero alejado de la ciudad o de cualquier otro sitio donde Júnior pudiera encontrarlos. Sin embargo, no inició el cuestionario para hacer una reserva; sus sentidos estaban en lo que Plácido decía.

—Néstor es otra cosa. Me alegra la vida, pero es otra cosa. Los amores se acaban. Siempre se acaban. Me ha pasado otras veces. Pero un amigo es para toda la vida. Así que no me gustaría saber que he podido ayudarte en algo más y que no lo he hecho.

Dando un suspiro, Tito Marichal giró la silla hacia Plácido, quien también se volvió hacia él.

—Está bien: hay algo que sí podrías hacer por mí. —Con la mirada, Plácido lo animó a continuar hablando—. Me vendría bien que hicieras una copia del cedé y que la guardaras a buen recaudo.

—De acuerdo.

—Si te enteras de que me ha ocurrido algo, o si la semana que viene no sabes nada de mí, hazla pública.

—¿El periódico?

—El periódico, la tele... —pensó un momento, antes de añadir—: Y la policía. Sobre todo la policía. Pero asegúrate bien de que cae en las manos adecuadas y de que lo haces de forma anónima. Si no, se te van a echar encima.

Plácido asintió con resolución.

—Cuenta con eso. Te prometo que si te pasa algo, todo el mundo va a enterarse de lo que hay en ese disco.

Durante unos segundos, compartieron el silencio. Luego, Plácido lo rompió para comentar que aquello parecía una película de espías y ambos estallaron en una misma carcajada. Esta ya se extinguía cuando Tito le dijo a Plácido:

—Pues espera a que te diga el otro favor que se me ha ocurrido pedirte.


# 3

En el ordenador de su despacho, el Turco abrió el correo electrónico que Sanchís acababa de enviarle y abrió el enlace que figuraba en el cuerpo del texto. No le extrañó que el correo no contuviese asunto ni cualquier otro texto. Solo el enlace. Hablando de Sanchís, la discreción era la marca de la casa.

El enlace llevaba a la noticia de un periódico de Las Palmas. Llamó al Gordo por la línea segura.

—¿Lo has leído? —preguntó Sanchís nada más descolgar.

—Sí. Explícame el tema.

—El tema es que esto puede tener relación con lo

que hablábamos... Hay que ver cómo está el mundo, ¿eh? Los delincuentes campan a sus anchas y los hombres justos no pueden hacer otra cosa que esperar.

—¿Esperar a qué?

—A que los honrados defensores de la ley hagan su trabajo.

—¿Y lo están haciendo?

—Acabo de almorzar con ellos. Ahora mismo están en comisaría.

—¿Y tú?

—En el hotel, esperando a que vuelvan.

El Turco volvió a echar un vistazo rápido a la pantalla, al párrafo donde se especificaban los nombres de pila y las iniciales de los apellidos de las víctimas. Sanchís pareció adivinarle el pensamiento.

—Mi teoría es que hay un cuarto hombre.

—¿Como en la película?

—El de la película era el tercer hombre. Pero sí, más o menos, sí. Y ese cuarto hombre, o es de la casa o conoce a alguien de la casa.

—Vale. Manténme informado.

—Se dijo.

Después de colgar, el Turco fue al salón. La niña estaba en su cuarto, haciendo una siesta que se prolongaba. Tal vez estuviera despierta, mirando al techo en la serenidad del domingo por la tarde, imaginando cuentos. Era una niña con mucha imaginación. Eso le gustaba.

Reme estaba tumbada en el sofá, viendo un documental sobre una banda de mangostas rayadas. Miralles se sentó en el extremo contrario, se puso los pies descalzos de ella sobre el regazo y comenzó a darles un suave masaje.

—¿Algo nuevo? —dijo ella sin retirar la vista del televisor, donde dos hembras adultas seguían a un grupo del que no querían separarse. Una voz en *off* explicaba que cuando el grupo era demasiado grande, algunas hembras eran expulsadas.

—Poco. Alguien de dentro nos ha hecho una jugada. —Ella acogió la información con el desinterés de quien ya sabía lo que acaban de decirle. Continuó mirando en la pantalla cómo dos hembras y un macho del grupo agredían a las hembras expulsadas, para alejarlas de la manada—. ¿Pudiste hacer todas las transferencias?

—Casi todas. Hay un par de bancos que tendré que visitar en persona.

—Joder.

—Pero voy a esperar a que vuelva toda la pasta que hay en Canarias. Será lo mejor. Así hago el vaciado completo.

Ahora había en la pantalla primeros planos de crías que jugaban en la hierba.

—Entonces, ¿cuándo vas a viajar? —preguntó el Turco.

Reme se incorporó a medias para mirarlo, con la expresión de quien mira a un imbécil.

—Pues cuando vuelva la pasta. Si es el martes, el martes. Si es el jueves, el jueves.

Volvió a tumbarse, a fijar la atención en la caja tonta, donde ahora las mangostas habían echado a correr a toda velocidad, cerrando filas en torno a las crías. El contraplano de un ave rapaz (seguramente un águila) explicaba la huida.

—¿Te llevarás a la niña?

—Supongo que sí.

El Turco guardó silencio. El carácter acerado de Remedios, sus frialdades, sus silencios solían desconcertarlo, pero lo aceptaba como un mal menor. Por lo demás, no podía quejarse. Reme no solo continuaba siendo una belleza, una madre estupenda, un ama de casa que erradicaba toda preocupación doméstica. Además era su cerebro administrativo. Era ella quien decía lo que debía hacerse con el dinero y cómo debía de hacerse para que estuviera siempre a salvo. Tener a su lado una contable tan eficaz y, al mismo tiempo, de tanta confianza (su propia mujer), era un lujo que pocos podían permitirse. Así que no le importaban esos momentos de mal humor, esa tendencia al laconismo, esa actitud de quien se sabe más capaz para ciertos asuntos que las personas que tiene alrededor. Por otro lado, sabía que podía resultar igualmente encantadora. Como lo era en este mismo instante, al volverse boca arriba y mirarlo con ansia a los ojos y decirle a media voz tras dar un suspiro:

—Sé de otros sitios de mi cuerpo que también agradecerían un masaje.

## 4

Decidieron que lo mejor sería que Beltrán subiera a la habitación del Gordo. Se sentaron junto a la ventana, en torno a una mesita redonda. El policía sacó un bloc de notas y lo abrió, pero, antes de comenzar a contarle a Sanchís lo que había averiguado, se quedó mirando a través del amplio ventanal, a la avenida Marítima, al mar, al lejano Puerto, a los espectaculares buques que se distribuían a lo largo de la costa haciendo turno para atracar. Una vela latina entrenaba en la bahía y, en ese momento, rebasaba la altura del hotel con rumbo sur. A Beltrán, aunque desde que vivía allí intentaba ahogarlo para mimetizarse con el paisaje, le salió el godo que llevaba dentro:

—Qué pedazo de vistas, chaval.

El Gordo dio unos golpecitos con el índice sobre la mesa.

—Al grano, Paco, no te me disperses.

—Está bien —se resignó el otro, disponiéndose a consultar sus notas—. De entrada te digo que en el inventario no figura ningún disco de datos. —Sanchís mostró su contrariedad con chasquido de lengua, mirada al techo y suspiro posterior—. Por lo demás, la cosa es así: tenemos tres fiambres: uno joven, de veintidós años, llamado... Jonay Pérez Santana, por mal nombre *el Garepa*. Entraba y salía constantemente por cosas pequeñas: hurto mayor, robo, posesión, agresión... Un mataíllo de barrio. A este lo machacaron bien: además de golpes y quemaduras por abrasión, múltiples fracturas en extremidades y torso y hemorragia interna. Pero la causa de la muerte es una fractura craneal abierta con pérdida de masa encefálica.

—Copón —exclamó el Gordo.

—Parece que lo atropellaron y después le pasaron varias veces por encima, para asegurarse. Después tenemos a Carlos Ortiz Caparrós, que era, por más señas, el legítimo propietario del Volkswagen Touran que apareció allí también, concretamente encima del amigo Jonay. Lo de Ortiz Caparrós tiene tela, después te comento. Pero vamos primero a lo que vamos: a este le pegaron un tiro en la garganta para empezar, y luego, otro en la frente, con orificio de salida en la nuca. Un 22 largo. Pero fíjate: por el ángulo, el tipo estaba arrodillado y el homicida, en pie. Fue desde muy cerca, a quemarropa. O sea, una ejecución. El arma estaba en el escenario... —Beltrán consultó sus notas—. Una pistola Hämmerli, de tiro olímpico. Por cierto, el propietario es un pijo de Arucas. Denunció el robo el año pasado. Le desvalijaron la casa... Ah, antes de que se me olvide: también había por allí, por el suelo, una escopeta de caza. Una Lig paralela, del 12. Tenía limados los números de serie, pero seguro que también es robada. En la isla hay muchas, porque son baratas. Aquí hay pasión por lo de los conejos. En cuanto se abre la veda, no hay manera de irse al campo sin...

—Al grano, Paco, que se nos hace de noche —apremió Sanchís, aburrido de la digresión cinegética.

—Está bien, cascarrabias —rezongó Beltrán—. Bueno, la Lig llegaron a dispararla y tenía las huellas del atropelladito, o sea, que seguramente se lo había buscado.

—¿Y el tercero?

—El tercero era José Rafael Hernández Rodríguez, de cuarenta y dos años. Lo llamaban Felo. Un viejo conocido. Yo mismo lo detuve una vez.

—¿Por?

—Agresión con arma blanca. Al final no se le pudo probar nada. Pero, el que a hierro mata, a hierro muere, y nunca mejor dicho, porque a este le acuchillaron la femoral y luego le apuñalaron el corazón con un cuchillo de longitud media.

—¿Quién?

—Pues, si fuéramos más idiotas, podríamos pensar que fue el tal Ortiz Caparrós, porque junto a él, y con sus huellas, había una navaja de esas grandes que usan los pescadores. En el portabultos del coche tenía, por cierto, aparejos de pesca.

—¿Y si fuéramos menos idiotas?

—Entonces nos preguntaríamos cómo, con un tiro en la garganta, fue capaz de darle dos puñaladas a Felo mientras este le pegaba otro tiro en la cabeza. Porque, se me había olvidado decírtelo, la Hämmerli tenía las huellas de Felo y la prueba de Hoffman ha dado positivo, así que tuvo que ser Felo quien le dio el pasaporte.

—Vale. Antes de que sigas, dime una cosa: ¿por qué me decías que el Ortiz ese tenía tela?

Beltrán pareció alegrarse con la pregunta.

—Carlos Ortiz Caparrós. Alias *el Rubio*. Era jefe de seguridad en un hotel del sur. Casado y, al parecer, un tipo serio. Pero tenía un pasado. Nacido en Cádiz pero criado en Cartagena. Vivió en Tánger, en Badajoz, en Pontevedra, en Madrid y en La Línea de la Concepción.

—¿Cuánto medía? —le preguntó de pronto Sanchís. A Beltrán la pregunta lo pilló por sorpresa. Sanchís la repitió—: ¿Era alto?

Beltrán consultó sus notas. Había olvidado apuntar las características físicas. No les había dado importancia. Finalmente, le pareció recordar que en el informe se consignaba que uno setenta y tantos.

—¿Eso es importante?

—Puede que lo sea —se limitó a decir el Gordo—. Sigue.

—Bueno —repuso Beltrán, intentando retomar el hilo—. Pues, vamos a ver... Tengo un colega destinado en La Línea, así que le di un telefonazo. Se acordaba perfectamente de él. En Gibraltar había sido lugarteniente del Yuyo, uno que se les escapaba continuamente hasta que el año pasado alguien le dio el finiquito. Los rusos, se sospecha.

—Un profesional —resumió Sanchís, antes de que a Beltrán le diera por comenzar a perorar acerca de las bandas de Europa del Este.

—Lo era o, al menos, lo había sido. Aquí se puso a trabajar en Seguridad Ceys. Lo destinaron, sobre todo, a hoteles. Ahí comenzó a hacer contactos y ascendió en el escalafón. Hasta que le pegaron el tiro en la frente, era jefe de seguridad en el hotel Marqués, un megahotelazo del sur. Al Rubio nunca se le probó nada, pero fue un punto de los duros: trata de blancas, tráfico de drogas y probablemente de armas. Pero, en lo que debía de ser un fiera, según mi colega, era asaltando chalés. —Beltrán hizo una pausa teatral y apuntó con el dedo al Gordo—. Ese es tu hombre, Pepe. Ese es.

Sanchís se rascó la barbilla. Las carnes del mentón se removieron como las aguas de una bañera de hidromasaje. Después, su mano ascendió hasta su bigote y se dedicó a acariciarlo con fruición, mientras su cerebro intentaba encajar las piezas del puzle.

—Vamos a ver: en principio, podría parecer que se habían citado para un intercambio.

—El tal Jonay hace mejor pareja con Felo que con un profesional —apuntó Beltrán.

—Cierto. Y un palo como el de casa de Larry parece más cosa del jefe de seguridad que de los dos choricillos. Por lo tanto, Ortiz da el palo y va a reunirse con Felo y con Jonay. Pero resulta que Jonay está esperando al Rubio con una escopeta de dos cañones. Y al Rubio le parece buena idea triturarlo con el coche.

—Sí —dijo Beltrán con ironía—. Y después de aparcarle el coche encima un par de veces, se va al portabultos, busca la navaja, llega donde Felo (que, por cierto, se ha estado quietecito mientras él venía), se arrodilla, deja que Felo le pegue un tiro en la frente y, con los sesos esparcidos por el suelo, le paga el servicio con dos puñaladas, volviéndose al lugar exacto donde estaba cuando le dieron pasaporte, y se deja caer para descansar en paz. Onésimo dirá lo que quiera, pero no cuadra.

—No. No cuadra. Y la otra opción tampoco.

—¿Qué opción?

—La de que Felo, desangrándose y con una puñalada en el corazón, tuviera tiempo y ánimo para darle finiquito.

—Pues no, tampoco cuadra. El juez al que le ha tocado no quiere complicaciones y Onésimo está por no dárselas, así que la versión oficial va a ser más o menos esa, pero no cuadra.

Sanchís asintió a la explicación del policía. Tres chorizos que se matan entre ellos. A nadie le apetecía escarbar más en todo aquello. Eso le resultaba muy conveniente. Pero él tenía que seguir con el rompecabezas.

—Así que solo queda la otra solución lógica.

—Un cuarto tipo.

—Un cuarto tipo, seguramente el orangután que hizo el trabajo con Ortiz. Lo más probable es que, cuando se vieron con estos para repartir, la cosa se torciera. Felo se cargó a Ortiz, eso es impepinable. Pero a él y al chico se los cargó el otro. Luego intentó arreglar la escena para que pareciese que se habían matado entre ellos.

—Y ahora me vas a preguntar si había rastros de un tercer vehículo, ¿verdad?

—No. Te iba a preguntar si podría ser que estuviera herido. Pero esa pregunta también es buena.

—El terreno no es bueno para huellas de vehículos. Pero entra en lo posible que hubiera algún coche más. En cuanto a lo de que esté herido, los perdigones de la escopeta dieron en la chapa de la furgoneta y no hay rastro de sangre. Y la Hämmerli solo se disparó dos veces. Dos tiros: dos blancos en Ortiz.

Sanchís miró por la ventana y tamborileó sobre la mesa con los dedos de la mano derecha. Evidentemente, estaba procesando toda la información, con algo de esfuerzo, con algo de hastío. Beltrán había concluido la lectura de sus notas. El cuaderno reposaba entre ambos sobre la tabla.

—Y, ahora, la pregunta del millón: ¿por qué coño irían a repartir estos dos con Jonay y con Felo? —inquirió Beltrán.

—Porque ellos les habían dicho dónde dar el palo, supongo.

El Gordo cogió el teléfono, llamó a Larry y le preguntó si conocía a un tal Jonay Pérez Santana o a un tal José Rafael Hernández Rodríguez.

—¿Son ellos? —preguntó Larry.

—Casi. Dime: ¿los conoces?

Al otro lado de la línea se hizo un silencio. Larry debía de estar esforzándose por recordar. Sanchís decidió darle alguna pista:

—Jonay tenía un apodo: el Garepa. Al otro lo llamaban Felo.

—No sé... —dudaba Larry. De pronto, casi gritó—: ¡Espera! ¿Felo? ¿Es un tío bajito y flaco? ¿Con los ojos pequeños y saltones, como si fuera un conejo?

—No sé, espera... —dijo el Gordo, tapando el auricular y dirigiéndose a Beltrán—. El tal Felo, ¿cómo era?

—Una especie de lagartija.

Sanchís volvió a dirigirse a Larry.

—Parece que sí.

Larry se sintió feliz de poder resultar útil.

—Yo no lo conozco mucho. Vino aquí dos o tres veces, acompañándolo.

—¿Acompañándolo? ¿A quién?

—¿A quién va a ser? A Júnior, claro. Trabaja con él. Él lo llama «su compadre», dice que es su hombre de confianza.

# 5

No había sido necesario ir a que le dieran puntos; las heridas no eran profundas, pero sería mejor no quitarse el apósito. Eso sí: se había metido ya en el cuerpo cuatro cápsulas de Nolotil y el dolor, una cefalea similar a una triple resaca, persistía. Cuando recobró el conocimiento y pudo levantarse, pensó que habían pasado horas. Pero, en realidad, el Palmera debía de llevarle solo cinco o diez minutos de ventaja. Aun así, decidió no perseguirlo. Estaba demasiado averiado. Se sentó un rato en la escalera, utilizando su propia cazadora como compresa para enjugar la sangre. Después sintió ruido, voces y pasos en el piso de arriba. Algún vecino llamaba al ascensor para bajar. No era un buen sitio para quedarse. Logró ponerse en pie y se alegró de que las piernas lo sostuvieran, pese a los vahídos.

Por suerte, había una farmacia de guardia cerca del parque de Santa Catalina. Más alarmada que sorprendida, la dependienta le vendió el yodo, las gasas, el apósito y los calmantes, se tragó la explicación de que lo habían agredido unos coreanos, lo ayudó, incluso, a hacerse una primera cura. Aquello escocía de cojones. Cuando la chica le preguntó si no pensaba denunciar, Júnior esbozó una sonrisa y le dijo que sería perder el tiempo. Antes de irse, intentó darle una propina, por las molestias, pero la dependienta no quiso aceptarla.

Así, con el apósito, después de arrojar su chaqueta (con la Dickson en su interior) a una papelera, presentaba un aspecto más presentable. Continuó andando hasta el centro comercial donde había dejado el coche y se volvió a casa.

Había dormido hasta mediodía, profundamente, con un sueño abismal pero poco reparador, hasta que el hambre lo despertó. Pidió una pizza a domicilio, se comió la mitad y se acostó de nuevo. Ahora, a las siete de la tarde del domingo, había decidido que era el momento de levantarse y pensar en lo que iba a hacer. Encendió un cigarrillo y se sentó en el sofá.

Definitivamente, todo se había ido a la mierda. Ni soñar con alcanzar a Tito Marichal (donde coño fuese que estuviera) y, en caso de alcanzarlo, ni soñar con que fuera tan fácil hacerse con la pasta o, ni siquiera, con su parte de la pasta. Encima, Felo y el Garepa muertos de forma escandalosa. La policía estaría investigando y no tardarían en pasarse por allí a hacerle una visita. Por ese lado estaba más bien tranquilo: conservaba las tarjetas de embarque del viaje a Lanzarote, aunque no podía asegurar que no pudieran relacionarlo de alguna manera. Él y el Rubio se habían telefoneado bastante en los últimos tiempos. Y la propia Pilar, convenientemente presionada, podía llegar a testificar que había visitado la tienda. Pero, con todo, no le preocupaba tanto la policía como el Turco. Por un lado, no iba a poder pagarle: ni dentro de dos semanas ni nunca. Por otro, era solo cuestión de tiempo que él y Pepe Sanchís lo relacionaran también con el palo. Y esos sí que no necesitaban testigos ni pruebas. Esos te hacían una visita y ya.

Solo le quedaba una solución: salir del país, o, al menos, de las islas, lo antes posible. En su cuenta corriente habría unos siete mil. Como dinero de bolsillo, podía sacar un par de miles de la caja fuerte. ¿Y el resto del metálico que había allí?

Pensó en manos de quién podía dejarlo. Se le ocurrió que la única persona en la que podía confiar era Valeria. Poner todo aquel dinero en manos de una chiquilla le parecía una temeridad, pero, definitivamente, no le quedaba otra alternativa.

Estaba decidido: salir corriendo. Era la única que le quedaba.

Salió de casa, bajó las escaleras y abrió la puerta de servicio de la tienda. Pero, justo cuando iba a entrar, sonó el interruptor de la puerta del zaguán y, a través de los cristales ahumados, vislumbró las sombras de dos hombres.

Dio un resoplido. Seguramente, sería la madera. Habrían encontrado ya su nombre por algún lado, lo habrían relacionado con Felo o con el Rubio y vendrían a interrogarlo.

—Me cago en la puta —rezongó cuando volvieron a tocar y luego, mientras daba los dos pasos que lo separaban de la puerta, gritó con desgana—: ¡Va!

Iban de paisano. Uno de ellos, el que vestía como un puto indigente, apestaba indudablemente a madero. Pero Júnior se quedó pasmado al ver el rostro del otro, el gordo que iba de traje. Aquel semblante despiadado era el del mismísimo Pepe Sanchís.

—Coño, Júnior —se sorprendió alegremente el Gordo al observar la gasa pegada en la calva del otro—. ¿Qué pasa en esta isla, que todo al que vengo a ver tiene un chichón?

Desde ese instante, Júnior supo que no solo se había ido todo a la mierda, sino que, además, ni siquiera tendría una oportunidad de huir.

## 6

El Turco colgó el teléfono y fue al salón. Allí, su mujer seguía pegada al ordenador. El domingo se había acabado. La niña dormía ya. La televisión continuaba encendida, pero sin volumen.

—Tengo noticias de Canarias —anunció, quedándose en pie frente a ella.

—Yo también —dijo Remedios—. El Larry, por una vez, ha hecho su trabajo. No sé cómo lo ha conseguido, pero la mayoría del dinero está ya de viaje. Así que mañana me voy de viaje yo. Estoy reservando pasaje. Es un lío, porque tengo que abrir cuentas en otros bancos y todo eso, pero el martes a esta hora, el dinero ya estará de nuevo en lugar seguro. Las cuentas viejas, liquidadas. Y, si no hay cuentas, no hay pruebas. Así que ya no habrá que preocuparse por lo del disco.

Miralles dio un suspiro de alivio.

—Joder, menos mal, Reme. Parece que las cosas empiezan a enderezarse, coño. Mañana a primera hora llamo a Pepe para comentárselo.

—Una preocupación menos. Eso sí: en Canarias, yo cerraría el chiringuito hasta nueva orden. Demasiado barullo.

—Eso pienso hacer.

Ella se quitó el portátil del regazo y lo dejó sobre la mesita de centro. Con visible delectación, se dedicó a masajearse el cuello, preguntando:

—Bueno, ¿y tú qué ibas a decirme?

—Pepe está yendo rápido. Parece que el palo fue cosa de Júnior. Puto traidor...

Remedios no se inmutó. La información no pareció sorprenderla en absoluto.

—Iban solo a por el dinero, por lo visto. Del disco no tiene puta idea. No lo hizo él. Subcontrató a un tal Carlos no sé qué... Un experto, por lo visto. Y este contó con otros dos, un tío enorme y la tipa que el Larry creía haberse ligado... Menudo gilipollas, el Larry también... —Tras dedicar unos segundos a cagarse mentalmente en la estampa del Larry, continuó explicando los pormenores a su mujer, que lo miraba con atención—. Júnior se quitó de en medio. Los subcontratados tenían que verse con su gente para hacer el reparto. Pero algo fue mal.

—¿Y en resumen? —lo apremió ella.

—En resumen, a los demás los pusieron en la lista de los que tienen prohibido entrar a El Corte Inglés, y la pasta se la llevaron el tío enorme y la putilla. Júnior dio con ellos, pero, por lo visto, el tío se las gasta y le pateó la cabeza antes de salir por pies.

—¿Y tienen nombre?

—Más o menos. Ella solo tiene nombre de pila: Cora.

—Nombre artístico —dictaminó Remedios.

—Seguramente. Él se llama Tito Marechal, o Marichal, no entendí bien. La cosa es que Beltrán va a informarse sobre él en comisaría. Pero hoy ya no podrá ser. Está de vacaciones y sería mucho cante que fuera allí de noche.

—Lo de «Tito» será un diminutivo.

—Fijo —estuvo de acuerdo el Turco—. Pero déjalo de mano de Pepe. El Gordo sabe lo que hace.

Remedios asintió. Luego una luz le pasó por el semblante y preguntó:

—¿Qué han hecho con Júnior?

El Turco caminó hasta la mesa del comedor, sobre la cual estaban los cigarrillos, antes de contestar:

—Bueno, como supondrás, no resultó fácil hacerlo cantar. Una vez reconoció que estaba en el ajo, todo fue sobre ruedas. Pero, al principio, les costó. Así que le hicieron el tratamiento completo.

Ella no insistió. Volvió a su ordenador y se puso a cumplimentar los datos de la reserva. Saldría al día siguiente, a las 13:30, con la niña. Seguramente, se pasaría la mañana pensando en qué metería en las maletas, porque sería un viaje largo.

# El reverso del cielo

## 1

Fue la luz lo que despertó a Cora. La luz avasalladora del sol que se había ido elevando sobre el valle hasta penetrar en la amplia habitación por la doble puerta acristalada que daba a la terraza. Habían olvidado correr las cortinas. No le importó. Aquella luz, el silencio, el aire fresco que penetraba por la puerta entreabierta le producían una paz infinita. Echó un vistazo a su alrededor. Vio las ropas, reposando sobre el diván. La mochila y la funda del ordenador portátil sobre el escritorio, junto a la pantalla de plasma. El corredor que llevaba a la entrada. El armario empotrado. Y allí, dándole la espalda, el cuerpo enorme y cálido de Tito, disfrutando de un descanso más que merecido. Ciertamente, Cora no podía terminar de creerse que Tito hubiera sido capaz de hacer todo aquello. Cuando lo conoció, pensaba que no era más que un buen hombre que pasaba por un bache; que todo aquel asunto le venía demasiado grande. Pero luego había conservado la cabeza fría y el pulso firme; había tomado las riendas de la situación con seguridad de cirujano. Cora se preguntaba cuántas sorpresas habría de darle aún.

La tarde anterior, tras salir de casa de Plácido, había conducido hacia las cumbres del interior. A Júnior nunca se le ocurriría buscarlos en el parador de Tejeda. Cora tuvo que reconocer que tenía razón.

—Y, de paso, nos vamos a dar una alegría. Reservé sesión de *spa* y masaje relajante para mañana.

Según continuó contándole, habían tenido suerte, porque la mayoría de los huéspedes dejaban el hotel el domingo. Cuando llegaron, aún encontraron abiertos los puestos de artesanía que había en la explanada. Compraron ropa de abrigo, una botella de vino y algo de queso antes de pasar junto a los turistas rezagados que se hacían fotos ante la Cruz de Tejeda y entrar en el hotel. La recepcionista los llevó a una habitación de la planta baja que daba directamente sobre el valle. Desde la terraza se veía el Bentayga dominando un paisaje de pinares y roquedales que llegaba hasta la Aldea de San Nicolás. Más allá se adivinaba la cumbre del Teide. Mientras les explicaba el horario del comedor, las normas del *spa*, cómo se manejaba el aire acondicionado, la recepcionista, una chica joven de apariencia eslava, les sonreía con una simpatía que, extrañamente, a Cora le pareció sincera. Seguramente pensaba que eran una pareja víctima del estrés que había decidido hacer una escapada. Por último, les recomendó que reservaran la sesión de *spa* para última hora de la tarde.

—Es una delicia estar metido en la piscina de agua tibia viendo la puesta de sol.

Lo dijo de una forma que a Cora la hizo sospechar

que hablaba por experiencia y no pudo evitar imaginarla en la piscina, acaramelada con algún maromo tan joven y guapo como ella. Le devolvió la sonrisa con un guiño de complicidad y le dijo que seguirían su consejo.

Ahora, en albornoz, saliendo a la terraza para contemplar el paisaje, recordaba ese momento agradable. También, mientras tomaba un par de bocanadas de aquel aire que olía a pino, recordaba la cena en el comedor del hotel, el trato amable y cordial del camarero que los había atendido. Y cómo habían regresado a la habitación, cómo habían sacado dos botellitas de ron del minibar y se las habían tomado en aquella misma terraza, antes de que ella se levantase, tomara a Tito de la mano y lo llevara adentro para hacerle el amor. Cora se había acostado en cientos de hoteles con cientos de hombres distintos. En todas las posturas, de todas las formas. Pero jamás había sentido lo que había sentido esa noche. Acaso porque todas las personas que habían encontrado a su paso durante el día la habían tratado de forma cariñosa. Acaso porque Tito le inspiraba una ternura inédita. No alcanzaba a entender bien por qué, pero el hecho es que estaba comenzando a descubrir que el mundo, aunque fuera una mierda, no tiene por qué apestar siempre, si uno se rodea de la gente adecuada. Miró, sobre la mesa, los vasos, las botellitas de ron vacías, el cenicero y el paquete de cigarrillos. Sacó uno, lo encendió y volvió a apoyarse en la barandilla. La mañana era luminosa. Algunas nubes blancas habían comenzado a ascender hacia la cumbre y se habían quedado paradas, acariciándola. Se acordó de Néstor, que se había quejado en algún momento de la panza de burro que cubría la ciudad, y le dedicó una sonrisa. Plácido también había sido amable con ella, como todos desde que salieron del hotel donde habían pasado la noche del sábado.

Pronto se despertaría Tito. O lo despertaría ella misma. El plan era bajar a la población más cercana (probablemente, San Mateo) para comprar bañadores, algo de ropa y calzado. Luego volverían al parador. Por la tarde, irían al *spa*. Tito había previsto que pasaran allí al menos tres o cuatro días. El jueves o el viernes volverían a la ciudad, tras asegurarse de que todo estaba tranquilo. A sus espaldas, escuchó un golpe de tos y la voz de Tito, llamándola. Dejó el cigarrillo en el cenicero y entró en el cuarto.

—Estoy aquí, Bello Durmiente —le dijo antes de saltar sobre la cama.

## 2

A Pilar le extraña mucho que la puerta de servicio no tenga echadas las dos vueltas de llave acostumbradas. También le extraña cierto desorden sobre el mostrador. No sabe qué exactamente, pero hay algo que no está en su sitio. Sin embargo, no le da importancia. No sería la primera vez que el jefe llega a las tantas, borracho, y pasa por la oficina antes de subir a casa. El coche estaba aparcado enfrente, así que allá debe de estar ahora, en casa, durmiendo la mona. A ella, plim. Ella, a lo suyo. Cuanto menos sepa de la vida y obras de ese señor, mucho mejor para todos.

Por eso vuelve a cerrar la puerta y va, como siempre, a la oficina para coger el cambio y abrir la tienda. La costumbre es que él se lo deje preparado sobre la mesa. Pero, al atravesar el almacén, un olor le araña la pituitaria. No es el acostumbrado olor a tejido y cartón almacenados, esa mezcla de tinturas, polvo y humedad, ese paraíso para los ácaros. No. Es un olor acre. Como si alguien se hubiera orinado por los rincones hace varios días. También huele a huevos podridos. Haciendo pinza en su nariz con dos dedos, llega a la puerta, que está abierta. Esto ya no puede ser casualidad. Esa puerta no está abierta nunca.

Duda entre dar el siguiente paso o no, mientras un vacío inmenso le rebulle en las tripas. Debería salir corriendo, llamar a alguien, a la policía. Pero también puede ser que el jefe haya prolongado su juerga hasta la amanecida y esté allí, solo o con alguno de sus amigotes, puede que hasta drogándose. En ese caso, tampoco debería entrar. No obstante, algo tiene que hacer. No puede quedarse ahí parada. Deja transcurrir unos segundos, procurando no hacer ruido, aguzando el oído. No escucha absolutamente nada.

Finalmente, se decide a dar ese paso y se planta en el umbral. De pronto, es el horror, el indescriptible espanto, el bulto atado a la silla, el rostro terriblemente hinchado y tumefacto, de una de cuyas cuencas cuelga un ojo, la máscara sanguinolenta de la cual Pilar no puede ya ni siquiera sospechar que antes fuera el rostro de Júnior.

# 3

Sanchís está algo más tranquilo. Por la mañana, el Turco le ha dicho que Reme la Bella está poniendo las cosas en su sitio, que en veinticuatro horas estará arreglado todo el asunto de las cuentas. También le ha dicho que ate todos los cabos en Canarias, que cierran por reforma. Ahora, al filo del mediodía, conduce el coche de alquiler por la calle Luis Doreste Silva, donde se ha citado con Beltrán. Lo recoge a pocos metros del desproporcionado edificio de la Supercomisaría, la rodea y conduce por la ciudad, vagamente familiar, mientras este lo informa.

—A Júnior lo encontró esta mañana la empleada de la tienda. Como tú dijiste, ahora están investigando a los que trapicheaban con él. Por cierto, hay que ver qué hacemos con la pasta y con el polvo.

—Eso te lo quedas tú, por el servicio —dice Sanchís mecánicamente.

—Coño, Pepe, muchas gracias. Bueno, a lo que iba, que Onésimo está hasta la polla. Cuatro fiambres en un solo fin de semana. —Beltrán mira al Gordo y cree oportuno hacer el siguiente comentario—: Esto es muy tranquilo, ¿sabes? No suele haber tanto homicidio ni tanta...

Sanchís lo interrumpe:

—Que sí, Paco, que esto es el puto paraíso terrenal. Pero vete al grano, coño, que estos se nos van a escapar en nuestros mismos morros.

Mientras, por enfilar hacia alguna parte, Sanchís enfila la autopista hacia el sur, Beltrán da un gruñido sacando su eterno bloc de notas y comienza a leer:

—Luis Vicente Marichal Suárez. Nacido en Las Palmas de Gran Canaria, en 1958. Hizo la mili en Regulares. Se reenganchó un año. Trapicheó algo, pero cosas de poca monta. Además, lo más gordo pasó a la jurisdicción militar. Luego se casó y empezó a trabajar de camarero. Está en trámite de divorcio y vive en uno de esos cuchitriles del Puerto. Está en paro, pero en los últimos dieciocho años estuvo en el hotel Hespérides. ¿A que no sabes quién trabajaba también en el Hespérides?

—No sé. ¿Quién? ¿La mula Francis?

—Ortiz, el Rubio. De ahí se conocían.

—Bueno, abrevia, que lo que interesa es saber dónde está. Sabemos que no estará en su casa y, si va por ahí con esa tía, no creo que se la haya llevado tampoco a casa de su exmujer.

—En efecto —dijo Beltrán, dándoselas de sabueso—. El sábado pasaron la noche en un hotelucho de la zona de Alcaravaneras. Y ayer por la tarde... —Beltrán volvió a hacer una de sus pausas teatrales, antes de cantar—: ¡Tacháaaan! Se inscribieron en el Parador Nacional de la Cruz de Tejeda.

—¿Eso dónde está?

—En la cumbre. En pleno centro de la isla. Estos se han quitado de en medio hasta que pase el temporal. Evidentemente, están huyendo de Júnior. Lo que no esperarían era que los buscáramos nosotros, con todos los medios.

—¿A cuánto está eso de aquí?

Beltrán consultó su reloj.

—Saliendo ahora, estaríamos allí sobre las dos,

más o menos. No me vendría mal que zanjáramos esto hoy mismo, Pepe. Mañana me reincorporo y no voy a poder tener tanto tiempo libre.

Sanchís mostró una sonrisilla. Casi le envidió a Beltrán el trabajo honrado, los horarios, la familia.

—Muy bien —dijo—. Será mejor que nos pongamos las pilas, antes de que les dé por cambiar de hotel otra vez.

—Primero hay que pasar por mi casa —dijo Beltrán.

—¿Y eso?

—Para pillar el hierro. No pienso presentarme allí sin una pipa.

Sanchís hizo un mohín de hastío. No le gustaban las armas. Extrañamente, dada su antigua profesión y los negocios a los que se dedicaba actualmente, pero sentía verdadera repugnancia y no le agradaba nada llevar encima armas de fuego. No obstante, Beltrán tenía razón. Si Júnior no les había mentido (y lo había dicho en el momento en el que estaba en situación de confesar su primera paja), el individuo llevaba una cacharra. Así que tomó la siguiente salida y cambió de sentido.

# 4

Regresaron después de mediodía, con bolsas que contenían la ropa que habían comprado. Pasaron un rato en la habitación, desenvolviendo calcetines, bragas y calzoncillos y guardándolos en los cajones; desembarazando de etiquetas camisetas, pantalones y vestidos de verano y colgándolos en el ropero. Por último, sacaron la ropa de baño y la dejaron sobre la cama.

Decidieron no almorzar en el hotel, sino en uno de los asadores que había en la explanada, frente a la cruz. El tiempo era estupendo: lucía el sol, pero corría una brisa que lo hacía amable. Por eso tomaron sitio en la terraza, donde solo otras tres mesas estaban ocupadas. En dos de ellas, había turistas europeos que consultaban planos y hacían fotos mientras tomaban cerveza. La otra, situada bajo el alero del edificio del restaurante, estaba ocupada por dos tipos que tenían pinta de peninsulares. A Tito le llamaron la atención. Uno de ellos tenía el pelo gris y llevaba una camisa estampada, por fuera de los pantalones. El otro iba vestido de americana azul marino y destacaba porque era inmenso. Sudaba. Quizá por la chaqueta, quizá por el sol, quizá por el vino. Pero su frente chorreaba sudor y el Palmera concibió la asquerosa idea de que aquel sudor estaría cayendo sobre el cochinillo, que cortaba y engullía como si alguien quisiera quitárselo. Un gordo bigotudo y empaquetado y un hortera con camisa hawaiana: no pegaban ni con cola. Ni allí, en la Cruz de Tejeda, un lunes a mediodía, ni entre ellos. Justo cuando pensaba en esto, llegó el camarero y Tito dejó de prestarles atención.

Siguiendo la recomendación del camarero, pidieron cordero y una botella de vino y comieron con tranquilidad, conversando sobre naderías. En algún momento, Cora miró al cielo y le dijo al Palmera:

—Hay que ver. En la ciudad siempre nublado y fíjate aquí...

—La panza de burro. Puede que sin la panza de burro nos requemáramos, pero, qué quieres que te diga, a uno lo pone triste, ¿no?

—A veces, cuando veo la ciudad así, cubierta de gris, pienso que, por encima de esas nubes, el cielo está así, como ahora, completamente despejado.

Tito puso un gesto burlón.

—Qué optimistas estamos hoy...

Cora le rio la gracia.

—Pues mira, sí. Estoy muy optimista. Desde ayer es como si estuviéramos del otro lado de la panza de burro. Así que sí: estoy contenta y optimista... El día está lindo, el cordero está buenísimo y el vino cojonudo. La gente nos trata bien y es simpática y... No sé por qué, Tito... Pero estoy contenta. Vamos, que te dejaría que me hicieras un hijo ahora mismo.

Se echaron a reír.

Acabaron el cordero y pidieron postres. Entretanto llegaban, Tito entró en el local para ir al cuarto de baño. Atravesó el comedor, prácticamente vacío. Dos de los camareros prestaban atención a un televisor encendido. Pensó que sería la hora de la información deportiva. Sin embargo, se equivocaba. Era el informativo local, dando una noticia de sucesos. En pantalla se veía el exterior de una tienda de Schamann, Confecciones Mendoza e Hijos, ante la cual había coches de policía. Pero no llegó a escuchar la noticia. Entonces sí, la locutora dio paso a los deportes y los camareros volvieron tras la barra. Les preguntó qué había pasado.

—Otro muerto —dijo uno de ellos—. Fíjese usted cómo está el mundo. El otro día, esos tres que aparecieron muertos. Y ahora uno, en Schamann. El dueño de una tienda. Y no se conformaron con robarle y matarlo, qué va... Hay que ver, un pobre padre de familia. Encima lo estuvieron torturando toda la noche.

—Eso sería para que dijera dónde estaban las perras... —terció el otro.

—Vete tú a saber... Yo no sé dónde va a parar todo esto...

Al volver a la terraza, el Palmera constató que uno de los grupos de guiris se había ido y que los dos godos tomaban licores y café sin quitarle ojo a Cora. Cuando constataron su presencia se hicieron los suecos. Pensó que era lo lógico, porque ella estaba estupenda. Aquellos dos le daban asco, pero no sería él quien iniciara un pleito. Continuaba dándole vueltas a la noticia de sucesos mientras comía los huevos mole que le habían traído. Para salir de dudas, preguntó a Cora cómo se llamaba la tienda del padre de Júnior.

—Mendoza. Confecciones Mendoza e Hijo. ¿Por qué? ¿Quieres ir a comprarte algo allí? —bromeó ella, pero se quedó parada al ver el gesto de alarma en los ojos de Tito.

# Fin de partida

## 1

—¿Estás seguro de que es él?

—Seguro —dijo Beltrán, con la atención centrada en cortar su solomillo—. Está tal cual en la foto del carné. Cosa rara, por cierto.

—Exceptuando el chichón —añadió Sanchís, divertido.

—¿Qué chichón?

—Tiene un chichón en el lado izquierdo. Joder, qué afición tiene esta gente a darse porrazos en la cabeza.

Continuaron comiendo en silencio. Después de preguntar en la recepción del hotel, de averiguar que los huéspedes habían salido, decidieron almorzar. No sabían cuánto tardarían en volver, pero en algún momento tendrían que hacerlo. El hotel tenía otra entrada, que daba a los aparcamientos. Esa zona no estaba a la vista. Aunque les daba igual. Ya que les tocaba hacer guardia, decidieron darse una alegría gastronómica. Lo que no esperaban era que aquellos dos se lo pusieran tan fácil.

Ahora Sanchís sudaba a baldes. Se arrepentía de

haber pedido vino tinto, de haber pedido cochinillo, de no haberse vestido de manera más informal.

—Está buena —dijo Beltrán.

—¿La comida?

—También. Pero me refería a la tía esta... Está que cruje.

—Sí. Las cosas como son: tiene un par de revolcones.

—¿Y Júnior no decía que era del oficio?

—Sí, eso dijo —confirma Sanchís acabando su plato y apartándolo un poco de sí.

Beltrán estaba a punto de terminar. Se puso a rebañar el plato con una miga de pan, diciendo:

—Joder, pues ya podría hacernos un servicio, de paso...

—Donde tengas la olla no metas la polla —atajó el Gordo, sacando sus cigarrillos.

El tipo se levantó y fue al interior del asador. Seguramente para ir al baño o pedir al camarero algo que había olvidado traerle. Mientras, pidieron cafés y Drambuie.

—¿Tú crees que se la folla? —indagó Beltrán.

—Supongo que sí —respondió Sanchís con insolencia.

—Pero ¿crees que será por el dinero? ¿O será porque le gusta?

El Gordo se cabreó; Beltrán lo estaba sacando de quicio.

—¿Y yo qué coño sé? Oye, a ti se te están poniendo los dientes largos... A ver si estamos a lo que estamos, cojones, que la cosa está delicada.

El policía se rio y Sanchís no tuvo otro remedio que compartir la carcajada.

El tipo regresó a la mesa y continuó charlando con la chica. Pidieron también café y lo tomaron sin dejar de conversar. Todo normal. Una pareja ociosa que hace la sobremesa, quizá proyectando una excursión para esa tarde o el día siguiente; o, más probablemente, haciendo planes a medio plazo, eligiendo posibles destinos para un viaje muy largo. En cualquier caso, un suertudo que lucía a una hembra tremenda para envidia de camareros, turistas y clientela. Y, sin embargo, algo había cambiado de repente. Sanchís no sabía en qué momento habían moderado el tono de voz hasta el punto de que ya no le llegaba el murmullo que había escuchado hasta ahora; ni sabía cuándo habían apoyado ambos los codos sobre la mesa, acercándose más. Y, sobre todo, no acertaba a calcular en qué preciso instante se había instalado en sus rostros aquella sombra de inquietud que les cambiaba la expresión, aunque se empeñaran en forzar la sonrisa.

—Ahí pasa algo —le dijo a Beltrán.

—¿Tú crees que nos han calado? —preguntó este, procurando que su mirada no se cruzara en ningún momento con Cora y Marichal.

—No lo sé. En teoría, no deberían saber ni que los sigue nadie. Se supone que solo huyen de Júnior. Pero ahí pasa algo. No sé si han tenido una discusión o qué.

—Pues habrá que estar al loro.

Justo en ese momento, el tipo se levantó. Acarameladito, le dio un beso a la tía. Le hizo cosquillitas con la boca en la oreja y le acarició la cabeza antes de volver a entrar en el local. Cruzaron una mirada de complicidad. O tenía problemas de próstata o había ido a pagar para salir pitando. Entonces, ella se volvió para mirar hacia el interior a través de la cristalera. No sabían qué estaba viendo, porque ellos carecían del mismo ángulo, pero no les gustó nada que ella se levantara y cogiera su bolso. Beltrán hizo además de ponerse también en pie, pero el Gordo lo contuvo, poniéndole una mano en el hombro.

—Espera.

Tito Marichal volvió a salir y, tras reunirse con Cora, cruzaron la explanada hacia el parador. La pareja ya había cruzado el arco de la entrada cuando el camarero salió para recoger la mesa. Sanchís lo llamó y le pidió la cuenta. El camarero sonrió.

—Están invitados.

Ambos mostraron su confusión. El camarero, sonriente, señaló hacia la mesa que habían ocupado Marichal y la mujer y explicó:

—Pagó aquel señor de la otra mesa, el alto. Dijo que eran viejos amigos.

## 2

—Mientras tanto, tú sales pitando para casa de Plácido y esperas a que te llame —dijo el Palmera, sin dejar de remover el café.

—¿Y si no llamas?

—Llamaré.

Cora hizo un mohín. Luego volvió a sonreír sin ganas. Tito insistió.

—Es la única solución que nos queda, Cora —dijo

tomando un poco de café en la cucharilla y probándolo antes de dejarla en el plato.

Ella aplastó la colilla en el cenicero con algo más de fuerza de la necesaria.

—No me jodas, Tito. No lo voy a hacer. Tienes que venirte conmigo.

—No puede ser. No nos dejarían ni llegar al aparcamiento. Alguien tiene que quedarse atrás para entretenerlos.

—Entonces me quedo yo.

—Ni de coña. Hazme caso: yo les hago la cama y tú sales pitando para casa de Plácido. Él sabe lo que hay que hacer.

—Pero ¿y tú?

—Yo ya me las arreglo. Solo son dos. Además, a lo mejor estamos siendo demasiado paranoicos. Puede que no sean más que dos godos de vacaciones.

Hablaba con una serenidad escalofriante, como si todo hubiera estado calculado desde el principio. Cora sabía que aquella tranquilidad no era más que puro teatro; una representación que la tenía a ella como público exclusivo. Intentó buscarle las vueltas.

—Vale, pero ¿qué pasa si no te equivocas?

—Bueno, mientras ellos anden cerca, voy a procurar estar en público. Luego ya me las arreglaré para darles esquinazo. Lo importante es que no pongan las manos sobre las perras.

—Las perras no son tan importantes. Yo, a estas alturas, me conformo con que no te hagan nada... Tito, de verdad, ya me importa todo tres pepinos... Ya nos las arreglaremos.

Tito la miró con incredulidad. Se dio cuenta del

error en el que estaba. Apuró el café antes de decirle:

—No lo entiendes, ¿verdad? No lo digo por la pasta. Lo digo por nosotros. Piénsalo bien: si yo estoy en lo cierto y esos tipos son lo que pensamos que son, en cuanto tengan el dinero, tú y yo no vamos a valer un duro. Ahora no se trata de hacerse ricos, sino de salvar el pellejo.

Le acarició la mano que ella tenía sobre la mesa. Se levantó y, agachándose, la besó en la boca, antes de susurrarle al oído:

—Todo va a salir bien. Solo hay que mantener la cabeza fría. Confía en mí.


## 3

Nada más pasar el arco de la entrada, se apresuran a ganar el vestíbulo. En el momento en que llegan a la puerta que da al aparcamiento, Cora tiene un nudo en la garganta. Cuando él le da las llaves la voz le sale ahogada al decir:

—Lo único que quiero es estar contigo.

Él la abraza muy fuerte y miente:

—Lo vas a estar. Ya verás, mi amor, vamos a estar juntos. No te preocupes de nada.

Tito siente la explosión contra su pecho, el llanto.

—Venga, venga, niña... No te me pongas así. Ahora necesito que seas fuerte —le dice, separándola de sí lo justo para verle el rostro que ella intenta ocultar—. Anda, vete ya. Tengo que prepararme la jugada.

Cora lo besa. Él siente el sabor salado de las lágrimas mezclado con el aliento cálido de ella. La separa

LA ESTRATEGIA DEL PEQUINÉS

y le da un suave empujón hacia la puerta, guiñándole un ojo mientras se encamina hacia las escaleras.

—Te llamo luego para que me vengas a buscar —vuelve a mentir, procurando ocultar su propio miedo.

Cora, a su vez, asiente, reprimiendo una crisis de llanto. Sale y baja las escaleras que dan al aparcamiento.

Tito Marichal sabe que, si está en lo cierto, las cosas no serán tan fáciles. Al tiempo que se apresura por el pasillo para llegar a su habitación, se pregunta si volverá a ver a Cora. Pero, en el preciso instante en que se hace la pregunta, se decide a borrar cualquier vestigio de ella. Debe olvidarla y concentrarse en hacer lo que debe hacer.

En la habitación, abre la cajita de seguridad y saca la Star. No se equivocó al llevarla consigo. Se la encaja en los pantalones y se pone la sudadera, para ocultarla. Saca también el cuchillo, pero no tiene dónde esconderlo. Lleva pantalones cortos y no tiene tiempo de cambiarse y ocultarlo en el tobillo. Tendrá que arreglárselas. Vuelve a meterlo en la caja de seguridad.

Entonces, alguien llama a la puerta.

Han tardado menos de lo que esperaba. Han dado tres golpes, con los nudillos. Aún están tranquilos, intentan aparentar normalidad. Pero ahora sabe que no se equivocaba, que estaba en lo cierto: esos dos han venido a por ellos. Todo el pescado está vendido, pero no piensa ponérselo fácil.

Vuelven a llamar.

Tito Marichal sale a la terraza. La habitación da directamente sobre el pinar. Simplemente, salta la

barandilla y de pronto está pisando ya la tierra roji-
za sembrada de pinochas de la ladera que hay tras el
edificio. Camina hacia su izquierda, al sendero que
bordea el hotel por el ala destinada al *spa*, bajo la terraza mirador de la parte alta. Debe tener cuidado.
A su derecha hay una caída importante. Recuerda
aquello de que cuando miras al abismo, el abismo te
mira a ti, y se le ocurre que ese abismo lo mira a él
con mala leche.

Mientras asciende la cuesta que da a la carretera, calcula que los tipos estarán ya impacientándo-
se, los golpes serán más violentos, se alternarán con
intentos de engaño, acaso ya con amenazas. Por fin,
tras un tramo algo más empinado, sembrado de es-
cobones, llega al arcén de la carretera. Vuelve a girar
a su izquierda y, en pocos pasos, se planta en la explanada. Da dos o tres pisotones fuertes en el empe-
drado, para desembarazarse del polvo de las playeras, y vuelve a pasar bajo el arco de entrada, pero, en
lugar de dirigirse al vestíbulo, se encamina a la parte
trasera, a la terraza mirador. Se alegra de encontrar
varias mesas ocupadas por turistas de paso y huéspedes del hotel. Procura cobrar resuello, templar los
nervios cuando elige una mesa cercana a una pareja
de guiris de mediana edad que consultan una guía
mientras beben claritas de limón. Se sienta en esa
mesa porque está pegada a la pared de la fachada; y
lo hace de forma que a su espalda solo haya piedra
y cemento.

Abajo, los tipos se habrán cansado ya de llamar
y habrán trazado algún plan de actuación. Tras so-
pesar la posibilidad de echar la puerta abajo (poco

viable), habrán buscado otro camino, y recordado (o averiguado) que las habitaciones dan a la parte trasera. Pero dejar la puerta sin vigilancia no es una opción. Por lo tanto, probablemente, se habrán separado. Uno de ellos se habrá quedado en el pasillo. El otro, seguramente, estará subiendo al vestíbulo para hacer en sentido inverso el camino que él acaba de recorrer. Llegará, bajando por donde él ha subido, a la barandilla de la terraza. Entrará por donde él salió. Comprobará que no hay nadie en la habitación. Abrirá la puerta desde dentro y, después de cagarse en su puta madre, registrarán el cuarto a fondo. O puede que no, puede que vuelvan a salir corriendo para buscarlo.

En cualquier caso, él acaba de pedir cerveza y piensa esperarlos allí todo el tiempo del mundo, hasta que les dé por mirar. Por supuesto, podría haber seguido por alguno de los muchos senderos que parten desde allí. Podría haberse perdido en el monte, en los pinares que ascienden hasta los pocos picos más altos que este que quedan en la zona. Y habría llevado muchas ventajas. La primera y más importante, la delantera. La segunda, el calzado. Se había fijado en que el tipo gordo llevaba mocasines. El otro, unos náuticos. Les hubiera costado avanzar por aquellos caminos escarpados, entre la retama y la aulaga, entre las piedras sueltas y los tramos arcillosos. Pero, a la larga, ¿de qué le hubiera servido? Si los habían encontrado aquí, podrían encontrarlos en cualquier parte.

No. La única posibilidad que le queda es pararse, dar media vuelta y plantarles cara a aquellos *rottweilers*. Atacar primero. Hacer todo el daño posible.

Desorientar a aquellas malas bestias. Adoptar la estrategia del pequinés.

Continúa bebiendo cerveza, sin quitar ojo a las dos entradas: la del bar, a su izquierda (hay una puerta que comunica con el vestíbulo), y la de su derecha, la entrada exterior que rodea el edificio principal. En cualquier momento, los tipos aparecerán por una u otra. Pero casi está acabando la cerveza y aún no dan señales de vida. El camarero está sirviéndole la segunda cuando los ve plantados en la balaustrada de piedra a la que da el acceso exterior. Los tipos sudan y jadean. Deben de haber corrido por todo el hotel, buscándolos a él y a Cora. El más gordo está apoyado en la balaustrada, exhausto. Tito Marichal remeda un saludo infantil, sonriéndoles, e inclina la cabeza, queriendo hacerles entender que espera que se acerquen y se sienten con él.

El gordo y el de la camisa hawaiana se miran y murmuran algo entre ellos. Finalmente, comienzan lentamente a recorrer los veinte o treinta metros que los separan del lugar en que él se encuentra. Conforme van acercándose, se separan el uno del otro, hasta quedar, cuando llegan a la mesa, uno a cada lado. El del traje, a su izquierda. El otro, a la derecha.

Tito Marichal, en un último alarde de desfachatez, indica ambas sillas con las manos abiertas, esbozando una sonrisa para la que no separa los labios, lo cual la asemeja más a una mueca en la que exhibe el control que ha adquirido sobre la situación. Los dos individuos vuelven a consultarse con la mirada.

—No se puede negar que los tiene cuadrados —masculla el del pelo canoso mientras ambos, con resignado meneo de cabeza, toman asiento. Nada más hacerlo, el camarero viene a atenderlos. El Palmera toma la iniciativa.

—Tómense algo, invito yo.

Piden cerveza. Guardan silencio hasta que se las sirven. Después el Gordo ataca.

—¿Y la chica?

—Olvídate de ella —responde Marichal, de forma tajante—. Está fuera del juego, eliminada de la ecuación. Solo ustedes y yo.

—Oye —dice de pronto el del pelo canoso, haciéndose hacia atrás y levantándose el faldón de la camisa, de modo que él pueda ver la funda de cintura en la que porta un pequeño revólver—, por si se te ocurre ponerte chulito, que sepas que nos hemos traído artillería.

Sanchís le echa una mirada de reojo. Realmente, esa salida ha estado fuera de lugar y se le ocurre, de repente, la idea de que se ha venido a trabajar con su hermano tonto. El Palmera reacciona riéndose y mostrándole, a su vez, la culata de su pistola.

—Me parece que yo la tengo más grande. De todos modos, ni a ti ni a mí nos interesa que se muevan de donde están. ¿A que no?

La pregunta la ha soltado mirando al gordo del traje, que es, evidentemente, quien lleva la voz cantante. Este obvia la respuesta, por evidente. Intenta encauzar la conversación, procurando no hacer movimientos bruscos, no resultar demasiado agresivo de entrada.

—Supongo que si nos has esperado aquí, es porque quieres charlar, ¿no?

Marichal se limita a asentir, procurando no perder la sonrisa.

—Y supongo que el dinero no está en la habitación. Así que se lo habrá llevado ella.

El Palmera chasquea varias veces la lengua, negando con la cabeza. Esa misma cabeza que lleva un buen rato funcionando a toda velocidad.

—Ni una cosa ni otra. Ya te dije que ella está fuera del asunto.

—Entonces, ¿dónde está la pasta?

—A buen recaudo. Igual que cierto cederrón que le gustaría mucho recibir a la Brigada de Estupefacientes.

—Es Brigada *Central* de Estupefacientes, idiota —intervino Beltrán—. Y estás hablando con ella...

Esta vez Sanchís no se conforma con mirarlo de reojo. Con severidad, le dice a Beltrán que se calle. Este obedece a regañadientes. El Gordo se vuelve hacia Marichal y procura controlar el cabreo que está comenzando a crecerle.

—Vamos a recapitular, a ver si nos ponemos de acuerdo. Yo trabajo para gente muy poderosa. Eso lo sabes, ¿verdad? No somos mataos que vayan por ahí montándola, dando palizas o cargándonos a la gente, como en las películas. Somos gente discreta, que hace negocios. Gente seria. Pero resulta que el sábado me llaman para decirme que alguien nos ha robado. Y, claro, qué voy a hacer yo sino intentar velar por los intereses de la empresa. Así que me vengo para acá y me encuentro con que cuatro chorizos se han matado entre ellos. Voy atando cabos y empiezo a darme cuenta de que el robo lo ha hecho gente que trabaja para la empresa.

—Yo no trabajo para tu empresa —protesta Tito. Pero el Gordo le da dos palmaditas en el dorso de la mano que tiene sobre la mesa.

—Déjame terminar... Como te decía: alguien de dentro nos ha chorizado. Hasta ahí, todo está bien, y es hasta lógico porque, para qué mentirte, de la gente que tenemos aquí, yo me esperaba esto cualquier día. La cosa es que, cuando me vengo a dar cuenta, resulta que a quien tengo que buscar es a un tipo a quien no conoce nadie, un subcontratado que ha decidido quedarse con todo. Y, de hecho, te lo has hecho bien: me quito el sombrero. La forma en que te quitaste de encima a los del descampado, la manera en que le diste esquinazo a Júnior... De verdad, tío, me caes bien. Tienes los huevos peludos y eres el puto MacGyver de los volcados. Pero hasta aquí hemos llegado. Eso sí: te prometo que no os voy a hacer nada, ni a ti ni a tu chica, si sueltas el dinero. Supongo que ya te habrás gastado algo y puede que hasta te deje que te quedes con algo más, porque trabajito te ha costado, y yo, los trabajos bien hechos, los valoro. Aunque también te prometo que si no lo sueltas, te voy a matar el último.

—¿El último?

—Sí, el último. Primero mataré a la chica. Luego mataré a tu exmujer. Y después a tus hijos, a tus nietos, a toda tu puta familia. Y solo cuando haya hecho eso, te mataré a ti, para que mueras jodido. Porque ahora te tengo y no te voy a soltar hasta que aflojes la mosca. Tú tienes pinta de saber cuándo se ha acabado la partida, así que no me lo pongas difícil, porque yo no soy ningún aficionado.

Sorprendentemente, Tito Marichal casi ni se inmuta al escuchar esto. Se rasca la cabeza y dice:

—Primero deberías actualizar la base de datos. No tengo hijos ni nietos. Y si te cargas a mi ex, me haces un favor. En cuanto a esa putilla, haz lo que te salga de los huevos.

Sanchís da un bufido.

—Bueno, se me agota la paciencia. ¿Qué va a ser?

Tito Marichal da un trago a su cerveza, suspira profundamente y mira al cielo antes de contestar:

—Está bien, pero tienes que saber una cosa: hay copias del disco en buenas manos. Si me pasa algo, llegarán adonde convenga que lleguen. Mañana mismo —advierte por último—. Pasado, a más tardar.

El Gordo procura que no se le note el regocijo interior. Sabe que esos datos, al día siguiente, ya no valdrán un duro. Si al individuo le apetece jugar esa carta, para sentir que controla la situación, no será él quien lo saque de su error.

—Me parece correcto —dice—. Un hombre debe contar siempre con un buen seguro de vida.

—Y, en cuanto al dinero, está donde siempre estuvo. Cogimos algo para tirar unos días, pero todavía no hemos hecho el reparto.

Ambos hombres lo miran atónitos, sin comprender.

—¿Qué quieres decir con «donde siempre estuvo»?

—Pues eso: en casa de Larry. No sé si tiene otra caja o si...

Sanchís alza una mano, pidiéndole que pare de hablar.

—Alto, alto, alto. Rebobina, porque no me entero de nada.

A estas alturas, es Tito quien lo mira con asombro, que da paso a la diversión.

—No me jodas. No me digas que no sabías... Pensé que el maricón de Larry había cantado...

—¡Pero qué coño dices! Fue Júnior... Fue Júnior quien cantó.

El Palmera suelta una carcajada convincente, tan convincente que los otros dos ponen verdadera cara de idiota mientras él se despacha a gusto. Cuando se tranquiliza, da otro sorbo de cerveza y comienza a explicar con soltura.

—Vamos a ver: en principio, fue Júnior quien tuvo la idea de dar el palo. Pero al Rubio no le pareció de fiar y acabó llegando a un acuerdo con Larry. ¿O te piensas que es muy normal que el tío no tuviera la alarma activada?

—Pero la tía...

—La tía no tuvo nada que ver. Por eso te digo que está fuera del juego. Esta pobre idiota no se entera de nada. Después de darle finiquito a la gente de Júnior, teníamos que hacer tres partes: una para el Rubio, otra para Larry y otra para mí. Pero los de Júnior anduvieron más rápidos.

—O sea, que todo fue un montaje.

—Un montaje de puta madre. Y si no se hubieran cargado al Rubio, hubiera salido de cojones, porque ustedes le hubieran echado todo el muerto a Júnior, a quien, por cierto, había que pasárselo por la piedra en el sitio del intercambio. El problema fue que, a última hora, el muy hijo de puta no apareció.

Beltrán, completamente desorientado, guarda, por una vez, un prudente silencio sin que nadie se lo exija. Sanchís, por su parte, se bebe la mitad de su vaso de un trago y lo piensa largamente, limpiándose las gotitas de cerveza que le han quedado en el bigote. Marichal podría estar marcándose un farol, pero lo que dice tiene lógica. Larry es un manirroto y un gualdrapas. Señaló con un dedo de uña negrísima a Júnior desde que tuvo oportunidad. Por otro lado, está lo del disco. Podría haber sido incluso idea suya. Decide comprobar si eso es también parte del farol o no.

—Entonces, lo del disco es una estafa... —apunta—. No hay disco, ¿verdad? Larry no sería tan tonto como para entregaros pruebas en contra de sí mismo.

—Vaya si hay disco... Fue parte del acuerdo. El disco era un seguro de vida para el Rubio y para mí. Fue idea de Larry. Y, para tu información, el nombre de Larry o de su despacho no figuran en ningún lado. Solo contabilidades entre empresas que blanquean y una tal Remedios no sé qué que tiene cuentas abiertas en medio mundo.

Los ojos de Sanchís se redondean de golpe. Se disculpa, se levanta y, sacando un móvil, se aleja unos metros. Durante un rato, habla por teléfono con alguien, asintiendo, explicando a media voz, paseando de un lado a otro de la terraza. Mientras, Tito piensa en lo bien que ha salido la jugada. Ha ganado tiempo y, sobre todo, ha logrado crear confusión. No lo matarán, porque tiene el seguro de vida de los datos del disco. Pero tampoco lo dejarán ir, por el momento. Seguramente, lo obligarán a ir con ellos a casa de Larry. Larry dirá que no lo conoce (porque, por supuesto, no lo conoce), pero él aprovechará la ventaja que le confiere el hecho de que él sí que conoce a Larry. Procurará crear aún más confusión y entonces, solo entonces, puede que tenga una oportunidad, porque la casa de Larry está lo suficientemente aislada como para que uno pueda huir tras un tiroteo antes de que llegue la policía o la Guardia Civil o quien cojones tenga jurisdicción en la zona. El del pelo canoso no le preocupa, por muy armado que vaya. Será el primero en caer. El verdaderamente peligroso es el otro. Debe procurar no darle la espalda. Por ahora, hasta que no vea una buena oportunidad, será colaborador y servicial. Cordial, incluso. Sobre todo con el tipo gordo, que ahora termina de hablar, guarda el móvil y viene a la mesa, pero no se sienta.

—Larry está en su casa. ¿No te importará acompañarnos? —pregunta al Palmera mientras hace al camarero el inequívoco gesto de que le traiga la cuenta.

—¿Para qué?

—Para asegurarnos de que me dices la verdad. Después, cuando tenga la pasta, te dejaré ir. Incluso puede que te caiga un aguinaldo, para las vacaciones.

Vuelven a la explanada. La atraviesan. Son un grupo extraño. El tipo del pelo canoso va delante, con sus ropas de baratillo. Detrás, Tito y el tipo gordo, a izquierda y derecha respectivamente. Caminan por el arcén hacia el aparcamiento público, conversando con cordialidad.

—Es bonito este sitio —dice el del traje—. Sobre todo si se viene bien acompañado.

—La verdad es que nos lo estábamos pasando de puta madre hasta que aparecieron ustedes.

—Bueno, ya tendréis tiempo de volver.

—Espero que sí. Pagué dos noches más y una sesión de *spa*.

Llegan al aparcamiento. El Kia está aparcado al fondo. Por lo demás, hay pocos coches estacionados: un cuatro por cuatro y otros dos coches de alquiler. A Tito se le ocurre que alguno de ellos será de la pareja de guiris que había en la mesa cercana. Son las cuatro y media de la tarde de un lunes en el aparcamiento de la Cruz de Tejeda. No se ve un alma por allí, salvo la de un cernícalo que planea sobre ellos y las de los gallos que cacarean detrás de los puestos de artesanía. Cuando llegan al coche, el Gordo le tira las llaves al otro.

—Conduce tú —le dice. Mientras el otro rodea el coche y ocupa el asiento del conductor, él da unos pasos hacia la desriscada a la que da el aparcamiento y observa el paisaje. Luego se vuelve hacia Tito, que está junto al auto—. Sí, señor, bonito sitio. Tengo que venir con más tiempo —dice como para sí—. Bueno, para que te sientas seguro, lo vamos a hacer así: tú vas en la parte de atrás.

Marichal asiente.

—Pero —añade el Gordo, yendo a la parte posterior del vehículo—, para que podamos sentirnos seguros nosotros, me das la pipa y la pongo en el maletero. ¿Te parece bien?

Al Palmera parece no gustarle tanto esa idea. Piensa, casi mecánicamente, girando sobre sus pasos para no perder de vista al tipo, que, en realidad, es una medida lógica. Llegado el momento, cualquier objeto contundente o cortante que haya en casa de Larry podrá servirle para hacerse dueño de la situación. Mira alrededor, para comprobar que no hay nadie que pueda verlos, saca, muy lentamente, la pistola y se la entrega al individuo. El otro acaba de poner en marcha el motor.

—Abre el maletero, Paco —le grita el tipo gordo.

Espera a escuchar el chasquido de la cerradura electrónica antes de alzar la puerta. Pero, en lugar de meter la pistola allí y cerrar, se vuelve nuevamente hacia el Palmera, que parece no querer moverse hasta que el portabultos vuelva a cerrarse con la pistola dentro. El Gordo observa el arma.

—Joder, vaya antigualla. ¿De dónde la sacaste?

—Era del Rubio.

—Me gustaban estas cacharras, con las cachas de madera —dice el tipo, con una mirada casi nostálgica. Después alza la vista hasta el rostro de Tito hasta que se queda mirándolo a los ojos con profundidad, con simpatía—. ¿Sabes? Me llamo José Sanchís. Mis amigos me llaman Pepe. O el Gordo.

Tito Marichal arruga el entrecejo.

—¿Sabes por qué te lo digo?

—No —dice Tito, sabiendo intuitivamente que algo acaba de torcerse.

—Porque eres un tío con redaños y no me parece justo que no sepas el nombre del tipo que va a matarte.

El Gordo aún no ha acabado de decir esto en el instante (porque es solo un instante) en que sus manos expertas retraen la corredera del arma para cargar un cartucho en la recámara, la despojan del seguro y la amartillan al tiempo que la alzan hacia la cara de Tito

Marichal, que solo tiene un segundo más para gritar
«¡Mierda!» en el momento exacto en que un fogona-
zo lo ciega para siempre.


## 4

Plácido comenzaba ya a echar de menos la partida
de ajedrez de esa tarde cuando llamaron a la puerta.
Al abrir y enfrentarse a la cara hinchada y llorosa de
Cora, supo que algo terrible debía de haber ocurrido.
La hizo pasar, le preparó una infusión, le pidió que se
relajara y le explicase. Estaba aterrada y sentía que
Plácido era la única persona en la que podía confiar
en ese momento. Se lo contó todo y, tras las primeras dudas de Plácido, que parecía no creer nada de
aquello, Cora acabó por preguntarle si acaso no había
visto él mismo el dinero.

—¿El dinero?

—Sí, el dinero. Te lo dejamos aquí. Tito dijo que
contigo estaría seguro.

Tito le había pedido que le guardase la mochila. No
le había informado acerca de su contenido. Se quedó
completamente pálido al abrirla.

Esperaron durante horas, hasta que ya no pudieron esperar más. Al anochecer, a Plácido se le ocurrió leer la prensa en Internet y vio la noticia. Aquel
«huésped del parador» no podía ser otro que Tito.

# Epílogo

## 1

Siempre le había gustado Saint George y no le hubiera importado dar un paseo. Tampoco le hubiera venido mal un chapuzón en la piscina, pero no había venido a hacer turismo y, en cualquier caso, no disponía de demasiado tiempo. El *jet lag* y el calor se habían aliado con ella para que la niña se quedara dormida después de comer. Le daba pena meterla de nuevo en un avión esa misma noche, pero no quedaba otra salida. Debía moverse rápido, antes de que el Turco o (más seguramente) el Gordo Sanchís sospecharan algo.

No obstante, la decisión estaba tomada: no iba a esperar a que todo saltara, no se sentaría a esperar a que alguna indiscreción más de los chapuceros que trabajaban con ellos acabara buscándoles el odio. No se enfrentaría a un calvario de tribunales, prisiones, primeros, segundos y terceros grados. No era ese el futuro que quería para ella ni, mucho menos, para la niña. Y, después de dar tantas vueltas, con sobrevivir no había bastante. Había dinero de sobra para no preocuparse de nada más en su vida, salvo de criar a su hija.

Dedicó esos momentos de paz a repasar lo que había hecho a lo largo de la mañana. Sobre la cama, dispuso los resguardos de las cuatro transferencias realizadas a cuentas en diferentes bancos de distintos países, todas ellas a nombre de María Alejandra Lepeda. Después extrajo de su bolso el sobre que había sacado de su caja de seguridad en la última de las entidades que había visitado. Lo abrió y fue comprobando su contenido: la partida de nacimiento, el pasaporte, el permiso de conducir, el documento nacional de identidad de María Alejandra Lepeda, ciudadana argentina, nacida en Mendoza en 1973, pero ciudadana española desde 1987. Luego sacó la partida de nacimiento de la hija de María Alejandra, que se parecía mucho a la de su propia hija, incluidos fecha y lugar de nacimiento, salvo por dos circunstancias: la primera, que la hija de María Alejandra se llamaba Paula; la segunda, que el nombre del padre figuraba en blanco.

Inició el ordenador y abrió la cuenta de correo que había creado el sábado. Redactó un *e-mail* en el que, sucintamente, se daba cuenta de la naturaleza del material que adjuntaba. En la línea del destinatario, copió de su agenda la dirección de correo electrónico que había anotado, cuando se dio cuenta de que las cosas se estaban torciendo más de lo esperado. Finalmente, adjuntó una carpeta comprimida de archivos que figuraba en su escritorio. Pero, antes de hacer clic en el botón de envío, se detuvo unos instantes, para preguntarse si aquello era realmente necesario.

Y sí, claro que lo era. Removerían cielo y tierra para encontrarla, así que tenía que borrar su rastro lo antes posible. Y la mejor manera de hacerlo era enviar aquello, denunciarlos anónimamente. No sería cruel: solo había pruebas de un par de delitos no demasiado graves. Lo suficiente como para que los pillaran con los pantalones bajados y estuvieran en chirona durante el tiempo que ella necesitaba para hacerse humo.

Dedicó al Turco un último pensamiento cariñoso y envió el *e-mail*.


## 2

El martes, la noticia saltó a los medios. No todos los días aparece muerto en extrañas circunstancias y en su propio domicilio un Medina Pérez de Guzmán. Los muertos con tres apellidos venden muchos periódicos. Sobre todo si son como este, Laurencio, el benjamín del clan, abogado de prestigio y muy vinculado a la vida social capitalina. Además, el crimen parecía ser un eslabón más (los matutinos esperaban que el último) de la cadena de crímenes que había asolado la isla en los últimos días. Gran Canaria, como insistían los tertulianos radiofónicos, no está acostumbrada a sucesos de esta gravedad; nunca ha habido tantas muertes violentas en tan breve lapso de tiempo. Alguno de los todólogos, acostumbrado a hacer especulaciones que jamás aciertan, llegó a sospechar en voz alta que todos esos sucesos se hallaban vinculados entre sí. Por supuesto, sus polemistas lo ridiculizaron y el moderador llegó a sugerir que era demasiado aficionado a las novelas de detectives, antes de pasar a proponer como tema el más reciente vaticinio de la agencia Moody's.

Plácido, pegado a la radio, esperaba escuchar otra noticia. Continuó esperando que alguien contara que la policía había desarticulado una red de narcotraficantes con ramificaciones en la ciudad. Pero esa noticia jamás se produjo. Cierto es (y esto jamás lo sabrá Plácido, aunque lo suponga) que tanto el comisario como los periodistas que recibieron de manos anónimas copias de aquel disco de ordenador que vinculaba a varias empresas muy conocidas con el blanqueo de capitales intentaron corroborar los datos, hallar pruebas que sostuvieran esa información aparentemente tan suculenta. Pero no hubo modo. Ni el mayor experto mundial en contabilidad forense hubiera podido hallarlas.

El miércoles por la tarde, acompañó a Cora hasta el aparcamiento donde esta había dejado el coche. La ayudó a meter su maleta en el portabultos y se despidió de ella con un fuerte abrazo. Se quedó allí, viéndola alejarse hasta que el coche se incorporó al abundante tráfico de la autopista. Casualmente, justo detrás del Mégane, pasó una furgoneta rotulada con el logo de Kámara3.

Cora condujo hasta el aeropuerto y buscó una plaza discreta en el parking. Después de sacar la maleta, limpió todas las posibles huellas que pudiera haber dejado en el coche, lo cerró y, a través de la ventanilla entreabierta, arrojó las llaves sobre el asiento del conductor. Por último, se encaminó, arrastrando su *trolley*, al interior del edificio de salidas.

# 3

El último de los muchos errores que el Turco cometió fue ir aquel miércoles a esperar a Pepe Sanchís al aeropuerto de El Prat. Sin embargo, no aguantaba por más tiempo aquel encierro, el silencio de aquella casa en la que no se recibían noticias de Reme desde el lunes a mediodía. Llevaba más de veinticuatro horas llamándola al móvil, enviándole correos electrónicos, conectando el Skype para ver si daba señales de vida. Había, incluso, telefoneado a su hotel en Saint George. Pero el recepcionista insistió en que no contestaban. Por último, a media tarde, había vuelto a llamar y lo habían informado de que la huésped ya había abandonado el hotel. Así que, cuando Sanchís lo telefoneó para decirle que iba a embarcar, se ofreció a ir a recogerlo. Al Gordo le pareció extraño ese gesto en el Turco, pero, cansado, y con la mugre del fracaso pegada a la epidermis, no se molestó en discutir.

Durante el vuelo, entre cabezada y cabezada, se acordó de Tito Marichal y de cómo se la había jugado. Evidentemente, lo de Larry había sido lo que parecía: un farol, un señuelo para desviar su atención, lo que los ajedrecistas llaman una celada. Y él había caído en ella como un principiante, había tragado hasta el final y el pato lo había pagado el pobre Larry, que aguantó como un león, hasta el punto de que acabar con él había sido más un acto de piedad que de venganza. Sí, debía reconocerlo: había tragado. Había tragado como un jodido aprendiz, dejando que la putilla aquella se largara con el dinero y, lo que era peor, cargándose al único al que hubiera podido sacarle dónde estaba.

A fin de cuentas, tenía que reconocerlo: el tipo se lo había montado a lo grande. Aunque de nada habría de servirle cuando empezaran a paseársele los gusanos por entre las meninges. Eso pensaba cuando salió de la terminal y vio al Turco allá, a unos diez metros, entre el ajetreo de viajeros y gente que iba a recibirlos. Pero cuando notó que los cinco o seis tipos que rodeaban al jefe apestaban a bofia, dejó de pensar en todo eso y una expresión de alarma se instaló en su rostro. Lo curioso, lo asombroso, es que, cuando se vino a dar cuenta de que en el semblante de Miralles se había instalado una expresión casi idéntica, los dos guardias civiles junto a los que acababa de pasar ya estaban poniéndole una mano en el hombro y pidiéndole que los acompañara, sin que él, con su habitual sentido de la alerta, se hubiera percatado de nada. También hubo algo de confusión cuando los cuatro hombres jóvenes se le echaron encima al individuo que había un poco más allá y que había intentado volverse y hacerse invisible entre la gente, pero todo quedó aclarado cuando estos mostraron sus identificaciones.

# 4

Cora baja las escaleras del edificio de la academia y sale al trasiego de la rue Du Midi. Ha dejado de llover y la gente parece salir a pasear solo para celebrarlo. Los bruselenses son como caracoles, suele pensar en estas ocasiones.

Está contenta. Hoy la profesora le ha dado a entender que su pronunciación va mejorando. En Bruselas se puede llegar a sobrevivir sin hablar francés, pero se puede vivir mucho mejor hablándolo. Por eso no falta a una sola clase. Al fin y al cabo, tiene pocas cosas más que hacer.

Camina hasta el cajero más cercano y comprueba los últimos movimientos en su cuenta. Plácido, puntual como siempre, le ha hecho el ingreso de este mes.

Ha resultado ser el amigo leal que parecía. Ha cumplido con todos los encargos que le ha hecho. Incluso se aseguró de que un día apareciera un buen fajo de billetes en el buzón de Estela; Cora había pensado que era lo mínimo que podía hacerse y sabía que eso le hubiera gustado a Tito. Cora se pregunta a veces cómo le habrá ido a Estela, si habrá empleado ese dinero en tratarse, si habrá mitigado la tristeza y la soledad que deben de habérsele echado encima.

Pero hoy no quiere pensar en cosas tristes. El aire está fresco y limpio, y estudiar la hace sentirse más joven, como si el mundo no fuera tan sucio, como si el futuro existiese. Quién sabe. Puede que se anime a estudiar algo más que idiomas, se le ocurre al tomar la rue des Pierres. Lo único que le duele de todo esto es la memoria de Tito. Quizá, si él hubiera estado aquí, hubieran salido por las callejuelas a comer papas fritas, a escuchar *jazz* en los garitos. Incluso hubieran acabado encontrando algún sitio donde tocaran tangos, está casi segura de ello. O quizá no. Quizá se hubieran quedado en Las Palmas y hubieran cumplido su sueño, aquel sueño pequeño pero limpio de montar aquella cafetería que él, al parecer, identificaba con el Paraíso. A ella le hubiese dado igual, con tal de estar con Tito.

Desemboca en la Grand Place, y una niña pequeña sale corriendo de la chocolatería que hace esquina. Lleva un anorak rojo y un gorrito de lana. Desde la puerta, su madre la llama.

—¡Paula! ¡Paula! ¡Ven aquí!

A Cora no la sorprende que hable español. La ciudad está llena de españoles. La niña, evidentemente, se le ha escapado. Cora, que la tiene cerca, la agarra suavemente de los hombros y la retiene mientras la madre viene a por ella.

—¿Dónde vas, Caperucita? —le dice, burlona, a la niña, imitando la voz del Lobo.

La niña ha entendido la broma: conoce la historia, porque es de esas niñas acostumbradas a escuchar cuentos. Mira a Cora y le sonríe con el rostro pícaro de quien hace una gamberrada relativamente inocua. Justo en ese instante, la madre llega hasta ellas. La ha escuchado hablar en español y tampoco parece sorprendida. Cora la mira al rostro. Tiene el pelo rubio cortado a la egipcia y ojos inteligentes. Le resulta hermosa.

—Gracias —le dice, con una sonrisa cordial, con la complicidad entre adultos pintada en los ojos—. No sé qué voy a hacer con este desastrillo.

—No hay de qué.

Las dos mujeres se separan. Cora prosigue su camino, cruzando la plaza hacia el edificio del ayuntamiento. La madre vuelve al interior de la chocolatería, regañando a la niña, diciéndole que nunca nunca debe separarse de ella, que cuando salen de casa debe estar siempre a su lado porque la calle es peligrosa.

# Nota del autor

Me gustaría poder decir aquello de que todos los hechos y personajes pertenecen a la ficción, pero eso, en esta ocasión, no sería exacto. Algunos de los personajes de esta novela existen o existieron y tengo, o he tenido en algún momento, contacto con ellos, en la noche, en el barrio o en las calles menos céntricas de esta ciudad amada y odiada por cuyas aceras arrastro los pies.

*La estrategia del pequinés* fue escrita entre enero y septiembre del 2011, un poco a caballo entre Tenerife, La Palma y Gran Canaria, pero principalmente en una casa llena de Astor Piazzolla, Enrique Santos Discépolo y Eladia Blázquez en la que Thalía Rodríguez siempre ha evitado que entre la tristeza. Además de esa sonrisa que no merezco, debo agradecer a Trini Ferrer Mirabal sus cafés con los ojos abiertos al mundo; a Antonio José Rodríguez Marrero su asesoramiento en materia de municiones y sus botellas de vino inesperadas; a José Luis Ibáñez y Gloria Blanco su conocimiento de las calles de Barcelona y su hospitalidad; a la Asociación de Canarios en Bélgica su optimismo en la diáspora, y a Nayra Pérez la atenta lectura que hizo del primer manuscrito que, como siempre, mejoró gracias a sus críticas feroces. *Last, but not least*, deseo dar las gracias a Gregori Dolz Kerrigan por creer en este libro aún antes de que yo mismo lo hiciera.

ESTA EDICIÓN DE
«LA ESTRATEGIA DEL PEQUINÉS»,
DE ALEXIS RAVELO,
SE ACABÓ DE IMPRIMIR EN MOLINS DE REI
EN EL MES DE ENERO DEL AÑO 2013

¿ Te ha gustado este libro ?

Alrevés escucha:
lector@alreveseditorial.com
www.alreveseditorial.com